ゆりかごに聞く

YURIKAGO
NI
KIKU

まさきとしか

幻冬舎

CONTENTS

BOOK DESIGN
アルビレオ

COVER PHOTO
桑野 桂

プロローグ

あの女さえいなければ――。

心の奥底から湧き上がる憎しみの言葉。

息を吐《は》いたら、体が震えた。呼気のなかにも、こめかみをつたう汗にも、あの女さえいなければ、という言葉が溶け出している。

あの女は夜の通りを歩いている。

右側にはオフィスビルやマンションが建ち並び、左側には目隠しフェンスが続いている。目隠しフェンスの向こうは古い木造家屋が並び、その背後にはＪＲの線路が走っている。再開発されたばかりの地区は、道路を挟んだ右側と左側で別々の時代が流れているようだ。

女は、整備された右側を歩いている。石畳の歩道、街路灯と街路樹、すっきりとそびえるビル。日付が変わるまで二時間近くもあるのに、通りはすでに寝静まっている。

街路灯の白いあかりが、女の姿を浮かび上がらせる。むっちりとした体に、ジーンズとパンプス。足を踏み出すたびに、尻がむっちむっちと左右に動く。

ヒールの音に混じって、カラカラとまわるタイヤの音が響いている。女が押すベビーカーの音だ。ベビーカーにはピンクのうさぎのぬいぐるみがぶらさがっている。赤ん坊はさっきまであうあうと泣いていたが、眠ったのだろうか、いまは静かだ。

あの女さえいなければ――。

憎しみの言葉は体じゅうを満たし、いまにも皮膚を食い破り、あふれ出しそうなほどだ。

この憎しみから解放されれば、苦しみも痛みも焦燥感も不安も恐れもすべて消え失せるとわかっているのに、まるで魂を乗っ取られたように激しさが増すばかりだ。

この憎しみはいま生まれたのではない。「あの女」の存在を知った瞬間、恐ろしいスピードで芽生えたのだ。

女は猫背ぎみでベビーカーを押している。うさぎのぬいぐるみが揺れている。だるそうにも投げやりにも見える歩き方。結んだ髪のあいだからのぞくうなじは白く、甘ったるいにおいがしそうだ。

きっと赤ん坊もむせかえるように乳臭いのだろう。

そう思った瞬間、自分が憎んでいる「あの女」は前を歩く女ではなく、ベビーカーのなかの赤ん坊ではないかと思いついた。

その考えに衝撃を受けたのは一瞬のことで、すぐに受け入れていた。

あの女は自分の罪を知ることなく生まれてきた。無邪気に泣き、笑い、生きるために貪欲におっぱいを求め、幸福になろうとするだろう。自分のせいで幸せになれなかった人間がいることなど想像もせずに。

女は歩道を右に折れ、ビルの陰に入っていった。

整備された広場があった。植え込みと花壇が配置され、東屋《あずまや》とベンチがある。外灯と自動販売機のあかりが広場をほの白く照らしている。女のほかに人の姿はない。

女はベンチに座り、煙草に火をつけた。

こんな時間にこんな場所でなにをしているのだろう。ただの散歩か、それとも待ち合わせだろうか。

そもそも自分はなにをしているのだろう。いや、なにをしようとしているのだろう。目的や企みがあるわけではない。ただ、あの女さえいなければ、という強い憎しみに引っ張られているだけだ。

マンションを出たときから女は無防備だった。まるで招くように誘うように、人通りの少ない通りをのんびりと歩いた。一度も振り返ることはなかった。

いまもそうだ。ひと気のない広場のベンチに座り、無防備に背中を見せている。警戒する様子は微塵もなく、自宅にいるかのようにくつろいでいる。まるで招くように誘うように。

女は煙草を投げ捨て、立ち上がった。尻を揺らしながら、自動販売機が並ぶ広場の奥へと歩いていく。ベビーカーはベンチの前に置きっぱなしだ。

飲み物の自動販売機の前に女は立っている。ぼんやりとしたあかりが、肉づきのいい輪郭を縁どっている。女は振り返らない。なにを飲もうか、頭のなかにはそれしかないように見える。

ゆっくりと広場に足を踏み入れる。女は気づかない。石畳の上の吸殻が弱々しい火の色を見せ、細い煙が真上へ昇っている。そのすぐ横にはベビーカーが放置されている。まるで招くように誘うように。そこから奥に目を向けると、植え込みが女の姿を隠している。電車が走り抜ける音がするが、ここは隔たった世界から聞こえるようだ。

ベビーカーをのぞき込んだ。赤ん坊がいる。眠っている。安らかに。無防備に。自分の罪深さを知ることもなく。想像どおり、甘ったるい乳臭さを放っている。まるで自分は無垢な存在だと主張するように。

この女さえいなければ――。

その瞬間、「あの」が「この」に変わった。

この女が生まれてこなければ、幸せになれたのに。この女が、すべてを奪った。じゃあ、この女を亡き者にすれば、失ったすべてが戻ってくるのだろうか。そんな考えがよぎる。

ベビーカーに両手を伸ばし、赤ん坊を抱き上げた。赤ん坊はぐったりと重く、その生々しい重みにたじろいだのは一瞬で、赤ん坊を胸に押しつけ、駆け出した。

怖かった。女に気づかれることでも追いかけられることでもなく、自分がしていることが。それよりも、これからすることが。

女に気づいてほしかった。追いかけてほしかった。赤ん坊を奪い返してほしかった。それでも、足は止まらない。ぐったりと重い憎しみを抱きしめ、暗いほうへ、暗いほうへと向かっていく。

ゆりかごに聞く

一章

1

子供が泣いている。暗闇に溶け込み、姿は見えない。けれど、押し殺した泣き声が聞こえる。いや、押し殺しているのではなく、もう声が出ないのかもしれない。空気を求めてあえぐような頼りない声。

女の子だ。閉じ込められているのか、それとも置き去りにされたのだろうか。真っ暗な場所には彼女しかいない。彼女はあきらめている。いくら声をあげても誰も助けてくれないことを、そこから出られないことを、知っている。

彼女を俯瞰するまなざしがある。ゆっくりと彼女に近づいていく。暗闇に、小さな姿が浮かび上がる。床にぐったりと横たわり、力なく手足を投げ出している。目を閉じ、口は半開きだ。涙で濡れた顔に髪の毛が張りつき、嗚咽《おえつ》が華奢な肩を震わせる。

かわいそうな子供。このままでは死んでしまうかもしれない。

けれど、彼女を見つめるまなざしに感情はない。彼女を救う方法はあるのに、手を差し伸べようとはしない。

これは夢だと気づく。彼女を見つめているのは自分だと、彼女を救えるのは自分だけだと、そう認識する。それでも感情は生まれない。夢のなかのまなざしは、代わり映えのない風景を眺めるように、見捨てられた子供を見つめている。


そこで目が覚めた。

宝子《ほうこ》は息を吸い込んだ。呼吸を止めていたのだろうか、体が空気を求めていた。

覚醒し切らない頭で、いまのは愛里《あいり》だったと思う。泣き疲れた愛里を、自分は無感情に眺めていた。

カーテンはまだ沈んだ色だが、ほの暗い部屋には朝の気配が漂っている。目覚ましアラームを聞いていないから六時半前だろう。

愛里が泣いていた、とベッドのなかでもう一度嚙みしめた。その途端、不吉な予感に駆られて飛び起きた。

愛里になにかあったのではないだろうか。

反射的に携帯を手にしたところで理性が生まれた。五時五十分。こんな早朝に電話をして、なんて言えばいいのだろう。

変な夢を見たんだけど愛里は無事？　そう聞いたことは過去に何度もある。しかし、宝子の夢と、現実の愛里がつながっていることは一度もなく、呆れと怒りが入り混じった声が返ってきただけだった。

手にした携帯で、電話をする代わりにニュースサイトを開き、函館で子供が事件や事故に遭ったニュースがないかをチェックする。交通事故、行方不明、殺人事件、傷害事件、転落事故。ひととおり閲覧し、恐れているニュースがないことに少し安堵した。

玄関ポストから新聞を取る。自社の東都新聞のほかに全国紙が二紙。いつもはコーヒーを飲みながら、まずは自社新聞の一面を読み、次に社会面を読むが、この日はすぐに社会面を開いた。大きな事件や事故でない限り、北海道の記事がここに載ることはない。

〈八王子男性殺害　交際中の女性を事情聴取〉

社会面の見出しに目が留まった。

やっぱり女だったのか、と思いながらも、ほかの記事に視線を流す。函館の記事も、子供が事件や事故に巻き込まれた記事もなかった。

夢の感触がまだ身の内に張りついている。愛里を見つめる無表情なまなざし。あれはまぎれもなく自分だった。そう思うと、胸がふさがれたように苦しくなった。

宝子はインスタントコーヒーを入れてから、改めて新聞に目を通した。

〈八王子男性殺害　交際中の女性を事情聴取〉の見出しをもう一度目でなぞり、記事を読む。

一週間ほど前に起きた事件だ。八王子市に住む二十五歳の男が、駐車場で何者かに殺された。当初の報道では遺体の一部を切断した跡があったとしか伝えられなかったが、その後、週刊誌によって性器が切断されていることが明らかになった。「現代の阿部定事件」「猟奇的殺人」とワイドショーが騒ぎ立て、犯人は女だという流れになっていた。

以前の宝子なら、世間から注目されているこういう事件を追いたいと思っただろう。もともと事件記者になりたくて、就職先に新聞社を選んだ。社会部への異動願いを出したこともあったが、三十三歳になったいまでは自分が社会部に行きたいのかどうかわからない。

八時になるのを待ってから、浩人《ひろと》の携帯に電話をした。しばらく呼出音が続き、「はい」と聞こえたのは女の声だった。うろたえた宝子は「あの」と言葉をつまらせた。

「はい」

再び聞こえた声に、未知子だと気づく。浩人の母親、かつて宝子の姑だった人だ。どうして浩人の携帯に未知子が出るのだろう。

「あの、おはようございます。宝子です」

「おはようございます」

距離をおいた声音が返ってきた。

「あの、浩人さんは？」

「いま手が離せないみたい。なにか用事があれば、伝えておきますよ」

「あ、いえ」と答え、宝子は唾をのむ。

なんて聞けばいいのだろう。浩人に聞くつもりだった「愛里に変わりはない？」という言葉しか用意していなかった。

結局、ほかの言葉を見つけられず、そのままを口にする。

「愛里に変わりはありませんか？」

「ないですよ」

続く言葉を待ったが、それきりなにも言ってくれない。

「あの、元気でしょうか」

「ええ」

すぐに会話が途切れた。

未知子は会話をする気がないのだと宝子は悟った。それどころか、電話をよこしたことを迷惑に思っている。

あからさまな態度に、次の言葉を見つけられず、「よろしくお願いします」と言って通話を終えた。返事はなかった。

未知子と話したのは二年ぶりくらいだ。もともとはっきりした性格ではあったが、嫁姑の関係だったころは、こんなふうに片手で追い払うような口ぶりをしたことはなかった。

私はこんなに嫌われ、疎まれているのか。

戸惑いと疎外感、少し遅れて鈍い痛みが広がった。

――自分のことだけ考えればいいじゃない。あなた、そういう性格なんだから。

かつて言われた言葉を思い出す。

あれは、浩人との別居が決まったときだっただろうか。それとも、離婚したときだっただろうか。仕事を辞めず、東京に残ることを決めた宝子に、未知子は突き放すようにそう言った。

夢の断片がまぶたの裏でちらつく。

泣き疲れ、痛々しく横たわる愛里。それを無表情に眺めるまなざし。

夢のなかの愛里が幼かったことに気づく。三、四歳ではなかったか。まだ母親を必要とし、必死に求め、すがりつこうとしていたころだ。

宝子は、小学三年生になったいまの愛里を思い浮かべた。最後に会ったのは二ヵ月前、愛里は夏休み中だった。水色のチェックのワンピースを着ていた。髪を肩まで垂らし、さくらんぼのヘアピンをしていた。タルタルソースをたっぷりつけたエビフライにかじりつく口もとを見て、ますます浩人に似てきた、と静かに思ったのを覚えている。

いつだっていまの愛里を思い浮かべることはできる。それでも、とっさに愛里を思うとき、頭に浮かぶのは三、四歳の愛里だった。

宝子は深呼吸をし、軽く頭を振った。

愛里が元気でいることがわかってよかった。そう自分に言い聞かせ、夢の名残と電話の余韻を振り払おうとした。

九時をまわったばかりの文化部は、寝起きのようにぼんやりしている。

始業時間は九時三十分だが、時間前に出社する社員はほとんどいない。

いまも宝子のほかには、デスクの勝木とフリーライターが打ち合わせをしているだけだ。打ち合わせじゃなく、ただの雑談かもしれない。笑い声の合間から「立ち飲み」「ガード下」「ちりとり鍋」といった朝には不似合いな単語が聞き取れた。

勝木が誰よりも早く出社し、誰よりも早く退社するのは、早く酒を飲みに行きたいからだ。典型的なメタボ体型で、俺の腹は脂肪じゃなくて酒樽だ、と豪語している。そのせいか、定年まであと二年の彼は出世コースからはずれている。

メールをチェックしていると、「おい、柳」と勝木から声がかかり、宝子は「はい」と首を伸ばした。

「蒲生《がもう》君、柳の隠れファンなんだってよ」

パソコンのモニタ越しに、こちらに顔を向けている勝木とフリーライターの蒲生が見えた。

「ちがいますよ」蒲生が笑う。「著者訪問のファンなんです」

著者訪問は隔週のコーナーで、宝子を含めた三人の文化部記者の持ちまわり制になっている。

「でも、柳さんの記事は好きです。ノンフィクション作家を取り上げることが多いですよね」

「言っとくけど、俺だってデスクになる前は担当してたんだぞ」

勝木が割って入る。

「そうなんですか。どのくらい前ですか?」

「ものすごーく前だよ」

そう言って勝木は笑った。

電話が鳴り、勝木が先に受話器を取る。「おい、おまえに」と、宝子を見た。

「あ、はい。すみません」

受話器に手を伸ばした宝子に、「受付から。警察から柳に電話だってよ」と勝木は続けた。

「警察?」

心臓が跳ね、今朝の夢がよみがえる。愛里になにかあったのではないか。宝子は急いで受話器を取った。

受話器を耳に当ててすぐ、たちの悪いいたずら電話だと思った。けれど、ただのいたずらでこんな電話をかけてくる意味がわからない。こちらからかけ直すと告げ、相手の電話番号を聞いた。

電話を切ってからその番号を検索すると、ほんとうに警察のものだった。茨城県の水戸警察署。

「どうした?」

勝木から声がかかる。

「あ、いえ」

いつのまにか宝子は立ち上がっていた。

「いえ、って顔じゃないだろ」

宝子はパソコンのモニタから視線を剝がした。が、どこに目を向ければいいのかわからない。父が、と声にしたら、薄笑いが混じった。「父が死んだそうです」と言ったときには、おかしくもないのに笑っていた。

「なんだって? 笑ってる場合じゃないだろう」

「ちがうんです」宝子はようやく勝木に目を向けた。「父はとっくに亡くなってるんです。私が小学六年生のときに」

「ああ、そうか。じゃあなんかのまちがいだな」

「でも、変なんです。指紋が一致したって言うんですよね」

「指紋?」

「私の父、若いころ逮捕されたことがあったみたいで。映画を撮るために友達と深夜のスーパーに忍び込んで、ボヤ騒ぎを起こしたらしいんです。それで建造物侵入で書類送検されて。そのときの指紋と変死体の指紋が一致したって」

「変死体?」

勝木がぎょっとする。

「でも、そんなわけないですよね」

「いいから早く電話して詳しいこと聞いてみろよ」

「はい」と答えたが、この場で電話することに抵抗があった。「ちょっと席はずします」

携帯を手に廊下へ出た。ひとりになれる場所を探し、フロア奥にある階段を下りた。

鼓動が速い。背中が汗ばんでいる。どうしてだろう、まちがいに決まっているのに。

「柳」

声をかけられるまで、階段を上ってくる人に気づかなかった。社会部にいるふたつ上の先輩記者だ。

「おまえんとこの柴本って女、阿部定と同じ中学だったってほんとか？」

「え？」

なにを聞かれたのか理解できず、無防備な声が出た。

「八王子の、事情聴取された女。チンチン切断した女だよ。そいつと柴本が同じ中学だったって噂だけど、ほんとか？」

「いえ」

宝子は首をかしげた。

「ちがうのか？」

「柴本さん、今日は直行なのでまだ出社してません」

「なんだよー」先輩記者はのけぞった。「ったくのん気でいいよな、文化部はよ」

そう吐き捨て、Uターンして階段を駆け下りていった。

宝子は階段を二段下り、踊り場に立った。無意識のうちに胸の深いところから息をついていた。左手に携帯、右手に電話番号をメモした紙。どちらの手も力が入りすぎて震えていた。

2

父は生きていたら七十五歳だ。母とは十二歳離れていた。

はじめて父と会ったのは宝子が小学校に上がる前、クリスマスが近い日曜日だった。そのころ宝子と母は、仙台で暮らしていた。母とデパートに行き、お子様ランチを楽しみに最上階の食堂に入ると、知らないおじさんがテーブルから遠慮がちに手を振ってきた。あのとき父は四十八歳だったが、短い髪は白髪が目立ち、陽に焼けた顔にはしわが刻まれていた。小柄で、猫背で、歳をとっていた。おじさんというより、おじいさんに見えた。やさしそうなおじいさん。それが第一印象だった。

宝子は警察署の遺体安置所で、そのときのことを思い出していた。

目の前に横たわる男にはやさしげな雰囲気はなく、弱々しく、哀れで、惨めだった。白く固まった皮膚は黄みがかり、いくつもの老人斑がある。鼻も口も耳も小さく、閉じた目のまつげはまばらだ。やさしさを見いだそうとすればするほど、年老いた男はただ悲しいだけの存在になっていく。

父のはずがない。

父は二十一年前に死んだのだから。

この人は、ただのかわいそうなおじいさんだ。たとえ父の面影を宿していたとしても、父のはずがないのだ。

遺体には、鈴木和男という名前がついていた。

鈴木和男は、三日前の早朝、水戸市内の神社の境内に倒れているところを発見された。発見されたときはすでに亡くなっていた。身元を証明するものは身につけていなかったが、財布に入っていたスーパーの領収書の宛名から、市内の建設会社の寮に住んでいることが判明した。鈴木和男が偽名であることは、会社では暗黙の了解だった。十年ほど前、どこからともなく流れ着き、当初は工事現場で働いていたが、体が衰えてからは会社の寮にそのまま住まわせてもらう代わりに炊事や掃除をしていたらしい。鈴木和男の素性を知るものはなく、遺体の引き取り手もいなかった。

検視の結果、死因は心臓死とされ、事件性はないとのことだった。

「お父様でまちがいありませんか？」

背後からの声に、宝子の体は勝手にうなずいていた。しかし、父のはずがない、という内からの声は大きくなるばかりだ。

警察から職場に電話があったのは、今日の九時半ごろだった。あれから五時間しかたっていないのに、世界が変わったように感じられた。

「どういうことですか？」

無意識のうちに声にしていた。さっきから繰り返している言葉だが、何度聞いても足りなかった。

数秒の沈黙を挟んだのち、「神社の境内で」と、控えめながらも思いついたような声が返ってきた。返事があるまで時間がかかったのは、どういうことですか？　と繰り返す宝子に、まだ伝えていない情報がないか考えていたせいかもしれない。

「神社の境内で酒を飲んでいたらしく、ご遺体のそばにはカップ酒の空瓶が落ちていました。三本です」

定年間近に見える刑事の声が、宝子の鼓膜に届き、言葉が意味を持つまでしばらくかかった。

死亡推定時刻は、午前〇時前後とのことだった。深夜に神社の境内で、おそらくたったひとりでカップ酒を飲む、老いた男。幸せだったとは思えない。

宝子が思い出す父は、いつも穏やかな笑みを浮かべている。父と暮らしたのは六年間だけだったが、はじめて会ったときの印象のままの人だった。口数が少なく、いつも静かにそこにいた。いちばんにぎやかなのはテレビの野球中継を観ているときで、「おっ」「あー」「よしっ」などと、短いながらも興奮した声を発した。

父の印象は薄い。その薄さが父だった。

宝子は、横たわる男から二十一年分の年月を差し引いてみた。記憶のなかの父に二十一年分の歳をとらせてみた。ふたりがぴたりと重なることはなかった。

父の面影はすでに曖昧になっている。写真を見なければ顔の細部を思い描くことはできないし、声を正しい音にして再生することはむずかしい。けれど、いつも満足そうにほほえんでいたことと、目の端で母の姿を追っていたことはあざやかに覚えている。

父の葬儀は三日後に行った。

葬儀社の安置所は六畳の和室で、父が眠る棺と簡素な枕飾りがあるだけだ。

ふいに線香のにおいが強く感じられ、二十一年前の葬儀がよみがえる。

父は単身赴任先の青森で死んだ。部屋のストーブから火が出て、就寝していた父は逃げることができなかったらしい。

宝子は父の亡骸を見ていない。見ちゃいけないと母に言われたが、こっそり棺をのぞくと人間の輪郭をした白い布が納まっていた。髪の毛一本見えなくて、この白い布の下に父がいることが信じられなかった。遺体の損傷がひどいことは、説明されるまでもなく理解できた。宝子に亡骸を見せないためだろう、母は「お父さんはもう天国に行ったの。ここにいるのは抜け殻なの。だから、心のなかでお別れをしなさい」と言った。

あれは父ではなかったのだ。

じゃあ、誰だったのだろう。

宝子は棺のなかの父を見つめ直した。

警察署の安置所で対面したときよりも父の面影が濃く感じられた。それでも宝子の知らない二十一年を生きた父は、記憶のなかの父とは重ならない。

「お父さん」

そっと呼びかけた声は、父に届く前に霧散した。

ノックの音がして、ドアを開けると喪服を着た男が三人立っていた。父が働いていた建設会社の人たちで、焼香に来たと告げた。五十歳前後の社長と、寮で一緒だったという六十代に見えるふたりだ。

「娘さんが見つかったと警察から聞いて、私らもほっとしました」

焼香を終え、社長が言った。六十代のふたりは、こくこくうなずいている。

「父が大変お世話になりました。ご迷惑をおかけしました」

宝子は畳に手をつき、深く頭を下げた。

「いやいや。このたびはご愁傷さまでした。でも、スーさんも娘さんに会えて喜んでると思いますよ。いや、気の毒なことだったけど」

社長の言葉に、六十代のふたりはまたこくこくうなずく。

聞きたいことがたくさんあった。ありすぎて、こんがらがってうまく取り出せない。「あの、父は」と口にしたきり、次の言葉が出てこなかった。

三人は神妙な顔をして宝子の言葉を待っている。

「父は、記憶喪失だったんでしょうか」

口をついた言葉に自分自身で驚いた。

父が記憶喪失だった可能性など考えてもいなかった。それなのに、自分の言葉を認知した瞬間、そうだったにちがいないと結論づけた。

わからないことだらけだった。

なぜ父は二十一年前に死んだことになったのか。父は二十一年間をどのように生きたのか。二十一年前に死んだのは誰だったのか。

そして、いまはっきりと現れた疑問。生きていたなら、どうして母や宝子に連絡をしなかったのか。家族思いだった父がそうしなかったのは、記憶を失ったからとしか考えられない。

いやあ、と社長は首をかしげ、「そんなことはなかったと思いますよ」と答えた。なあ、と六十代のふたりに確認する。

「はい。記憶喪失ではなかったと思うけど。わけあって会えない娘がいるって言ってたし」

宝子のなかで時間が止まった。思考も心臓も動きを止めた。それなのに外側の時間は容赦なく流れていく。

「なあ。記憶喪失なんかじゃなかったよなあ」

小柄なほうが、もうひとりの男に同意を求める。

「うんうん。酔っぱらうと、よく昔のことしゃべってたし。っていっても、最近のスーさんはたいてい酔っぱらってたけどな」

男は前歯のない口を開けて笑い、はっとして顔を伏せた。

「昔のことって……」

息が続かず、言葉がちぎれた。

「昔のことって、たとえばどんなことですか?」

「家族のことばかりだったよ」

小柄なほうが慰める口調で答える。

「スーさん、普段は自分のこと全然しゃべらないんだけど、ここ最近急に酔っぱらうとおしゃべりになって、よく奥さんとか娘さんの自慢をしてたなあ。奥さんがやさしいとか十以上歳が離れてるとか、毎朝弁当つくってくれたとか、娘さんは俺とちがって勉強ができるとか。そういえば、居酒屋に行ったときは、俺の嫁のつくる玉子焼きのほうがうまいとか言ってたなあ」

幼いころの日々があざやかによみがえった。母のつくるきれいな黄色の玉子焼き、その端を「あーん」と口に入れてもらったこと。母から弁当を受け取るときの嬉しそうな父の顔。肩車されたとき、父の頭皮から漂ったどこかなつかしいにおい。

じゃあ、父は自分の意思で姿を消したことになる。そんなことがあるはずないのに。

「でも、なつかしそうにしゃべるようになったのはここ半年くらいのことかな。スーさんもやっと吹っ切れたんじゃないかな。うちに来たばかりのときはつらそうだったなあ。奥さんを亡くしたばかりだって言ってたから」

「えっ」

大きな声が出て、それきり声を失った。

父は、母が死んだことを知っていた——。

父が建設会社に流れ着いたのは十年くらい前だと聞いていた。看護師だった母が通勤中に倒れ、そのまま逝ってしまった時期と一致している。

「酔っぱらったときに、ぽつりと漏らしてね。スーさん、泣いてたなあ」

なにを、どう考えていいのかわからない。父は生きていただけではなく、思いがけず近くにいたのではないだろうか。少なくとも、母の死を知ることができる距離に。

わけあって会えない娘がいる、と父は言っていたらしい。いったいどんなわけなのだろう。

会社の寮には、ボストンバッグひとつ分の父の荷物があるという。明日、火葬のあとに取りにいく約束をして男たちを見送った。

「お父さん、二十一年もなにしてたの？」

棺のなかの父に話しかけた。

頬にそっとふれる。冷たい。こちらの体温を拒むような決然とした冷たさだ。二十一年前の葬儀ではこんなふうにさわることができなかった。けれど、よかったのだ。あれは父ではなかったのだから。

宝子は、血のつながった父親のことをなにひとつ知らない。幼いころに、どうしてうちにはお父さんがいないのかと思ったことはあったし、母に聞いたこともあった。けれど、会いたいと焦がれたり、自分の境遇を恨んだりしたことはない。そうなる前に、柳正孝という人間が父になってくれたからだ。

「お父さん」

呼びかけた声はどこに届くのだろうと考えた。

宝子の知らない二十一年を過ごした目の前の父ではなく、自分の記憶のなかの父に届く気がした。

翌日、父は灰になった。火葬場を出ると、遺体安置所で応対してくれた刑事が立っていた。

「ご愁傷さまでした」と深く頭を下げた刑事に、宝子は無言で頭を下げ返す。

「まだご報告できることはありません。お父様は鈴木和男という人物と入れ替わったんじゃないか。そうも考えたのですが、該当する人物はいませんでした」

それは宝子も考えたことだった。二十一年前、火事で死んだのは鈴木和男という人間で、父は彼になり代わって生きていたのではないか、と。

「じゃあ、どういうことですか？」

無意識に出たのは、遺体安置所でも繰り返した言葉だった。

「どういうことなのか、いま調べています。近いうちに柳さんにも改めてお聞きすることになりますが……柳さん」

刑事の声が改まる。

「二十一年前、あなたのお父様が焼死したとされたときですが、遺体の損傷がひどく、指紋が取れなかったのはご存じですか？」

宝子はうなずいた。

当時、宝子は小学六年生だった。誰かに説明されたわけではなかったが、頭上を飛び交う大人たちの会話からだいたいのことは理解できた。

「では、歯の治療痕で身元確認したこともご存じでしたか？」

「はい」

「確認を取ったところ、その歯科医はすでに廃院していました。ですから、いまとなっては調べようがないんですが、とにかく当時は歯の治療痕が一致した。お父様の部屋が火事になり、焼け跡から住人らしき遺体が発見され、歯の治療痕も一致。となると、亡くなったのはお父様だと判断せざるを得ないのですが」

いや、言い訳になってしまいますが、と刑事は宝子が抱える骨箱にちらっと目をやった。

「ところで、二十一年前の遺骨はどちらにありますか？」

「……お墓に」

「お墓はどちらですか？」

「札幌です」

「札幌？」

「父の実家が札幌なんです」

父は若いころ、逮捕されたのをきっかけに勘当されたらしかった。ただ、父の母である祖母とだけは連絡を取り合っていた。父が亡くなったとき、内緒でお墓を買ってくれたのも祖母だ。本家のある札幌なら私がお参りしてあげられるから、と言って。その祖母も亡くなってしまった。

宝子ははっとした。

そのお墓に、いまは母も眠っているのだった。

母は、他人の骨と一緒に眠っている。無意識のうちに骨箱をきつく抱きしめていた。

父の遺骨は、雪が解けるのを待って四月の終わりに納骨した。風が強かった。冷たい風だった。桜の花がほころんでいるのを見て、北海道はこんな遅くに桜が咲くのかと驚いたのを覚えている。墓石の下に白い骨壺が納められたとき、母は泣いた。祖母も泣いた。宝子も泣いた。「さようなら、お父さん」とつぶやいた母の声がいまも耳に残っている。

宝子を残してみんな死んでしまった。


聞き慣れた音が聞こえる。なんの音なのかはわからない。

目を開けるとうす暗く、長い夢から覚めたような心地だった。自分のいる時間と場所が曖昧だ。

携帯の着信音だと気づいたのと、テーブルの上の骨箱が目に入ったのは同時だった。眠りの膜が一気に剝がれ落ちる。火葬場からホテルに戻ったのは昼すぎだった。少し横になろうとしただけなのに、思いがけず長いあいだ寝てしまったらしい。

電話はデスクの勝木からだ。会社ではなく、携帯からかけてきている。

「勝木さん、すみません」

責められる前に謝った。

一週間休ませてほしいと、勝木に一方的な電話をしたのは水戸に来た日の夜、遺体が父であることを確認してからだった。勝木にはまだなにも説明していない。説明しないまま、父の件は誰にも言わないでほしいと頼んであった。

「謝らなくていいから説明しろよ。いったいどうなってんだよ」

「すみません」

「だから、謝らなくていいって言ってるだろ」

「あの、このことは……」

「誰にも言ってねえよ。病欠ってことにしてあるから、帰ってきたら自分で自分のケツ拭けよ」

勝木の声を聞くとほっとして、涙が出そうになった。変わらないものもある。そう思えた。

「で、どうなんだよ？　まちがいだったんだろ？　どうなんだ？　ちがうのか？」

「父でした」

勝木は言葉を失ったようだった。

「……どういうことだよ」

数秒後、絞り出すような声がした。

「わかりません。なにもわからないんです」

「そんなことってあるのかよ。だって、おまえの親父さん」勝木は言葉を切り、声をひそめた。

「おまえが小学生のときに亡くなったんだよな？」

「でも、父だったんです」

宝子は、テーブルの上の骨箱を見つめながら答えた。薄闇のなか、まるでひっそりと発光するように見える。

「いったいどうなってんだよ」

ひとりごとの口調だ。

「誰にも言わないでください」

返事はない。

「知られたら記事になるかもしれません。二十一年前の遺体の身元確認にミスがあって、死んだはずの人間が生きていた、って」

「でも、情報は漏れるものだぞ。そのうち警察発表があるかもしれんし」

「警察発表の場合、名前は出ないはずです。でも、社内の人に知られたら、二十一年前のことを、家族のことを、いろいろ聞かれるし、調べられます。甘いのはわかっています。でも、私自身まだなにもわからないんです。せめて、もう少し待ってもらえませんか？」

「いつ帰ってくるんだ？」

ため息をつくような声だ。

「明後日《あさって》には帰ります」

「帰ったらきっちり説明しろよ」

「わかりました」

「必ずだぞ」

「はい」

すみません、と小さく言い添え、通話を切った。

もうすぐ五時になるところだ。

父が住んでいた建設会社の寮に行くため、宝子はホテルの部屋を出た。

3

まるで暗がりへと分け入るようだった。

宝子の瞳に、闇をのみ込んだ針葉樹の林が映り込む。林が途切れると、収穫後の畑のあいだに民家が点在し、民家が見えなくなるとまた林が現れた。まだ五時半にもなっていないのに、夜の深みに沈められた風景に見えた。

タクシーを降りたのは、広い敷地の前だった。重機と車が並び、建物が二棟ある。手前が会社で、奥が寮だろう。背後には針葉樹の林が黒く鋭角な輪郭を伸ばしている。ひっそりと隠れるような場所に見えた。

寮の窓にはいくつかのあかりがともっている。インターホンを鳴らすと、昨日焼香に来てくれた小柄な男が現れた。男に案内され、二階に上がった。

父が十年間暮らしていたのは、四畳半の部屋だった。日焼けした畳と色褪せた薄青のカーテン。家具は備え付けらしい古い収納棚がひとつあるだけで、部屋のすみに茶色いボストンバッグが置いてある。

「来週から新入りが来ることになったから」

荷物を片付けたことの言い訳をするように、男はぼそっと言った。

「ほんとうにお世話になりました」

宝子は頭を下げた。

「いろいろあるから」

頭を上げると、居心地悪そうな男の顔があった。宝子を見ずに、「みんな、いろんな事情があるからね」と続けた。

事情、と宝子は噛みしめた。父の事情、と続けて思う。死んだ人間として生きていくのにはどんな事情があったのだろう。

「父はここでどんなふうに暮らしていたんですか？」

「どんなふう、って……」

「どんなことでもいいので、父のことを教えてもらえませんか」

男は鼻の下を人差し指でこすってから「やっぱりなんか事情があったんだろうけど」と前置きし、思い切ったように口を開いた。

「逃げてたんじゃないかな」

「逃げる」

無意識のうちに復唱していた。

「いや、隠れてたのかもしれないけど」

数秒おいてから、「なにからですか?」と宝子は尋ねた。

「それはわかんないけど。ここにいるだいたいがそうだから」

俺もそうだし、と男は薄く笑う。

「こちらに来る前、父がどうしていたかは知りませんか? どこから来たのかとか、どんな仕事をしていたのかとか」

男は気の毒そうに首を振る。

「なんにもしゃべらないから、わけありで逃げてきたって言われてたんだよ」

父は十年前、作業員募集のチラシを見てやってきたそうだ。鈴木和男と名乗ったが、人目を忍ぶ気配が感じられ、偽名であることが察せられたという。鈴木和男は必要最小限のことしか話さず、現場と寮を黙々と行き来していただけだった。寮にいるときは食事を済ませると自分の部屋に引きこもり、仕事仲間との会話に加わることもなかった。やくざ者に追われているだとか人を殺して逃げているなどと噂されていたという。

鈴木和男がはじめて仕事仲間と酒を飲んだのは、二、三ヵ月たってからだった。夕食を終えた食堂でのことだった。ひどく酔っぱらった彼はいきなり泣き出し、妻が死んだのだと言った。心の一部が決壊したように泣きじゃくり、そのまま眠ってしまった。

「あんなふうに子供みたいな泣き方をする男を見たのはひさしぶりだったから、なんだか胸に迫ってね。俺は早いうちにおふくろを亡くしたから、そのときのことを思い出してもらい泣きしそうになったよ」

男は鼻の下をこすりながら言った。

「ほかにどんなことを言ってましたか？」

男は眉間のしわを深くし、んんー、と唸った。

「私のことは……わけあって会えない娘がいるって言ったのはそのときですか？」

いや、と男は首をひねる。

「それは最近だな」

「……最近」

「っていっても、半年前くらいかな」

妻が死んだと泣きじゃくってからも、そんな夜などなかったかのように鈴木和男は寡黙だったという。寮では酒を飲むようになったが、仕事仲間と夜のまちに繰り出すことはなかった。

「スーさんが仕事以外で外出するのって、月に一回あるかないかじゃなかったかなあ。自分のことは全然しゃべんないし。だから、やっぱり追われてるんだとか逃げてるんだとか噂されてたなあ」

それが半年ほど前から、酔っぱらうと昔の話をするようになったという。

「ああ、そうだ。亡くなった日、スーさん珍しく朝早くに出かけていったんだけど、途中で具合悪くなったみたいで帰ってきたんだよな。あの日は朝から体調が悪かったのかもしれないなあ」

「父はどこに行こうとしたんですか？」

「それはわかんないけど。こんなこと言っちゃ悪いのかもしれないけど、スーさん、自分の寿命を薄々感じてたんじゃないかなあ」

「娘に会えない理由を言ったことはありませんか？」

「いや。ただ、自慢の娘だ、って」

その言葉で記憶の蓋が一気に開いた。

自慢の娘――。それは父の口癖のようなもので、なんの脈絡もなく言うことが多かった。テレビの野球中継を観ているとき。家族で買い物に行ったとき。宝子が学校での出来事を話しているとき。父は大切なことを思い出したようにふと宝子を見つめ直し、ときに頭に手を置き、ときに感極まったような顔をして、お父さんの自慢の娘、とほほえみかけた。

自慢の娘――。忘れていたはずの父の声がよみがえった。それはすぐそばから聞こえたのではなく、風にのって流れてきた遠くからの声だったが、宝子の頭のなかでみずみずしく響いた。

寮を出ると、夜が一層深まったようだった。腕時計に目をやり、まだ六時半だと知る。

寮の背後には黒い切り絵のような針葉樹の林、片側一車線の道路の向こうには瓦屋根の民家と荒涼と広がる畑。これが父が十年間見ていた風景なのだ。そう思うと、父の心のどこかにこの風景と似た暗みが存在していたような気がしてならなかった。

父が倒れていた神社は、寮から歩いて十分ほどのところにある。

風が冷たい。どこかで野焼きでもしたのだろうか、空気に焦げ臭さが混じり、秋の虫が鳴いている。

片側一車線の道を歩いていくと、宝子が向かう方向に白く大きな月があった。ほの白い月あかりとまばらな街路灯に照らされながら、父の最期に想いを馳せた。いま自分は父と同じ道を辿り、同じ場所に向かっているのだと噛みしめた。

さびしい、と感じたが、それが自分の感情なのか、父の気持ちを想像したものなのかはわからなかった。

木々にまぎれるような小さな鳥居を見つけた。幅の狭い石段が続いている。石段を照らす外灯はないが、月あかりで上ることができた。上に行くほど四方から静寂な闇が迫ってくる。

石段を上り切る数段手前で足を止めた。父が倒れていたのは、石段を上り切ったところだった。おそらく石段のいちばん上に腰かけ、カップ酒を飲んでいたのだろう。

そこに父の名残がないか、宝子は目をこらし、感覚を研ぎ澄ませた。

そこだけがほのかに発光している気がする。最後の息が空気に混じっている気がする。父の視線を感じる。すべてこじつけだと自覚していた。

宝子は石段のいちばん上に腰かけた。

瞳に映る風景は灰色の濃淡だ。濃灰色の畑、漆黒を溜め込んだ林、墨色の瓦屋根。まばらなあかりは弱々しく、夜空が奇妙に明るく見える。

のけぞるように空を仰いだ。藍色の空を、小さな雲がゆっくりと流れている。ずっと見上げていると、空が下りてくるようにも、自分が昇っていくようにも感じられた。

父もこうして夜空を眺めたのだろうか。天に吸い込まれるように旅立ったのだろうか。

さびしい、とまた思う。

宝子は顔を戻し、まっすぐ前に視線を向けた。

眼下に広がる濃灰色の畑は夜空と溶け合い、境界線が塗り潰されている。夜に沈んだ地上の遠くに、すっと小さなあかりが現れた。黄みがかったあかりはちらちらと揺らめきながら、やがてふたつになり、寄り添うように左から右へゆっくりと流れていく。遠くを走る車のヘッドライトが、蛍の光のようにも人魂《ひとだま》のようにも見えた。

携帯の着信音が鳴り、現実に引き戻された。

「今度の日程は決まった?」

携帯を耳に当てると、浩人の声が耳に飛び込んできた。

彼が、いま大丈夫? 話して平気? といった言葉を省略し、いきなり用件を話すようになったのはいつからだろう。

あ、と声が出たきり、あとが続かない。

いまこの場所で、浩人の声を聞いているのが不思議だった。まるで、夢のなかに現実の音が入り込んだようだ。

「早めに聞いておかないとこっちにも予定があるからさ」

浩人が言っているのは、愛里との二ヵ月に一度の面会交流のことだ。

「あ、うん。今月末の土日はどうかな」

宝子は言葉を繕った。

「調整してまた電話する」

「あ」

「なに?」

「愛里は変わりない？」

「ああ。代わろうか？」

宝子が「お願い」と言ったのと、携帯から「いいよ」と聞こえたのは同時だった。

「代わらなくていいって言うからこのまま切るよ」

浩人は隠すことなく告げ、通話を切った。

――いいよ。

乾いた、面倒そうな声が鼓膜に張りついた。

愛里は見透かしているのだと思った。私が自分のことしか考えていないことを。心のなかに無感情なまなざしを持っていることを。

車のヘッドライトはもう見えない。


妊娠しているとわかったとき、嬉しさはまったくなかった。

嬉しさだけではなく、驚きも戸惑いも感じなかった。ただ、「あー」とだけ思った。感情らしいものが芽生えなかったことに宝子はうろたえた。

二十四歳になったばかりだった。まだ浩人と結婚してはいなかったし、結婚したいと思ってもいなかった。

どうすればいいのか決められず、浩人に告げると大喜びし、すぐに籍を入れることになった。

そのときも、「あー」と思った。あー、私は結婚するのだな、子供を産み、母親になるのだな。

自分の意思とは関係なく、周囲がつくる流れにのってどこか遠くへ流されていくようだった。

こういうものなのかもしれない、と自分に言い聞かせた。まだ実感が湧かないだけだ、時間とともに芽生える感情があるはずだ、と。

その真裏で、これでいいのだろうか、と思いはじめてもいた。

宝子は、母親になることでできなくなることを数えた。真っ先に浮かんだのは仕事だが、一年間の産休育休後に復帰することを決めていたし、浩人も、浩人の両親も反対はしなかった。旅行すること。飲みに行くこと。友人と会うこと。そのほかできなくなることを思いつくまま挙げていったが、もともと会社と自宅を往復するだけの日々だった。

だから、なにも変わらない。いや、変わるけれど、失うものも、あきらめるものもない。これは喜ぶべき変化なのだ。

それでも、取り返しのつかない流れにのって、本来の人生から大きくそれていくようだった。自らの内の命が育っていくにつれ、その感覚は強くなっていった。

漠然とした、けれど抗いようのない違和感。誰にも言ってはいけないと思った。言えば、軽蔑され、母性の欠如を指摘され、人間性を疑われるだろう。生まれてくる子供がかわいそうと陰口を叩かれるだろう。

ずっと胸に秘めていたが、産休に入る直前、仕事で知り合った年上の女性にぽろりと漏らした。NPOの代表で、三人の子供がいる彼女は、「わっかるー」とあっさり答えた。

「私なんか最初の子の妊娠がわかったとき、まじかよー、嘘だと言ってくれー、って思ったもの。産むことにしたんだけど、つわりはひどいし、頭は痛いし、ムカムカは続くし、骨盤は割れそうになるし。つらかったり、痛かったりするたび、くっそーこいつのせいだ、ってお腹の子にむかついたもの。もう産むのやめたいって何度思ったことか。仕事が大変だったせいもあるしね」

からっと笑う彼女に救われる思いがした。

でも大丈夫だから、と彼女は続けた。

「産んだらかわいいから。っていっても、私なんか産むときも痛くて痛くて、てめえ早く出てこい、って怒鳴ったものね。それがいまじゃ三人の子持ちだもの、笑っちゃうよね。あなたはまだ若いから、たぶん現実に気持ちが追いついてないだけだと思うわよ」

彼女の言ったとおりだった。

生まれてきた子はかわいかった。こんなにかわいい子の母親であることが誇らしかった。

私の子供。私が産んだ子。なんて小さいんだろう。なんて貴いんだろう。何度もそう思ったことを覚えている。

いまとなっては、なにが本心だったのかあやふやだ。

かわいい、大好き、私の子。そう語りかけるとき、愛里にではなく自分に言い聞かせてはいなかったか。心に隙ができないように、そこに別の感情が入り込まないように、必死に唱えていなかっただろうか。

生まれるまでは不安だったけど、産むとやっぱりかわいいね。病院で知り合った母親にそう言ったとき、そんなことない、かわいいと思えない、と返ってくるのを期待していなかったか。

ほかの母親たちのように、生まれてきてくれてありがとう、と語りかけようとすると、そらぞらしくならなかったか。

どんな気持ちになるのが正解なのか、宝子はわからなかった。

昼夜関係なく泣かれても、なにをしても泣きやまなくても、洗濯したてのシーツが吐瀉物《としゃぶつ》にまみれても、授乳中に乳首を噛まれても、どんなときでもなにをされても、心の底からかわいい、愛おしい、と思えるのが母親としての正解なのだろうか。

いまでも正解がわからない。ただ、自分が不正解の母親であることは疑いようがなかった。

4

自宅の玄関ポストには新聞がつめ込まれ、入らなかった分がドアの前に散らばっていた。

父の遺骨を収納棚の上に置き、水を供え、手を合わせた。

床に座り、父のボストンバッグを開ける。途端、父のにおいがあふれ出す。心が遠い昔に飛ばされた。

夏祭りの夜だ。そのとき、はじめて父に肩車をされた。小学生にもなって恥ずかしかったが、それ以上に嬉しくて誇らしかった。宝子の目の下にゆらゆらとうごめく黒い頭の群れがあり、それまでよく見えなかった出店が温かな色をともなって現れた。お面、焼きそば、フランクフルト、立ち昇る煙、人々の笑い声、スピーカーから流れる祭囃子《まつりばやし》。「見えるか？」と父が聞いた。父の声はかすかな振動となって宝子の尻に伝わり、耳ではなく体じゅうで聞いたように感じた。父の体は温かく、汗ばんでいた。つかまれた膝がじっとりとしたが、自分の汗なのか父の汗なのかわからなかった。

小学一年生の宝子にとって、父と過ごすはじめての夏だった。父の頭皮から湿りけのあるにおいがして、どこかなつかしい気持ちになった。

これがお父さんなんだ、とそのとき思った。自分の五感にそう教えられた気がした。なつかしいにおいと温かな体、宝子の足をつかむやわらかな力。地面から離れているのに、ここにいれば絶対に大丈夫だと信じられた。

「よく見える?」と母が宝子を見上げた。その黒い瞳が光をちりばめたように輝き、父が顔を傾けて母にほほえみかけたのを覚えている。

ボストンバッグからあふれる父のにおいには、老人特有のすえた脂っぽさが付着している。それでもにおいの芯に、あのときの父がいた。父のにおいを吸い込みながら、夏祭りのとき照れくさくてそっけない態度をとったことを後悔した。もっと喜べばよかった。もっと素直になればよかった。もっと笑えばよかった。

宝子は、自分の手のひらを鼻につけてみた。

私はどんなにおいがするのだろう。愛里は私のにおいを嗅ぎ分けられるだろうか。私のにおいからどんな光景を思い出すのだろう。

暗闇のなかでぐったりと横たわる愛里が浮かぶ。母を呼ぶ声も泣き叫ぶ声も嗄《か》れ、震える呼吸のような音しか出ない。怖い。暗い。悲しい。お腹がすいた。声にならない叫びが聞こえる。

愛里が思い出すのは、あのときの恐怖と絶望のような気がした。あの夜は彼女の細胞に刻み込まれ、何年たっても消えることはないのかもしれない。

宝子はボストンバッグに手を入れた。

父の持ち物は少なかった。わずかな衣類と洗面道具だけだ。身元がわかるものも、写真も、手紙やメモも、なにもない。これが父の二十一年間なのか、と愕然とした。

建設会社の同僚は、父は自分の寿命を薄々感じていたのではないかと言っていた。もしそうだとしたら、自分宛てになにか遺してくれているのではないかと、すがるような気持ちがあった。それなのに、なにもない。

からっぽのボストンバッグの底の糸くずとごみを取ったとき、底板がわずかに持ち上がっていることに気づく。

底板を取ると、薄茶色の封筒があった。心臓がぐっと引き締まる。伸ばした手が震えた。

娘へ
いつも見ていた。これからも見守っている。

最初に出てきたのはメモだった。

ボールペンの細く頼りなく震えのある文字。死期を察してしたためたとしか思えない筆致だ。「宝子へ」ではなく「娘へ」になっている。父は死後もなお身元を隠そうとしたのだろう。逃げていた、隠れていた、と父の同僚は言った。いったいなにからだろう。家族と離れ離れになってまでそうしなければならなかった理由はなんだろう。

いつも見ていた、と父の言葉をなぞり、宝子ははっとした。比喩ではないのかもしれない。

二十一年前、父は死者になって姿を消した。けれど、その後もどこからか家族を見守っていたとしたら？　そう考えるのは都合がよすぎるだろうか。父は、母が死んだことを知っていた。新聞のお悔やみ欄で知ったのだろうか、それとも別の方法だろうか。

　薄茶色の封筒は膨らみを保っている。手紙やメモがまだあるのではないか。はやる気持ちのままに、封筒を逆さにした。出てきたのは新聞の切り抜きだった。かなりの枚数だ。そのひとつを広げ、息をのんだ。宝子の署名入りの記事だった。作家の講演会や対談の記事、全集の紹介記事がある。はじめから娘の勤め先を知っていたのだろうか、それともたまたま目にした新聞で娘の名前を見つけたのだろうか。

　父はほんとうに見てくれていたのだと宝子は確信した。

　別の切り抜きを開き、目に飛び込んできた見出しにふいを突かれた。

〈八王子の駐車場に男性遺体〉

　現代の阿部定と騒がれている事件だ。日付は十月九日。事件が起きた翌朝の新聞だ。

　翌日、翌々日の記事もある。宝子が勤める東都新聞だけではなく、他紙の記事もあった。

〈男性遺体発見　殺人と断定〉

〈八王子の男性遺体　殺人事件として捜査〉

〈八王子男性殺害　遺体に損傷〉

　週刊誌の記事がまぎれていた。被害者の性器が切り落とされていたことを報じた記事だ。

　宝子は呆然とした。なにか得体の知れないものと向き合っている気がした。

　父はなぜ八王子の殺人事件の記事を集めていたのだろう。事件となにか関係があるのだろうか。

　事件が報道されたのは、父が命を落とす三日前だ。三日のあいだにこれだけの記事を集めたのは、なにかしらの事情があったとしか考えられない。

逃げていた、隠れていた、と父の同僚の言葉が耳をよぎった。

会社のデータベース部で八王子殺人事件を検索した。

被害者は鬼塚裕也《ゆうや》、二十五歳。十月八日の深夜、西八王子駅近くの月極駐車場に倒れているのを発見された。死因は頭部を殴られたことによるくも膜下出血で、凶器は現場にあったスコップだと判明している。新聞には書かれていないが、週刊誌によると殺害後に性器を切断され、切断された性器は現場に残されていたらしい。

阿部定とはちがう、と誰かが声高に言っていたのを思い出した。社内だろうか、それともニュース番組だろうか、どこで聞いたのかは覚えていないが、それは性器が持ち去られていないことを指摘していたのかもしれない。

捜査は進展していないらしい。新たに見つけたのは〈被害者宅周辺で不審者情報も〉という小さな記事だった。被害者は事件の何日か前、自宅をのぞいていた不審者がいたことを知人に話したという。事情聴取された女性についての続報はなかった。

「おい」

背後からの声にびくっとなった。宝子は慌ててデータベースをトップ画面に戻し、振り返った。

「おはようございます」

「なにがおはようございますだよ」

勝木はがなり声をひそめ、「いったいどういうことだよ。説明しろよ」と続けた。言葉を返せない宝子に、「いま、なに調べてたんだよ」とたたみかける。

「父が亡くなったときの記事を……」宝子はとっさに嘘をついた。「青森の火災だったんですが、見つかりませんでした」

「火災？　柳の親父さん、火事で亡くなったのか？」

「はい。部屋のストーブから出火して」

「何年前だ？」

「二十一年前です」

「それが別人だったってわけか？」

勝木と一緒にデータベース部を出た。同じフロアにある文化部へと歩きながら、どこまで説明すればいいのか考えた。

もし、父の遺品に新聞の切り抜きがなければすべて正直に話せただろうか。二十一年前に死んだはずの父が、名前を変えて生きていたんです。なにかから逃げ隠れしていたようなんです。でも、私や母のことを見守っていたようなんです。

父が八王子殺人事件と関係しているとは思えないし、思いたくない。けれど、じゃあどうしてあれほどの切り抜きがあるのかという説明を宝子は持っていなかった。

「私にもわからないんです」

「わからない、って……」

「警察が調べ直すらしいです」

「そりゃそうだろうよ」

九時半になったばかりなのに、珍しく部長が出社していた。

「おまえ、インフルってことになってるからな」

耳打ちした勝木に、宝子は目礼した。

部長が宝子に気づき、「よう」と声をかける。「もうインフルなんて早いんじゃないの」

「すみませんでした」

「インフルだもん、しょうがないよ」

部長はそう言うと左奥の書架に目をやり、「蒲生君、インフルになったら柳がうつしたと思っていいからね」と笑いかけた。

書架に目をやると、気まずそうな蒲生と目が合った。

思い出した。警察から電話があったとき一緒にいたのは勝木だけではない。蒲生もいたのだった。蒲生は、宝子の死んだはずの父が生きていて、変死体で見つかったことを知っている。

「あ、はい。もう大丈夫ですか？」

たどたどしく返した蒲生の顔には戸惑いが浮かんでいた。

蒲生はフリーライターだ。誰かに話すかもしれないし、興味を持てば独自で調べるかもしれない。週刊誌に売り込む可能性だってある。口止めしなければ。でも、どうすればいいのだろう。

宝子から逃げるように「それじゃあ失礼します」と蒲生は足早に出ていった。そのよそよそしい態度に嫌な予感がし、あとを追うとエレベータに乗り込もうとする後ろ姿が見えた。

「あ、柳さん」

声をかけられ、反射的に足を止めた。蒲生が乗ったエレベータのドアが閉まるのが見えた。

「インフルエンザ完治したんですか？」

同じ文化部の柴本香苗だ。

「あ」と思わず声が出たが、自分でもその理由がわからなかった。

「え？　なんですか？」

思い出した。柴本は、八王子殺人事件で事情聴取された女と同じ中学ではなかったか。

「柴本さんって八王子の……」

「そうなんですよ」

すぐに伝わったようで、柴本はあっさりと答えた。

「私先週、社会部に拉致られたんですよ。阿部定のこと教えろ、どんな女だ、ってみんな殺気立ってすごかったんですから」

「容疑者と同じ中学ってほんとなの？」

「ちがいますよ」

「え？」

「あ、同じ中学なのはほんとうです。でもマリエは……彼女、佐々木万里絵っていうんですけど、容疑者じゃないです。アリバイがあってすぐに釈放されたそうです。それに交際相手でもないみたいですよ」

柴本は、佐々木万里絵と直接の知り合いではないという。

「中学時代の友達に聞いたんですけど、マリエと被害者は高校が同じで、って言ってもふたりとも数ヵ月でやめちゃったらしいんですけど。つきあってるとかじゃなく、遊び仲間だったらしいですよ。マリエ、事情聴取されたことに浮かれてるみたいで、鬼塚裕也とは昔一回寝ただけだ、って言いまくってるらしいです」

「じゃあ、容疑者はまだいないのかな」

「たぶん」

「鬼塚裕也ってどんな人だったのか知ってる？」

「又聞きですけど、クズ男だったみたいですよ」

被害者の鬼塚裕也は、二十五歳にしてほとんど働いたことがなかったらしい。高校を中退してからの約十年間、親に金をせびりながら実家で暮らしていた。派手に遊んでいたわけではなく、出かけるのは近所のパチンコ屋かゲームセンターで、たいていは部屋にこもってゲームをしていたらしい。交友関係も狭く、中学時代の同級生とたまに駅前の居酒屋で飲む程度だった。

「だから、クズ男ではあるんですけど、実害がないっていうか、どうでもいい人っていう感じだったらしいんですよね。彼を知ってる人は、殺されるほど恨まれるとは思えないって言ってるらしいですよ」

「犯人は女だっていわれてるよね」

「どうなんでしょう。彼女はいなかったみたいですけど」

この事件と父につながりがあるとは思えない。東京と茨城、二十五歳と七十五歳。場所も年齢も離れている。

「でも、どうしたんですか？　八王子の事件に興味があるんですか？」

「あ、ううん。先週、社会部の先輩が、八王子の事件の件で柴本さんを探してたから、どうなったのかなあって思っただけ」

これ以上しつこく聞くと怪しまれると考え、宝子は話を切り上げた。

「柳さんって社会部希望なんですよね」

「誰から聞いたの？」

「社会部の人が言ってました。やっぱりこういう事件に興味があるんですか？」

柴本は邪気なく聞いてくる。

宝子はとっさに「実はそうなんだよねぇ」と答えた。

「現代の阿部定なんていわれてるし、なんか気になっちゃって。ほかに情報があったら教えてね」

「了解です」と柴本は笑いながら敬礼した。


会社帰り、八王子の事件現場に行ってみることにした。

西八王子駅でJRを降り、北口を出た。ほとんどの店がシャッターを下ろし、大手居酒屋チェーン店のネオンが不自然な明るさを放っていた。被害者の鬼塚裕也はこの居酒屋に行ったことがあるのだろうか、と考えた。

事件現場は、病院の裏手にある月極駐車場だ。路地は暗く、人通りはない。時刻は二十二時二十分。ちょうど犯行時刻とされる時間帯だ。

駐車場に規制テープは張られておらず、何事もなかったかのように見える。十台が駐車でき、そのうち二台分が空いている。

宝子は空いているスペースに立ち、あたりを見まわした。星の見えない夜の空、ぼんやりとした街路灯、マンションのあかり、暗がりにまぎれた看板、下りたシャッター。父を連想させるものはなにひとつ見つからない。

背後で音がし、振り返った。

駐車している車の運転席から男が出てきた。とっさに後ずさりした宝子に、「どうしました?」と声がかかった。中年の、ずんぐりした男だ。

「ここでなにをしてるんですか?」

やわらかな口調ではあったが、有無を言わせない響きを感じた。五十代だろうか、丸い顔に糸のように細く垂れ下がった目。笑っているのか、もともとこういう顔なのかつかみどころがない。

「いえ、別に」と答えるのが精いっぱいだった。

「別に、でこんなところには来んでしょう」

男がそう言ったとき、車の助手席からもうひとり降りてくるのが見えた。苛立ったような大股歩き。「おいっ」と恫喝した男を見て、宝子は息をのんだ。相手も同じように息をのむのがわかった。

言葉もなく見つめ合うふたりに、「お知り合いですか?」と中年の男が視線を動かし、合点がいったように「私はちょっと電話を」と車に戻っていった。

先に口を開いたのは黄川田《きかわだ》洋平だった。

「なにしてる?」

その声はこわばっていたが、恫喝したときの鋭さはなかった。

「なに、って?」

宝子の声もこわばった。

「いや、だから、こんなところでなにしてるんだ？」

「そっちこそ」

とっさにそう聞き返したが、彼は八王子殺人事件を担当しているのだとすでに理解していた。

黄川田洋平とは大学の同期で、必修科目のクラスもゼミも同じだった。

「宝子は東都新聞だったよね」

「そうだけど」

「社会部？」

事件取材に訪れたと考えたのだろう、疑問形ではあったが決めつける口調だ。

「ううん。文化部」

「文化部？　文化部がなんで」

「社会部希望だから」

そう答えたが、社会部を希望したのは過去のことだ。

「なにか隠してない？」

さらりと聞かれ、驚いた。

宝子は視線を新しくして、目の前の男を見つめ直した。まったく知らない人に見えた。

黄川田洋平にとても似ているけれど、彼を形成していた人あたりのよさが失われ、その分、油断のなさが張りついている。まなざしは鋭く、宝子の内面を探るというよりえぐり出そうとするように見える。この男は警察官なのだ、と改めて思った。

「それ、尋問？　文化部だって記者だもの、興味を持った事件の現場に来たっていいでしょ。黄川田君には理解できないかもしれないけど」

「洋平」と呼んでいたのを、あえて「黄川田君」に変えた。

黄川田は数秒間沈黙を保ち、「ここになにしに来たの？」と冷静にまた聞いた。

「興味を持ったから」

宝子も感情を押し殺して答えた。

「どうして？」

「どうしても」

「どうして興味を持ったの？」

黄川田に引き下がる気配はない。

宝子はひと呼吸おき、渋々といった表情をつくった。

「うちの文化部の後輩が、事情聴取された佐々木万里絵と中学の同級生だったの。それでいろいろ話を聞いたら、被害者は無職のクズ男だけど、つきあってる人はいなかったし、人間関係も希薄で殺されるほどの男じゃない、って。それなのにどうしてあんな殺され方をしたんだろうって思ったの」

宝子は一度言葉を切った。

「捜査、進んでないんでしょう？」

返事はない。

「佐々木万里絵もすぐに釈放されたみたいだし、まだ容疑者もいないんでしょう？　だから、ちょっと調べたくなったの。手柄を立てたら社会部に行けるかもしれないから」

黄川田は小さくうなずき、「そうか」とつぶやいたが、納得したかどうかはわからない。

「なにか情報ない？」

形ばかり聞いてみた。まったく期待していなかったのに、「たしかにクズ男だった」と返ってきた。

「鬼塚裕也は高校を中退してから一度も働いたことがなくて、親に金をせびって暮らしていた。事情聴取した女以外にも、パチンコ屋で知り合った四十代の女と関係があったけど、これも一回だけの関係。どっちの女にも相手にされなかったみたいだね。まあ、鬼塚裕也のほうも執着はなかったみたいだけど。だから、似た者同士っていうか、クズ男にはクズ女がつくっていうか。でも、宝子が言ったように、あんなふうに殺されるほどの男だったとはいまのところ思えない。どうでもいいクズだけど、悪党ではなかったからね」

宝子は言葉を失い、黄川田をただ見つめていた。

他人をこんなふうに口汚く罵る黄川田を宝子は知らない。しかも、淡々と無感情に、まるで自分が放つ毒に気づいていないように。大学生のときの彼は物事にこだわらない、良くいえばおおらかで楽天的な、悪くいえば思慮が浅くその場しのぎのイメージだった。

いったい彼になにがあったのだろう。この男は、自分が知っている黄川田洋平ではないのだと改めて思った。

「どうした？」

黄川田が不思議そうに聞く。

「え？　なにが？」

どうした？　と聞きたいのは宝子のほうだった。

「無反応だから」

「ううん、別に。ただ、そんなふうにぺらぺらしゃべって大丈夫なのかなと思って」

ああ、と黄川田は薄く笑った。

「大丈夫だよ。全部、週刊誌に載ってることだから。知らなかった？」

宝子はうなずき、「四十代の女のことは知らなかった」と正直に答えた。

「ただ、どっちの女にも特定の男はいないんだよ。しかも、被害者と関係を持ったのはかなり前のことだし。いまさら？　って感じ」

黄川田はそこで言葉を切り、「意味わかるよね？」と念を押す。

「彼女たちの男が嫉妬して殺したわけじゃない、ってことでしょ？」

「そのとおり」

「じゃあ、男女間のトラブルじゃないってこと？」

「そうとは言えない。捜査本部が痴情のもつれって筋を書いたから、しばらくはそれでいくと思うよ」

それに、と黄川田が言いかけ、続く言葉を喉奥に留め置いていると、「黄川田さん」と、彼の背後から声がかかった。さっきの中年の男が、車の運転席から身をのり出している。

「そろそろ時間です」

「ああ、はい」と返した黄川田は宝子に向き直り、「じゃあ」と言った。

「待って。それに、ってなに?」

慌てて聞くと、黄川田は一、二秒の間を空け、「また今度」と背を向けた。

車に乗り込む黄川田が、「……大学のときの……東都新聞の記者で……」と、中年の男に説明する声が聞こえた。

黄川田を乗せた車が立ち去ると、静寂を縫って電車が走り抜ける音が聞こえた。

彼は私のことをどこまで知っているのだろう、と宝子は考えた。

黄川田とつきあったのは、大学を卒業するまでの一年間だ。卒業後は一度も会っていないが、共通の知り合いから噂を聞いたかもしれない。

彼は、私が結婚したことを知っているだろうか。子供を産んだことは。別居し、離婚したことは。子供を手放したことは。

父はどうだろう。私のどこまでを知っていたのだろう。すべて知っていたとしても、自慢の娘だと思ってくれただろうか。

5

自宅マンションのドアを開け、電気をつけた黄川田洋平はため息をついた。蓄積した疲労に押し潰されそうだ。

事件発生からあっというまに二週間が過ぎた。捜査本部が立ってからしばらくは自宅に帰れなかったが、最近では帰れる日が多くなってしまった。

ひとり暮らしになった部屋は暗くそっけない。ベランダの窓から夜のあかりがほの白く射し込んでいる。

八畳のダイニングと六畳の部屋がふたつの2DK。ソファには脱いだものが山になり、食卓にはビールの空き缶や弁当の空き容器が積まれている。

風呂に湯が溜まるのを待ちながら、コンビニ弁当をビールで流し込む。あっというまに食べ終え、携帯をチェックする。どこからも連絡は入っていない。わかっている。十分前にも確認したのだから。

十二時を過ぎたところだ。娘の陽菜子はとっくに寝ただろう。妻も添い寝をしたまま眠ったのだろうか。

布団のなかのふたりを思い浮かべようとしたが、曖昧な輪郭にしかならない。しょせんこんなものか、と思う。

ふたりには二ヵ月会っていない。

ある夜、仕事から帰ると妻と娘がいなかった。食卓に書き置きがあった。日付が書いていなければ、ふたりがいつ出ていったのかもわからなかっただろう。

無理やり娘の姿を思い描こうとした黄川田の脳裏に赤ん坊が浮かんだ。握りこぶしをつくり、泣いている。しかし、その姿に個性はなく、それが記憶のなかの陽菜子なのか、自分がつくり出した赤ん坊のイメージなのか判断できなかった。

赤ん坊の顔にあの男の顔が重なった。はっとして目を開ける。

湯に浸かりながらうとうとしてしまったらしい。黄川田は両手で湯をすくい、顔を洗った。ふう、と大きく息が漏れた。

黄川田は、自分が必要以上に被害者の鬼塚裕也をこきおろす理由に気づいていた。鬼塚裕也は、あの男とどこか通じていた。まともに働かず、実家で親のすねをかじり、それを恥じようともせず、へらへらと笑いながら好き勝手に生きている。

もし陽菜子がまともな大人に育たなければ、やはり俺の子ではなく、あの男の子供だという証明になるのではないか。

胸がずっしりと重くなる。疑念と怒り、そして自己嫌悪。

風呂から上がった黄川田は携帯をチェックした。突然、激しい怒りに襲われる。着信もメッセージもないのがこの携帯のせいのように感じられた。

「くそっ」

怒りに任せ、携帯をつかんだ手を振り上げた。

しかし、自分が投げつけないことを知っている。投げたとしても、やわらかなベッドの上だ。そんな自分への苛立ちで、心がさらに荒れていく。

自分が誰からの連絡を待ち望んでいるのか、黄川田にはわからない。妻だろうかと考えもしたが、ちがう気がした。妻から電話がきても、いまは出るつもりはない。勝手に実家に帰った妻に、手を差し伸べるつもりはない。それでも、妻が電話をよこさないことが理不尽極まりなく感じられた。

このささくれだった感情は、捜査が難航しているせいもあるのかもしれない。

犯行手口から怨恨であることはまちがいないと思われたが、被害者に強い恨みを持つ人間が浮かんでこない。

鬼塚裕也は、西八王子駅近くの月極駐車場で撲殺された。父親の車を無断駐車し、ゲームセンターに行った帰りだった。現場にあったスコップで後頭部を割られ、殺害後に性器を切断された。スコップは現場に投げ捨てられていたが、性器を切断した刃物は見つかっていない。

黄川田の脳裏に、数時間前に会った柳宝子が浮かんだ。

彼女に会えたことに口もとが緩みかけ、しかしすぐに彼女がまとっていた思いつめた暗さを思い出し、くちびるを結んだ。

宝子を最後に見たのは、彼女の母親の葬儀のときだ。社会人になった年だったから十年前のことだ。大学時代の友人から連絡があり、彼女の実家がある仙台まで行った。宝子はおそらく黄川田が参列したことに気づいていなかっただろう。あのとき、宝子は泣いていなかった。血の気のない顔に無表情を張りつけ、五感を遮断しているように見えた。そうすることで、壊れそうな心をなんとか守ろうとしているようだった。泣け、と黄川田は思った。限界を超えた悲しみを排出しないと、手遅れになりそうな気がした。それから一、二年後、宝子が結婚したと噂で聞いたとき、早くに母親を亡くしたことが関係しているのではないかと思った。

黄川田は、事件現場に立っていた宝子の姿を丁寧に再生した。結婚したと友人から聞いていたが、結婚指輪をしていなかった。なにより、葬儀のときに似たあやうさを張りつけた彼女からは既婚者の雰囲気が感じられなかった。

離婚したのだろうか、それとも思いすごしだろうか。

宝子はなぜ事件現場にいたのだろう。記者として調べているというのはほんとうだろうか。ちがうような気がする。しかし、わからない。彼女のことは昔からよくわからなかった。いま思うと、そのわからなさに惹かれ、そして面倒になったのかもしれない。

黄川田は携帯を握り直した。ためらいが入り込まないうちに指を動かす。

あきらめかけたとき、呼出音がやんだ。ひと呼吸分の無言を挟んだのち、「はい」と声がした。

「遅くにごめん」

黄川田は明るさを装った。

「さっきひさしぶりに会って、なんかなつかしくなってさ。いま、話して平気？」

鼓膜に伝わる軽薄な声に、大学生のころの自分はこんなふうだったかもしれない、と思った。

「……平気だけど」

警戒する口調だ。

「家？」

「うん」

「そうか。俺も」

沈黙のなかに息づかいが感じられ、鼓動が高鳴る。自分が人恋しくて電話をかけたことに気づいた。

俺はなにをやってるんだろう、と唐突に思う。なりたくもない警察官になり、やりたくもない仕事をして、なにをしたいのかもわからない毎日を送っている。父の会社を継ぎたくないという理由だけで選んだ職業だった。警察官になってから人生が狂いはじめたように感じられた。

「黄川田君、なにかあったの？」

宝子はためらいがちに聞いてくる。

「なにもないよ。いま言ったように、なつかしくなったからだよ」

「じゃなくて」

「ん？」

「黄川田君、雰囲気が変わったみたいだったから」

黄川田君、と呼ばれるたび、体の内側を軽くつねられるような感覚が生じた。

軽薄さを保ち、「俺、老けただろ？　人相が悪くなったってよく言われるよ」と自嘲した。

宝子はかすかに笑ったようだった。

やはり人相が悪くなったってことか、と黄川田は胸のなかでため息をつき、「宝子」と呼びかけた。

一瞬浮かんだ、結婚したんだよな？　という質問をのみ込む。

「ほんとに記者として調べてるだけか？」

「不審者がいたんでしょう？」

逆に聞かれた。

「事件の何日か前に、被害者の家をのぞいてた人がいるんでしょう？」

公表していることだから隠す必要もない。

「うん。被害者がそう言ってたらしいね」

「不審者ってどんな人？　男？　何歳くらい？」

たたみかけるような口調に変わった。

「男だよ」

これも公表している。

「何歳くらい？」

「いま調べてるところだよ」

「でも、若いか若くないかくらいはわかるでしょう」

せっぱつまった声音は、記者としての興味には聞こえなかった。

「ほんとうにまだわからないんだ。同じような目撃情報がないか近所をあたってるところだよ」

宝子は黙った。通話を切るタイミングを計っているように感じられ、黄川田は言葉をつないだ。

「なにか知ってるのか？」

「なにが？」

「事件のこと」

「知るわけないでしょう」

「宝子、十月八日の夜の十時から十二時のあいだ、どこにいた？」

ちょっと待って、と落ち着いた声が返ってきた。手帳をめくる音がする。

「日曜日だよね。その日は休みだったから、ひとりでうちにいたと思う。だからアリバイはありません」

淡々と告げ、息をほどくように「黄川田君、刑事なんだね」と言った。突き放されたように感じた。

「じゃあ、切るね」

携帯を耳から離す気配がし、黄川田はとっさに声を放った。

「ひとつ、宝子に教えるよ。さっき、現場で俺が言いかけたこと」

返事はないが、耳をそばだてている気配がする。

「切り取られたモノが口に突っ込まれてたんだ」

黄川田は、なぜ自分が捜査上の秘密を宝子に教える気になったのかわからない。宝子は新聞記者だ。記事になれば大騒ぎになるだろうし、情報の流出元を調べられるだろう。最悪、警察組織にはいられなくなるかもしれない。

そこまで考え、ああ、そうか、と思い至る。俺は警察を辞めたがっているのかもしれない。あんなに反発していたくせに、田舎に帰って実家の不動産会社を継ぐのもいいのかもしれないと、そう思っているのだ。

「これは公表してない情報だよ」

宝子は長い無言を挟んだのち、「どうして教えてくれたの？」と聞いた。その声にネタをつかんだ興奮はなく、むしろ打ちのめされたように聞こえた。

仮に宝子が事件に関与しているとしたらどういうポジションだろう。犯人に心当たりがある、という仮説がいちばんしっくりきた。

「また電話してもいい？」

返事はなかったが、次も出てくれる気がした。

6

冷たく尖った風が、低い読経をさらっていく。

広大な霊園には宝子たち以外に人の気配はなく、足もとを転がる枯葉が乾いた音をたてている。

手を合わせているあいだ、宝子はなぜか目を閉じることができなかった。僧侶の大きな背中、〈柳家〉と彫られた白い文字、よそよそしくあざやかな供花。墓石が並ぶその向こうの山は紅葉のピークを終え、燃えかすのようなくすんだ色合いだ。空を覆う雲は冷え冷えとした灰色で、いまにも雪が降り出しそうに見えた。

「よろしいでしょうか」

読経を終えた僧侶が振り向いて尋ねた。

なにを聞かれたのかわからないまま、はい、と宝子は答えていた。

僧侶の読経は耳にしているあいだは永遠に続くようだったのに、やんでみるとあっというまに終わったように感じられた。

よろしいでしょうか、と尋ねた表情のまま、僧侶の視線が宝子からそれる。つられて背後を見やると、男が小さくうなずいたところだった。青森県警の刑事だ。二十一年前に父として納骨された遺骨を受け取りに来たのだった。

僧侶の「よろしいでしょうか」が、納骨室を開けることを指しているのだとようやく気づき、宝子は息をつめた。

水戸で父の葬儀を行ったのは十日ほど前だ。霊園が雪で閉ざされる前に納骨しようと、父の遺骨とともに札幌に来たのだった。

僧侶がひざまずき、納骨室の石板を開く。「え」と声をあげ、ゆっくりと振り返る。戸惑った顔だ。

「おひとつしかありません」

「え？」

「お骨が、おひとつしかありませんが」

納骨室をのぞき込むと、白い骨壺がひとつだけ見えた。ここには、二十一年前の遺骨と十年前の母の遺骨があるはずなのに。

「どういうことですか？」

青森県警の刑事が問う。

「どういうことですか？」

胸の内を吐き出したら、刑事と同じ言葉になった。父のほんとうの死を知らされてから、何度この言葉を口にしただろう。

「これはどっちの……」

刑事のつぶやきに、「母です」と宝子は即答していた。

「これは母の遺骨です」

そう口にした途端、涙がこぼれた。

母の骨壺には菜の花が描かれている。選んだのは宝子自身だったのに、いままで記憶の奥底にしまわれていた。

あのころの記憶は曖昧だ。まるっきり空白の部分もあれば、ありありと覚えていること、霧の向こうの光景を眺めるようにおぼろげなこと、現実か夢か空想なのかいまでもわからないことがある。

黒縁のなかの母の笑顔や細く立ち昇る線香の煙など断片的な光景は刻まれていても、葬儀社との打ち合わせや、納骨のために飛行機に乗った記憶は他人から聞かされた話のように現実味がない。

はっきりと覚えているのは、母の固まった顔だ。目をつぶっているのに、母は驚いた表情をしていた。自分の死を受け入れるどころか、なにが起こったのかわかっていない顔だった。え？なに？私どうしたの？とうろたえた声が聞こえてきそうだった。母は自分が死ぬ可能性などこれっぽっちも考えていなかったのだ。

「二十一年前の遺骨はどうしたんですか？」

刑事が宝子につめ寄った。四十代だろうか、体格がよく、片方の耳が立っている。

二十一年前の遺骨はどうしたのだろう、と宝子は刑事と同じ問いを自分に投げかけた。

中学生になったばかりの宝子は、この場所に母と祖母と並んで立っていた。四月の終わりなのに、風が冷たかった。あのとき、墓石の下に白い骨壺が納められるのを見た。母も祖母も宝子も泣いた。「さようなら、お父さん」と言った母の震えた声を覚えている。

「二十一年前、ここに納骨しました。覚えています」

宝子は答えた。

「じゃあ、どうしてないんだ」

ひとりごとめいたつぶやきを漏らし、刑事は口調を強くする。

「お母様の遺骨を納めたときは？　そのときはどうでした？　ありましたか？」

二十一年前のことは覚えているのに、十年前を思い出せない。母の骨壺を抱いてここに立っていた記憶が曖昧だ。

「母は菜の花が好きで……」

自分からこぼれた言葉を、宝子は不思議な気持ちで聞いていた。

「アパートの裏が空き地でそこに菜の花が咲いてて、風に吹かれて揺れているのが、こんにちはこんにちはってお辞儀してるように見えてかわいい、って。ねえ、宝子にはそう見えない？　って母が笑いかけてきて。母ってそういう人なんです。無邪気っていうか、子供っぽいっていうか。でも、そうしたらほんとうに、こんにちはこんにちは、って言われてるように見えて、母とふたりで笑いながら、こんにちはこんにちは、って返して。あれは父が亡くなったあとで、そのときやっと母も私も笑うことができて。だから、母の骨壺に菜の花を選んだと思うんですけど、そのときのことをよく覚えていなくて」

そこで唐突に言葉が切れた。

母の笑顔があざやかに浮かんだ。

よく笑う人だった。たいていのことは笑って受け流そうとした。

母が生きていたときは、ごく普通のお母さんであり、おばさんだと思っていたが、愚痴や弱音をこぼさなかった母はとても強い人だったのかもしれない。

「誰かがどうにかした。そういうことになりますね」

刑事の言葉に、宝子は骨壺を抱える手に力を込めた。

母は、父ではない人と一緒に眠ってはいなかった。救われるような気持ちと強烈な後ろめたさに同時にのみ込まれた。

誰かがどうにかした、と宝子は刑事の言葉を反芻する。

誰か、は母だろうか。だとしたら、母は焼死したのが父ではないと知っていたことになる。まさか、と思う。それ以上、思考が進まない。

刑事は険しい顔で一点を見つめ、やがて宝子に目を向け「困りましたね」と吐き出した。眉間のくっきりとした縦じわが故意につくられたように見えた。

「遺骨が消えたことに心当たりは？」

宝子は黙って首を振る。

困りましたね、と刑事は繰り返し、「遺骨がないとなると……」とつぶやいた。

言葉の濁し方が不自然に感じられ、二十一年前のことを警察は蒸し返したくないのだと察した。二十一年前の焼死体の身元がわかれば、記者発表をしなくてはならないかもしれない。警察としては避けたい事態だろう。

別れ際、また連絡すると刑事は言ったが、これきりになるような気がした。

菜の花の骨壺の隣に父の骨壺が納められた。寄り添うふたつの骨壺。

宝子は手を合わせた。

お母さんは、お父さんが生きてたことを知ってたの？

心のなかで語りかけたら、さようなら、お父さん、と二十一年前のこの場所で泣いた母がよみがえった。

知っていたはずがない、と言い切れる。けれど、そのすぐ真下で、じゃあ二十一年前の遺骨はどうしたのだろうという疑問が波打っている。

線香のか細い煙を冷たい風が引きちぎっていく。

遠くに視線を延ばすと、枯れた色の山際に夕暮れの気配が滲みはじめている。腕時計に目をやる。三時半になるところだ。

これからJRで函館に向かう。

明日は、愛里との面会交流だ。


待ち合わせ場所は、いつもどおりデパートのなかのカフェだった。

十一時まであと十分。カフェは年配の女性客でにぎわい、楽しげな話し声が切れ間なく耳に流れ込んでくる。毎日寒くて膝が痛むこと、治療院に通っていること、その近くに新しいパン屋ができたこと、そこでカラオケ教室の講師に会ったこと……。話題はどこまでも広がり、おしゃべりの終わりは見えない。宝子は、ひとつテーブルを挟んだ年配の女性ふたりをうらやましく思った。

愛里となにを話せばいいのだろう。学校は楽しい？　友達となにして遊んでるの？　ピアノはまだ続けてる？　どんな曲を弾いてるの？　浮かぶのは、毎回聞いていることばかりだ。

――いいよ。

電話から聞こえた面倒そうな声を思い出す。

普通、母親が娘となにをしゃべればいいのか悩んだりするだろうか。きっと世の中の母親はごく自然に、なにも考えることなく娘と話ができるのだろう。それが普通の母親なのだ。

ふと、線香が香った。が、すぐに気のせいだと悟り、愛里と過ごすこれからの数時間に意識を集中しようと努める。気を緩めると、昨日の霊園の光景が頭のなかになだれ込み、パニックを起こしてしまいそうだった。納骨室にぽつんとひとつだけ納まっていた菜の花の骨壺が脳裏に焼きついている。

母だって、私との会話に困ったことなどないだろう。私だって、たとえ母に苛立ったときでさえ、なにをしゃべればいいのか考えたことなどなかった。そこまで考え、慌てて思考を中断させる。

カフェの入口に浩人が現れた。その後ろに愛里がいる。

宝子は愛里に向かって手を振り、真顔なことに気づいて急いで笑みをつくった。控えめに手を振り返す愛里を見てほっとする。

「あまり時間がないんだ」

いきなり浩人が言う。

「え?」

「昼から友達と工作教室に行くんだって」

「電子オルゴール」

メニューを手に取りながら愛里が補足した。

「十二時にはここを出なきゃならないんだって。せっかく遠くから来てもらって悪いけど」

いまが十一時だと知りつつ、宝子は反射的に腕時計に目をやった。

「急に決まったの」

愛里はメニューから目を上げない。

「じゃあ一時間後に迎えに来るよ。どこに行けばいいか、あとで連絡して」

そう言い置いて、浩人は出ていった。

宝子は愛里を見つめ直した。

両手に持ったメニューに目を落としているが、眼球は動いていない。母親の視線を避けるためのしぐさだと思い至る。

「ごはん食べる？　それとも飲み物だけにする？」

宝子は軽い口調を意識した。

「うーん」

「それとも場所変える？」

「そうだね」

愛里はメニューをぱたんと閉じた。

ピンクのボーダーシャツに、白いボアベスト。リボンがついたヘアゴムで髪をふたつに結んでいる。誰がこの服を選び、誰が髪を結んだのだろうと、いつものように考える。未知子だろうか、愛里自身だろうか、それとも別の誰かだろうか。軽く聞けばいいことだとわかっている。その服、かわいいいね、誰が選んだの？　と。けれど、愛里の日常にずかずか踏み込む権利は自分にはないと思えた。

愛里の希望で、すぐ近くのハンバーガーショップに行った。何度か行ったことのある愛里のお気に入りの店だった。

食欲はなかったが、なにも食べないと愛里にがっかりされる気がして、人気ナンバー2と書かれたハンバーガーとコーヒーを頼んだ。

席につくと、「いただきます」と愛里がハンバーガーにかぶりついた。人気ナンバー1というボリュームのあるハンバーガーだ。はみ出たレタスを指で押し戻しながら、上手に食べている。ますます浩人に似てきた、と二ヵ月前と同じことを思う。もともとの遺伝子によるものか、それとも一緒に暮らしているからだろうか。

「食べないの?」

愛里が訝《いぶか》しげな目を向ける。

「食べるよ。おいしそう」

宝子はハンバーガーにかぶりつき、「うん。おいしい」と笑いかけた。

愛里は笑い返さず、微妙に視線を避け、「ハンバーガーなのにハンバーグが入っていないところがおもしろいよね」と大人びた口調で言う。

「え。そうなの?」

「そうでしょ。ほら」

食べかけのハンバーガーを見せてくれる。

「ほんとだ。鶏のから揚げ?」

「そんな感じ」

愛里に会うたび距離が離れていくのを感じる。面と向かって「ママ」と呼ばれなくなったのは、彼女が三年生になってからだ。

「学校はどんな感じ?」

「普通」

「最近、流行《はや》ってる遊びとかあるの?」

「特にないかな」

「ワカナちゃんは元気?」

「知らない。元気なんじゃない?」

「知らないの? いちばん仲良かったよね」

返事はない。聞こえなかったかのようにハンバーガーを食べている。

けんかをしたのだろうか。ちがう友達ができたのだろうか。まさか仲間外れにされているなんてことはないだろうか。聞いたほうがいいと思いながらも、愛里を傷つけてしまう気がして、かけるべき言葉を見つけられなかった。

「ピアノは?」と話題を変えた。「いま、なに弾いてるの?」

「まだバイエル」

面倒そうに答え、「前も言ったけど」とため息をつくようにつけ加えた。

黒い前髪が目にかかり、どことなく憂鬱そうに見える。二ヵ月前に会ったときには日焼けしていた肌は白くなり、頬の赤みが目立つ。つややかな黒い瞳と、すべすべとした甘そうな頬。ふいに、抱き寄せ、頬ずりしたい衝動に駆られた。

携帯が鳴り、浩人からの着信にもう一時間近くたったことを知らされた。

「どこに迎えに行けばいい？」

いつものようにいきなり用件を言う。

宝子が店名を告げると、「十分後に行くから」と通話を切った。

「あと何分？」

愛里が上目づかいで聞いてきた。黒い瞳は睨みつけるようでもあり、ふっくらと尖ったくちびるは不満そうに見えた。

私といるのがそんなに苦痛なのだろうか。押し潰されるような痛みと愛里への申し訳なさが同時に広がっていく。

「あのさ」と、愛里が思い切ったように口を開いた。

「どうせあとでパパから聞くと思うから言っとくけど、パパ再婚するんだって」

来たか、と思った。とうとうこのときが来たのか、と。離婚したときから覚悟していたことだった。

驚きはなかったつもりなのに数秒のあいだ言葉を失った。なにか言わなくてはと焦った。黙っていたら愛里が心を痛めるかもしれない。

「……愛里は」

愛里はメロンソーダのストローをくわえたまま無言で見つめ返す。

「愛里は、大丈夫なの？」

「なにが？」

「パパが再婚しても平気なの？」

「だってかわいそうじゃん」

迷いなく答える。

宝子が、「かわいそう」の意味を考えていると、

「パパって、私のためにおじいちゃんとおばあちゃんと暮らしてるんでしょ。なんか窮屈そうでかわいそうなんだよね」

愛里には父親がかわいそうな人に見えるのか。宝子は衝撃を受けた。だったら、父親をかわいそうな人にさせてしまったのは母親だと思っているにちがいない。

「愛里は……愛里はそれでいいの？」

「別にいいよ」

そっけなく答え、ふっと横を向く。

無理をしているのか、本心からの言葉なのか判断できない。普通の母親ならこんなときでも、子供のちょっとした表情から心中を読み解くことができるのだろうか。

「よさそうな人だし、ふたりがそうしたいって言うんだからいいんじゃない」

「会ったことあるの？」

聞いた途端、後悔した。

愛里はあっと口を開く寸前の顔をした。失敗に気づいたときに見せる表情だ。

心が引きちぎられるような痛みを感じた。愛里のその表情は無防備で、幼いときから変わって

いない。食べ物をこぼしたとき、母親に禁じられた言葉をつい発したとき、手が泥だらけなことに気づいたとき、母親の言うことに「イヤッ」と返したとき。母親の苛立ちを察知し、一瞬でこんな表情になった。

愛里はなにも悪くない。そんな顔をする必要はない。そう伝えるために言葉を探していると、

「愛里、そろそろ時間だよ」

背後から浩人の声がかかり、愛里がほっとした顔になる。

「外でおばあちゃんが待ってるから早く行きなさい」

愛里は立ち上がり、宝子を見る。

「じゃあね」

感情の見えない顔で告げ、振り返ることなく出ていった。

宝子は首を伸ばし、窓越しに愛里と未知子を探したが、ふたりの姿は見えなかった。

「少し話したいことがあるんだけど」

浩人が斜め向かいに座った。

こうしてふたりで向き合うのはひさしぶりだと思ったが、いつ以来なのかは思い出せなかった。

六つ上の彼は三十九歳だが、すでに髪に白いものが交じりはじめている。少し痩せたように見えるが、疲労感はなく、肌につやがありむしろ生気が感じられた。

再婚するからだろうか。新しい家族ができるからだろうか。そう考えると息苦しくなり、再婚するんでしょ、と言ってしまいたくなった。宝子は冷えたコーヒーを飲み、衝動を押し戻した。

「再婚することになったんだ」

浩人はひと息で告げた。

「そう」

どんな人？　と聞くべきかどうか迷ったが、口にしたくなかった。

「それで愛里のことだけど」

彼にしては珍しく歯切れが悪く、不吉な予感を自覚するよりも先に心臓が早打ちをはじめた。

「愛里も再婚には賛成してくれてるよ」

かわいそうじゃん、と即答した愛里を思い返す。あのときの愛里は、父親がかわいそうだから仕方なく受け入れるといった印象だったが、ほんとうは歓迎しているのだろうか。

愛里は喜んでるの？　聞けばいいのに、いや、母親なのだから聞いてあの子の本心を知らなければならないのに、どうしても言葉にならない。

きっと私は愛里の心配をするふりをして、自分が傷つくのを恐れているだけなのだ。

「長くつきあってる人だから愛里もなついてるし、仲良くやってるよ。彼女は初婚で、もちろん子供もいないんだけど、愛里の母親になるのを喜んでくれてる」

愛里の母親——。

わかっている。覚悟もしていた。浩人が再婚するということは、愛里に新しい母親ができるということだ。離婚したときから、そのときに備えて心の準備をしてきたつもりだった。それなのに、想像以上に打ちのめされている自分に気づいた。

「だから愛里のことだけど、いままでのようにはいかないと思うよ」

突き放した口調に、「え？」と聞いた。

「いままで君の希望で二ヵ月に一回面会交流してたけど、これからはそうはいかないのはわかるだろ。愛里のこと考えてみろよ。新しい母親ができて、新しい生活がはじまるんだぞ。それなのに、二ヵ月に一回君と会い続けるなんて、愛里が混乱するだろう」

「でも、愛里が望めば」

「愛里は望んでないよ。はっきり言って、嫌がってるよ」

頭のなかで、なにかが音もなく崩れ落ちた。

「小学三年生の子に、義務を押しつけるなんてかわいそうだと思わないのか？　君は昔からそうだよな」

――自分のことだけ考えればいいじゃない。あなた、そういう性格なんだから。

未知子と同じことを言われる、と宝子は息を止めて身構えた。しかし、浩人はそうは言わなかった。

「これ以上、愛里を困らせるのはやめてくれよ」

思考が切れ切れになる。なにか言わなくては、と追いつめられた。黙っていたら、浩人の言い分を受け入れたことになってしまう。

「じゃあ、私はこれからどうしたらいいの？」

舌がもつれた。

「私はもう愛里に会えないっていうこと？」

浩人は見せつけるようにため息をつき、宝子を見つめ直した。

「そうは言ってないよ。でも、そういうことも考えないといけないんじゃないか」

そこでひと呼吸おき、「愛里のために」とけりをつけるように言う。

「でも」と口を開いたが、自分がなにを言うつもりなのか頭がついていかなかった。それなのに、言ってはいけない、ともうひとりの自分が警報を鳴らしていた。

「でも、私は母親なのよ」

自分の発した言葉を理解した途端、強烈な後悔に襲われた。けれど、口を閉じることができない。

「私が愛里を産んだのよ。愛里の母親は私だけなのよ」

浩人の切れ長の目に、冷ややかさがすっと宿った。

「そんな資格ないだろう」

予期していた言葉が胸に刺さった。

そんなことはわかっている。わかっているからそれ以上言わないで。心のなかの声は外に出ていかない。

「血がつながっていればそれだけで母親の資格があるのか？　愛情があればそれでいいっていうのか？　そうじゃないだろ。覚悟と責任が必要なんじゃないか？　子供を幸せにするのが母親だろう。君は愛里を捨てただろ。俺から見れば、君よりヨリコのほうが愛里の母親にふさわしいよ。愛里だってそう思ってるよ」

言い終えると、浩人は立ち上がった。

軽蔑の視線を感じ、宝子は目を上げることができなかった。

「今後のことはまた話そう。どうすれば愛里のためになるのか、君もよく考えてほしい」

周囲が遠のいていくのを感じた。目に見えるものも、ざわめきも、薄まりながらゆっくりと、まるで波が引くように消えていく。真空のなかにひとり閉じ込められたようだった。

頭のなかでこもった声が聞こえる。繰り返し、聞こえる。

――母親の資格がない。

それは当初浩人の声に聞こえたが、自分のものだと気づいた。

愛里を思うとき、いつも真っ先に三、四歳のころが浮かぶ。

浩人と別居し、母娘ふたりで暮らしていたときの愛里だ。

別居のきっかけは、浩人の勤めていた会社が倒産し、彼が伯父の経営する燃料会社への就職を決めたことだ。

「函館?」

驚く宝子に、浩人は愛里を足にのせて飛行機ごっこをしながら、「函館に引き揚げるって言ったら、おやじもおふくろも大喜びしてたよ」と機嫌よく返した。浩人に持ち上げられた愛里が、きゃっきゃっと笑いながら「も一回、も一回」と繰り返していた。

「え。じゃあ、どうするの?」

「なにが?」

浩人は宝子を見ず、愛里と遊ぶことに集中しているふりをした。

「なにがって、私の仕事に決まってるでしょ。うちの会社、函館に支社はないんだけど」

「それは宝子個人の問題だろ。どうするかは自分で考えるしかないだろう。仕事を辞めて専業主婦になってもいいし、函館の会社に転職したっていいし、いろいろ方法はあるんじゃないか？俺だって家族のことを考えて、やりたい仕事じゃないけど函館に戻ることにしたんだから」

六つ上の浩人は、会社が倒産したとき三十四歳だった。就職活動はしていたが、納得できる結果が得られず二、三ヵ月がたっていた。

やめないでー。やめないでー。パパ、も一回、も一回。愛里がハイテンションで駄々をこねていた。

「それに宝子、愛里が生まれたとき、いざとなったら仕事を辞めてもいいって言ってたじゃないか。いまが、そのいざというときなのかもな」

そう言って、愛里を抱えたまま同意を求める笑みを向けてきた。

仕事を辞めてもいい、と言った覚えはあった。けれど、それは愛里が生まれたときではなく、生まれる前のことだ。希望していた社会部に行くことができず、むしゃくしゃしていた。事件記者になれないのなら辞めてもいいと、投げやりな気持ちだった。

けれど、子供を産んだら考えが一転した。

仕事を辞めたら、自分にはなにもなくなってしまうのではないか。名無しの透明人間になってしまうのではないか。

子供ができたのにそう思う自分はどこかおかしいのではないかと思った。突き上げるような焦燥感のすぐ下に、とらえどころのない孤独感があった。

仕事は辞めない、と宝子が言うと、浩人は驚いた顔をした。が、演技のようにも見えた。

「なんでだよ」

「辞めたくないから」

「それ、勝手すぎないか？」

飛行機ごっこに飽きた愛里は、女の子座りをしてままごとセットで遊んでいる。「はい。どうぞ」「おいしくできましたー」とひとりごとが聞こえた。

「勝手かな」

「勝手だろ」

「なんの相談もなく函館に行くって言う浩人のほうが勝手だと思うけど」

浩人はソファに座るなり足を組んだ。苛立ちが強いときのしぐさだった。

「なんでそうなるかな。俺だって、愛里のためにやりたくない仕事をやるんだぞ。それに函館で暮らしたほうが、愛里にとってもじいちゃんばあちゃんがいて絶対にいいだろ。宝子、知らないのか？　じいちゃんばあちゃんに育てられるとやさしい子に育つって言うだろ」

私じゃやさしい子に育たないっていうの？　衝動のまま口にしようとした宝子を愛里が止めた。

「パパー。お外。お外行く。ね、お外行くのー」

父親の足にしがみつき、甘えと泣きを混ぜた声でねだった。

もともと父親が大好きだった愛里だが、浩人が家にいるようになってから完全にパパっ子になった。

「じゃあ、みんなでお買い物に行くか」

浩人が愛里を抱き上げる。

愛里は食卓にいる母親をちらっと見て、「うん、いいよ」と勝ち誇ったように言った。

その夜、愛里が寝てから話し合った。

浩人のなかで函館への引越は決定事項になっていたし、宝子もまた仕事を辞めるつもりはないと繰り返した。

「じゃあ、どうするんだよ」

浩人が聞いた。

宝子は黙っていた。自分から別居の提案をしたくはなかった。

浩人がため息をつく。

「宝子の頭が冷えるまで、離れて暮らすのは俺は別にいいよ。でも、愛里はどうするんだよ」

「私と暮らす」

「君には無理だよ」

即答した浩人に、宝子は自分がいちばん知られたくない、そして自分でも恐れている奥底の気持ちを見透かされている気がした。

「どうして?」

「君がひとりで愛里を育てられるわけがない」

浩人は真顔だ。

どうして?　と宝子は聞かなかった。答えを突きつけられるのが恐ろしかった。

「そんなことない」

「だって、いまだって愛里のことより自分のことを優先してるじゃないか」

嘲笑混じりに浩人は言う。

彼がときおり見下すような物言いをするようになったのは、会社が倒産する半年前くらいからだ。宝子の会社や仕事、人格や態度を、ふんっと鼻で笑いながらばかにすることが多くなった。

「俺はちがうよ。愛里のために函館で暮らしたほうがいいって言ってるんだよ。じいちゃんばあちゃんがいるし、親戚もたくさんいるし、愛里だっていろんな人にかわいがられながら育ったほうがいいに決まってるだろ」

浩人が言う「いろんな人」に、宝子の家族はひとりも含まれていない。函館に行き、浩人の親や親戚に囲まれて暮らすことが宝子には、亡くなったとはいえ自分の両親の存在を無視されることに感じられた。

母が生きていたら、浩人と結婚することはなかったように思う。あのときの宝子は自分を好いてくれ、必要としてくれ、居場所をくれる人が欲しかった。浩人が家族を大切にし、親戚が多いのも好ましかった。結婚すれば、自分にも同じだけの家族ができるのだと思えた。

けれど、結婚したら余計に孤独になった。種のちがう群のなかに放り込まれたようだった。その感覚は愛里が生まれると消えるどころか、焦燥感をともないながらますます強くなっていった。どうしてそう感じるのか自分の気持ちがつかめず、こんなはずじゃない、こんなはずじゃない、と思いながら日々が過ぎていった。

「結婚するとき、仕事は続けるって私ちゃんと言ったよね?」

「いざとなったら辞めてもいいとも言ったけどね」

「とにかく、愛里は連れていかせない。私と暮らすから」

「だから、君には無理だって」

「決めつけないでよ」

宝子が小さく叫ぶと、浩人ははっきりと鼻で笑った。

「ヒステリー起こすなよ」

結局、一年間の期限つきで別居することに決まった。愛里は宝子のもとで暮らし、一年後に再び話し合うことになった。浩人は、一年もせずに宝子が折れると信じ込んでいるようだった。

愛里に告げると、意外にもすんなりと受け入れた。

「パパどっか行くの？　遠く？　遠くに行くの？」

「パパはちょっとお出かけするけど、すぐ戻ってくるからね。さびしいかもしれないけど、それまでママと仲良くしてるんだよ」

愛里は「わかった！　バイバーイ」と明るく手を振り、浩人をがっかりさせた。


母娘ふたりの生活がはじまった途端、愛里の駄々が激しくなった——あのころはそう思っていたが、振り返ってみると、変わったのは愛里よりも自分のほうだったのかもしれない。

「イヤッ」「嫌い」「しない」。そんな言葉が返ってくるのは、浩人と暮らしていたときも同じだったし、朝八時に保育園に送り届け、夕方五時で仕事を終えて迎えに行く生活リズムも変わらなかった。

「イヤッ」「行かない」「ママ嫌い」「あっち行って」ではじまる毎日にいらいらしたし、うんざりもしたが、心の芯の部分では三歳児だから仕方がない、とあきらめに似た冷静さを保っていた。

五時で退社するために毎日仕事を持ち帰り、どうしても遅くなるときはベビーシッターを頼んだ。ぎりぎりの生活をしている自覚はあったが、世の中にはひとりで子供を育てている母親がたくさんいる。自分にできないわけはないと思った。

宝子のなかの冷静さが壊れ出したきっかけは折り紙だった。愛里は四歳になっていた。

宝子が四歳のときは、母が勤めていた総合病院のそばの保育園に預けられた。記憶にはないが、愛里のような反抗期だったのだろうか。ある時期、母は折り紙を持って迎えにくるようになった。鶴、ウサギ、キリン、カエル、ペンギン、チューリップ、アジサイ、手裏剣。母がつくった折り紙は、いくつもの折れ線が入った不格好なものが多く、説明されなければなんなのかわからないものもあったが、はい、と差し出された手のひらにちょこんとのった折り紙が宝物に見えた。宝子は折り紙を楽しみに母が迎えにくるのを待つようになった。おうちに帰って一緒に折ろうか。母に笑いかけられ、うん、と張り切って答えたのを覚えている。

そのときを思い出し、宝子は折り紙を買った。母に教えてもらった折り方はすべて忘れていたが、インターネットで折り紙のサイトを探し、愛里が喜びそうな犬を折った。

折り紙をバッグに忍ばせ、愛里を迎えに行った。奇妙に浮足立っているのを自覚していた。

「イヤッ。帰らない」

愛里はいつものように言い放つと、園庭の滑り台に走っていった。上っては滑り、上っては滑りを飽きることなく黙々と繰り返す。

宝子は、バッグから犬の折り紙を取り出した。

「愛里、帰ろう。ママお腹すいちゃった。愛里はお腹すいてない？」

愛里は母親を無視し、真顔で滑り台の階段を上っている。

宝子の視界のすみに手をつないで帰っていく母娘が映り、園内から「バイバーイ」と男の子の声がした。

宝子は「もう帰るよ」と、着地した愛里の腕をつかんだ。

「イヤッ。帰らない」

愛里は手を振り払おうと身をよじる。

「今日はいいものがあるよ」

宝子がやわらかく握った手を差し出すと、愛里の動きがぴたりとやんだ。母親の手をじっと見つめている。

宝子はそっと手を開いた。

「ほら、ワンワンだよ。ママがつくったの」

手のひらにのった折り紙と、それをじっと見つめる幼い瞳。ふいに泣きたいような衝動がこみ上げた。

愛里が小さな手で折り紙をそっとつまむ。

「イヤッ。嫌い。ワンワン、嫌い」

そう叫び、地面に投げ捨てた。「嫌い、嫌い、ワンワン、嫌い」と言いながら、繰り返し足で踏みつける。そのうち、きゃはは、きゃははは、とかん高い声で笑い出した。

ワンワン、かわいそうでしょ。痛い痛いって言ってるよ。

頭のなかに、言い含めるような自分の声があった。けれど、声に変換することがどうしてもできなかった。

捨てられた折り紙は、何度も踏みつけられたにもかかわらず、まだ犬の形状を保っていた。だからこそ余計に痛々しく、みすぼらしく見えた。

踏みにじられた気がした。いまの自分のことも、幼いときの自分のことも。自分だけじゃなく、宝子のために折り紙をつくってくれた母のことも、母の思い出のすべてを。

愛里はきゃはーっと笑いながら走り出し、また滑り台の階段を上る。

「ママ！　ねえ、ママ！　見て！　見てってば」

さっきまで母親を無視していたのに、はしゃいだ声をあげる。

「早く！　見て！　滑るよ。滑るからね」

きゃはーっ、と滑り降りると母親に駆け寄り、「ママ、帰ろ」と手を握ってあどけない笑みで見上げた。

「そうだね。帰ろうね」

宝子はほほえみをつくり、小さな手を握り返したが、そうする自分がやさしい母親を演じているように感じられた。

家に帰っても、愛里は欲求のまま行動した。

「ごはん、いらない」とスプーンを投げ、「スプーン取って。自分で食べる」と言い、服とテーブルをぐちゃぐちゃにしてから、「ママ、食べさせて」と宝子にスプーンを突きつけた。

宝子はスプーンを受け取り、ハンバーグを愛里の口もとに持っていった。

「はい。あーんして」

あーん、と素直に口を開けた愛里の頬は満足そうに輝いていた。愛されるのが当然だと、自分にはその権利があると、無条件に信じている顔だった。

「ママのごはん、おいしいねぇ」

愛里はふっくらとした表情で言った。

宝子の脳裏には、地面に投げ捨てられた折り紙が焼きついていた。愛里は自分が折り紙を踏みつけたことなど気にもしていない。母親の大切なものを踏みにじったことに気づいてもいない。

「謝りなさい」

思考がまとまる前に声になった。

愛里はきょとんとした顔で母親を見る。

「さっきママがつくった折り紙捨てたよね。踏みつけたよね。謝りなさい」

「イヤ」

条件反射のように即答する。

「いやじゃないでしょ」

「イヤイヤイヤイヤイヤ」

「愛里、悪いことしたのよ」

「どうして?」

「折り紙、捨てたでしょ」

「知らなーい」

「知らないじゃない。謝りなさい」

「ママが謝って」

「愛里が謝るの。ごめんなさい、って」

折り紙捨ててごめんなさい。その言葉を聞くだけで、ささくれだった心が鎮まる気がした。宝子は祈るような気持ちで愛里が口を開くのを待った。

「イヤイヤ。しない。できない」

「愛里！」

「イヤーッ」

愛里は床に倒れ込んだ。

「パパー。パパー。パパがいい。ママ嫌い、あっち行って。パパ、助けてー。パパー。パパー」

床に突っ伏して泣きじゃくる愛里を、宝子は奇妙に静まった心で見下ろした。泣きたいのは私のほうだ、と思う。

私だってまだお母さんに甘えたい。私にはもうお母さんがいない。

母の突然の死から六年がたっていた。薄れかけていたはずの喪失感と悲しみが勢いを増し、年月の壁を破ってなだれ込んできた。

なにをやっているんだろう、と言葉が浮かんだ。

私はなにをやっているんだろう。結婚して、子供を産んで、ひとりで育てて。やりたくもないことを、どうしてやっているんだろう。

宝子は箸を手に取った。ハンバーグを口に入れかけたところで、こんなもの食べたくないと思う。用意した夕食をごみ箱に捨て、缶ビールと冷凍ピザを出した。

愛里はまだ床に突っ伏し、パパー、パパー、としゃくりあげている。

宝子はバラエティ番組にチャンネルを替え、音量を上げた。ビールを飲みながら、観たくもないテレビを眺めてピザが焼けるのを待つ。

イヤー。イヤー。パァパー。パァパー。

愛里は声を絞り出している。

オーブンレンジがチーンと鳴り、宝子は立ち上がった。そのとき、床に突っ伏したままの愛里が、パァパー、パァパー、と泣き声をあげながら、母親をちらっと横目でうかがうのが見えた。

頭のなかでかっと熱が弾《はじ》けた。

宝子は、愛里の腕をつかんで立ち上がらせた。

「ママ、イヤッ。放して」

抵抗する愛里を寝室に放り込み、ドアを閉めた。掃除機を置いてドアが開かないようにする。

ギャーッ。

耳をつんざくようなひときわ大きな叫び声。

「開けて開けて」

ドアを叩く音。

「静かにしないと出してあげないよ」

「イヤーッ」

「うるさいっ」

宝子は食卓に戻り、テレビの音量をさらに上げた。

時間をかけてピザを食べ終え、寝室のドアを開けた。愛里は泣き疲れて眠っていた。涙で濡れた顔に髪の毛が張りつき、悲惨な寝顔なのに、深い寝息はあどけなく満ちたりて聞こえた。

宝子は、強烈な後悔と自己嫌悪に貫かれた。同時に、息ができないほどの愛おしさがこみ上げた。

眠る愛里を見下ろしながら宝子は泣いた。

こんなにかわいい子はいない。大切な子。大好きな子。それなのに、折り紙を捨てられたくらいで、どうしてこんなにひどいことをしてしまったのだろう。

母親失格だと思いかけ、ちがう、とすぐに思い直した。今日はちょっといらいらしていただけ。睡眠不足が続いているだけ。ストレスが溜まっているだけ。それに、これはしつけの一環だ。でも、もうこんなことは絶対にしない。私は愛里の母親なのだ。愛里を愛しているのだ。

しかし、誓いはあっけなく砕け散った。

気がついたときには、駄々をこねた愛里を寝室に閉じ込めるのが日常になっていた。着替えを嫌がる、ママなんか嫌いと叫ぶ、パパがいいと言う、おもちゃを投げつける、ジュースをわざとこぼす。

親子三人で暮らしていたときは気にならなかったことに、宝子の神経はいちいち逆立った。我慢が限界に達すると、右のこめかみでなにかが切れる音がした。

愛里にもその音が聞こえたのだろうか、はっと声をのみ込み、母親の表情をうかがうようになった。「ごめんなさい」「もうしません」「まちがっちゃった」。慌ててそんな言葉を発したが、すでに遅かった。

「ママー。ママー」

閉じ込められた愛里は悲痛な声で母親を呼んだ。

はじめは寝室に閉じ込めておくだけだった。そのうち、ドア越しの泣き声や気配にまで神経が逆立つようになり、このままだと愛里に手をあげてしまいそうな恐怖に駆られた。一度手をあげると、取り返しのつかないところまで行ってしまう気がした。

愛里を殴らないために、愛里を守るために、宝子は泣き叫ぶ娘を置いて外に出るようになった。マンションの外に出て深呼吸をする。自動販売機で缶コーヒーを買う。近所のコンビニまで行く。どんどん時間と距離が延びた。

愛里のそばを離れると、不安でたまらなくなった。なにかあったらどうしよう。ベランダから落ちていないだろうか。火事になっていないだろうか。吐瀉物が喉につまっていないだろうか。

急《せ》き立てられて帰り、寝室のドアを開けると、愛里は眠っていることもあったが、たいていは真っ暗な部屋で母親の帰りを待っていた。

「ママーッ」と泣きながらしがみついてくる愛里はかわいらしく、いじらしく、天使のように感じられた。腹の奥から炭酸水のような刺激のある感情が染み出し、快感に似た痺れが体じゅうを駆け巡った。

「ママ、ごめんなさい。怖い。もうしない。赦《ゆる》して。ママ、好き」

宝子は娘をきつく抱きしめ、一緒に泣いた。

あの日、愛里は風呂に入らないと駄々をこね、パパみたいに飛行機ごっこをしてとしつこくせがんだ。宝子が叱ると、泣き叫びながら本気の力で太ももを殴りつけてきた。

私はこんなにがんばっているのに、どうしてこの子はわかってくれないんだろう。

右のこめかみがピキッと鳴った。愛里がはっとし、半歩後ずさった。

「ママ、ぶってごめんなさい。ママ、ほんとに大好き」

愛里は必死に訴えたが、宝子の怒りは収まらなかった。

「あんたみたいな子、いらないから！」

愛里の腕をつかみ、寝室に放り入れる。もう愛里は激しく抵抗することはなく、か細く泣くだけだった。

すぐに帰らなきゃと焦る気持ちとは反対に、宝子の体はどんどん家から離れていった。仕事のために読んでおきたい本があったのを思い出し、駅ビルのなかの書店に行った。本を買い、同じビルにあるカフェでビールとサンドウィッチの夕食を済ませた。レジを終えたところで我に返った。二時間以上がたっていた。愛里は大丈夫だろうかという不安と、またやってしまったという自己嫌悪で、叫び出したくなった。

慌てて帰宅すると、浩人がいた。

「なにやってるんだ！」

浩人は殴りかかりそうなほど怒りをたぎらせていた。

「愛里を閉じ込めてどこに行ってたんだ！　愛里、真っ暗な部屋でひとりで泣いてたんだぞ。泣きながら、俺にしがみついてきたんだぞ。ママが閉じ込める、って言ってたけどほんとうか？　どういうことだよ。君のやってることは虐待だぞ」

「虐待」とそこだけが尖った異物になって耳を貫いた。

愛里は、浩人が買ってきたらしいぬいぐるみを抱きしめ布団で眠っていた。口を半開きにした泣き疲れた寝顔だった。

「だから、君には愛里を育てられない、無理だ、って言っただろ。四歳の子を閉じ込めて出かけるなんて母親のすることじゃないよ。君は絶対に母親にはなれない。このままだと愛里を殺してしまう」

宝子は足もとが崩れ落ちるのを感じた。真っ暗な底へと落ちていく自分が見えた。

愛里を奪われてしまう――。絶望にのみ込まれながらも、やっとこのぎりぎりの生活が終わる、と心のすみにほっとする自分がいた。

浩人が言うように自分は母親にはなれないのだと思ったら、そんなことは愛里を産む前から知っていたような気がした。


――母親の資格がない。

その言葉を宝子は噛みしめる。

ハンバーガーショップを出て、ほとんど無意識のうちに函館駅に向かい、構内のベンチに座った。列車の到着を知らせるアナウンスが響き、目の前をたくさんの足が通りすぎていく。

もし愛里に二度と会えなくなったとしても、すべて自分のせいだと強く思う。そもそも、私には最初から母親の資格がなかったのだから。

――愛里は望んでないよ。

ふと立ち昇った浩人の言葉が胸を苦しくさせる。

愛里は私に会いたくないのだろうか。私はもう愛里に会うことはできないのだろうか。そこまで考え、はっとした。

娘へ
いつも見ていた。これからも見守っている。

父の手紙を思い出す。

私も父と同じだ。

遠いところから見守ることしかできない。

父はどんな気持ちで二十一年を生きたのだろう。

父の過去を辿ることが、これからの自分と向き合うことのように思えた。


出社した宝子の耳にささやき声が届いた。宝子が「おはようございます」と言うと、ぴたりとやんだ。

小さな応接セットに勝木と蒲生亘がいた。

自分のことを噂していたのではないかと感じた。

「おう。相変わらず早いな」と言った勝木はいつもどおりの気安さだったが、「おはようございます」と返した蒲生は居心地悪そうに見えた。

「じゃあ、僕、そろそろ行きますね」

蒲生が立ち上がった。

蒲生のことはずっと気になっていた。けれど、どう対処すればいいのか決めかねていた。

蒲生は会社の人間ではない。しかも、フリーライターだ。勝木を口止めしたようにはいかないだろう。かといって彼が、宝子の父の件に興味を持っているという確信もない。わざわざ口止めすると、かえって興味を煽《あお》ることになるのではないか。そう考えもしたが、よそよそしい態度が引っかかった。

「それじゃあ失礼します」

蒲生は宝子と一度も目を合わせることなく出ていった。

宝子は数秒の躊躇ののち蒲生を追いかけ、「蒲生君」と声をかけた。

「あ、はい」

気まずそうな顔を見て、宝子は自分の不安が的外れではないと感じた。策を持たないまま、正直に話そうと心を決める。

「私の父のことなんだけど。蒲生君、知ってるよね。ずっと昔に死んだはずの父が生きていて、このあいだ変死体で発見されたこと」

蒲生は慎重にうなずいた。

「それ、誰かに言った？」

「いえ。勝木さんと、どういうことなんだろうって、ちょっと話したことはありますけど」

「興味あるの？」

蒲生は束の間考える表情になり、「なくはないです」と答えた。

「勝手なお願いなんだけど、書かないでほしいの。ほかの媒体にも持ち込まないでほしいの」

勝手なお願いなんだけど、と宝子は繰り返した。

蒲生は考える表情のまま、宝子の喉のあたりに視線を落としている。

「まだなにもわからないの。警察も調べ直すって言ったきりでなんの連絡もないし。だから、自分で調べてみようと思ってるの。なにかわかるまで待ってくれないかな。フリーライターの蒲生君にこんなお願いするのは申し訳ないし、自分でもどうなんだろうって思うけど」

「柳さん、まちがってますよ」

蒲生は静かに言った。

「まちがってるのはわかってる。でも、少し時間が欲しいの」

「じゃなくて」と蒲生はわずかに笑った。

「勝木さんから聞いてませんか？　僕、フリーライターっていっても駆け出しで、雑誌なんかの媒体は持ってないですよ」

「そうなの？」

「だから、書くといってもすぐに記事にはできないです」

やっぱり書くつもりだったのか、と宝子は思った。顔に出たのだろう、蒲生は笑みを引っ込めた。

「正直、興味はあります。どういうことだろう、なにが起こったんだろう、って」

どういうことだろう。なにが起こったんだろう。それは、宝子の思いそのものだった。二十一年前、父の身になにが起こったのか。二十一年間、父はどのように生きたのか。なぜ八王子殺人事件の切り抜きを集めていたのか。

切り取られたモノが口に突っ込まれていた――。黄川田から聞いたことが頭を離れない。もし父があの事件とつながっているとしたら、どんな接点だろう。

「僕も調べていいでしょうか」

「え?」

「わかったことは必ず柳さんに伝えますし、柳さん以外の人には言いませんから」

「でも、どうして?」

それは……、と蒲生は口ごもった。くちびるを巻き込み、目を伏せてから、思い切ったように宝子を見た。

「笑わないでください。僕、ジャーナリストになりたいんです。高峰さんみたいな」

「高峰って、高峰ユタカ?」

蒲生は恥ずかしそうに、しかし真顔でうなずく。

高峰ユタカは多くの著書を持つノンフィクション作家で、フリーになるまでは東都新聞の記者だった。

蒲生は、高峰ユタカと同じ大学の出身で、彼の紹介で東都新聞の仕事を紹介してもらったのだと説明した。

「でも、高峰さんとのことはほかの人には言わないでください。コネで仕事をもらったなんて格好悪いので」

「わかった」と口にしながら、宝子はどういう答えを出すべきか考えた。高峰の著書には、冤罪や裏金づくりなど警察の不祥事に関するものもあったはずだ。

宝子の思考を読み取ったように、

「もちろん高峰さんにも言いません」

蒲生が宣誓するように言う。

宝子には、断れば高峰ユタカに言う、というように聞こえた。

「少し考えさせてもらっていいかな」

「どのくらいでしょうか」

「週明けまで」

次の土日に、二十一年前に火事があった青森を訪ねる予定だった。青森から帰るまで答えを引き延ばすことにした。

二章

7

二十一年という年月は、物事を一新するほどの長さなのかもしれない。

存在したはずのものが、すべて消え失せていることに宝子は呆然とした。

冷静に考えれば、そんなことははじめから知っていた。父が住んでいたアパートがなくなっていることも、勤めていた冷凍加工品会社が大手に買収されたことも知っていたのだ。

それでもアパートがあった住所にいるのに、どこにアパートが建っていたか見当もつかないことに絶望的な気持ちになった。

青森に着いたのは夕方だった。

薄曇りの空にじわじわと夜が広がりはじめている。

あかりのついた窓。ファミリータイプの自動車。玉ねぎを炒めるにおい。子供用の自転車。同じ造りの一軒家が並ぶこのどこかに、父が住んでいたアパートがあったのだ。

宝子の知らない家族が、いまこの場所でありふれた日常を送っている。彼らはたぶんその尊さにもろさにも気づいていない。

一度だけ父のアパートを訪ねたことがある。父が単身赴任してまもないゴールデンウイークだった。家族三人で温泉に行ったり、ロープウェイに乗ったり、青函連絡船の博物館を見たりした。その年の十二月に父が死んでしまうことも知らず、家族の休日を満喫した。

二十一年前を思い返しながら、宝子は周辺を見まわした。一軒家とアパートで構成された特徴のない住宅地。記憶に引っかかるものはない。

背後の物音に振り返ると、一軒家から七十代と四十代に見える母娘らしいふたりが出てきたところだった。

「すみません。東都新聞のものですが」

宝子はふたりに声をかけた。が、なにを聞くつもりなのか、考えがまとまっていなかった。二十一年前のすべてを知りたいが、その入口がどこにあるのかも見えない。

「二十一年前に、このあたりのアパートで火事があったことをご存じですか?」

ふたりは訝しげに顔を見合わせ、はい、とうなずいた。

「そこにあったアパートですよね」

母親のほうが指をさした。同じ造りの家が四軒並ぶ右側で、母娘の家の斜め向かいだ。

「当時のことを覚えてますか?」

「もちろん覚えてますけど……」

「いまになってどうして? とお思いでしょうが、覚えていることを教えていただけませんか?」

宝子は先まわりして言った。

「私が一一九番したんです」

娘が口を開いた。

「夜の一時すぎです。その日、会社の忘年会で帰りが遅かったんです。お風呂に入って、居間でテレビを観てたら、火事だー！　って怒鳴り声がして。なんか焦げくさいなあとは思ってたんですけど、カーテンを開けたら斜め向かいのアパートから煙が出てて、窓のひとつがちらちらと赤くなってて。それで慌てて両親を起こして、一一九番しました」

言い終わると、ね？　と母親に確認した。

「あのときは、うちまで燃えちゃうんじゃないかって慌てたよねえ。お父さんなんか、家の権利書とか持ち出しちゃって大騒ぎになったよねえ」

「アパートの住人とおつきあいはありましたか？」

「一階のおばあちゃんとは挨拶したり、たまにうちの庭のお花あげたりしたけど」

ね？　と今度は母親が娘に確認する。

「住人がひとり亡くなっちゃったんですよね」

娘が宝子に向き直る。

「でも、よくひとりで済んだよ」

母親が言う。

「燃え方がひどかったんですか？」

「それもあるけど、時間が時間だから。みんな寝てたでしょ」

「たまたま気づいた人がいたから、逃げられたみたいですよ」

「気づいた人って、アパートの住人ですか？」

「そうなんじゃない？　わかんないけど。一階のおばあちゃんも、火事だー！　って男の人にドアをドンドンされて、それで起きたって言ってたから。ドンドンされなかったら自分も死んでただろう、って」

「たぶん、火事だー！　って私が聞いたのも、その男の人だと思います」

脳の表層がざわつきだすのを感じた。

「その男の人、どんな人でしたか？」

自分の声が上ずっているのを自覚した。

「どんな、って？」

「年齢とか背丈とか顔とか覚えてませんか？」

「私は声しか聞いてないんで。普通のおじさんの声でしたけど」

普通のおじさん、と宝子は胸の内で復唱する。

「私らが外に出たときはもう大騒ぎになってたから、誰が誰だかわかんなかったよね」

「一階に住んでいたおばあさんが、いまどこにいるかわかりませんか？」

「わかりませんねえ。それに、あのときでかなりの高齢だったしねえ」

想像どおりの返事だった。

「あの火事で、なにか変だなと感じたことはありませんか？」

ふたりは顔を見合わせた。宝子がなにを聞きたがっているのか理解できないようだが、宝子自身も手探りだった。

「変、ってたとえばどんなことですか？」

娘が聞き返す。

「どんなことでもいいんです」

そう言いながらも、期待はしていなかった。

ここに来る前、図書館に寄って二十一年前の新聞記事を読んできた。どの新聞もよくある住宅火災の扱いで、不審火の可能性や不審者の目撃情報が書かれたものはなかった。

案の定、ふたりは特に気づいたことはなかったと告げた。

ふたりを見送ってからほかの家を訪ねてみたが、二十一年前の火事を目撃した人に会うことはできなかった。

風景が猛スピードで夜へと傾いていく。深い穴のなかに、このまちごとゆっくり沈められていくようだ。陽光の名残とともに音までがどこかへ吸い込まれたように奇妙に静まっている。

こんな場所だっただろうか。宝子は記憶を辿った。はじめての場所にいる感覚が消えない。

父が住んでいたアパートの様子は覚えている。小さな玄関、右側にトイレ。ドアを開けると、八畳くらいの台所があって、その奥に和室。和室のカーテンは緑色だった。狭いアパートなのにがらんと感じたのは、ものがほとんどなかったからだ。いくつかの段ボール箱が壁際に置かれていたが、宝子の就寝中に母が片付けたらしく、父のアパートを去るときには折りたたまれてまとめられていた。

暮れゆく住宅地を宝子は歩いた。行くあてはなかった。振り返ると、黒い人影の残像のようなものが視界の端に映った。錯覚だと自覚していた。それでも、火事だー！　と叫びながら走りまわる黒い人影が、時間を隔てたこの場所にいる気がした。

父ではなかったか。その考えが、頭にピン留めされている。けれど、もしそれが父だったとしたらどうなるのだろう。そこからどう考えを進めていけばいいのだろう。

宝子の瞳が黄色いあかりを捉えた。くすんだ黄色だが、薄い墨色の住宅地にそのネオンはひどく目立った。思考より先に体が反応した。心臓がことんと音をたて、呼吸が浅くなる。

年季を感じさせるラーメン屋だ。黄色い日よけには〈ラーメン龍茂〉とあり、赤いのれんがかかっている。

宝子の頭に大ぶりの餃子が浮かんだ。二十一年前の光景が一気にあふれ出る。

——いつもこんなにおいしい餃子を食べて、お父さんずるい。

自分の声がよみがえる。

父が通っていたラーメン屋だ。たいていここで夕食を済ませると言っていた。餃子が特にうまいんだ、と。

目の前のラーメン屋だけが二十一年前とつながっていた。引き戸を開けば、自分たち家族がテーブル席にいるのではないか。一瞬、そんな考えが頭をかすめた。

引き戸を開けると、「いらっしゃい」と威勢のいい声が耳に飛び込んできた。土曜日の夕方で、客はカウンターにひとりいるだけだ。

二十一年前も古かったが、いまもあのときのままの古さだ。朱色のテーブルと丸椅子、油とやにで汚れた壁紙、壁にかかったメニューの餃子には二重丸がしてあり〈おすすめ〉と書いてある。

「テーブル席でもいいですか?」

宝子は、かつて家族三人で座った奥のテーブルを指さした。

「いいですよ。どうぞ」

四十代に見える店主は愛想よく言った。代替わりしたのだろう、以前は白髪頭の痩せた男が鍋を振っていた。

黄ばんだメニューのなかから餃子と広東麺を頼んだ。自分がなぜほとんど無意識のうちに広東麺を選んだのか、宝子は数秒後に理解した。

晩飯はたいていここで食べてるんだ、うまいぞ、と機嫌よく言った父に、お父さん、野菜をちゃんと摂らないとだめよ、と母が苦言を呈し、広東麺を注文した。料理を待ちながら、父はにこにこと瓶ビールを飲み、ザーサイを食べた。いま思うと、自分の行きつけの店に妻と娘を連れてきたのが嬉しかったのだろう。

「はい。どうぞ。熱いですからね」と運ばれてきた餃子は、記憶のなかの餃子と同じだった。ぽってりと大ぶりで、見ただけで皮が厚くもちもちしているのがわかる。かぶりつくと、濃厚な肉汁が口中にあふれ出た。

——いつもこんなにおいしい餃子を食べて、お父さんずるい。

宝子が言うと、あのとき父は笑った。

ほんとうなら、父は一年で仙台に戻り、それまでどおり家族三人で暮らせるはずだった。

宝子は餃子を食べ、広東麺をすすった。黙って食べると泣き出してしまいそうで、笑みをつくってカウンターの店主に話しかけた。

「私、二十一年前に一度だけこのお店に来たことがあるんです」

「二十一年前というと親父がやってたころですね」

「父が単身赴任中、この近くのアパートに住んでいて、いつもこちらで夕食を食べていたんです」

「いつも？　じゃあ、コレステロールとかやばかったんじゃないですか？」

そう言って店主は笑う。

「だったら、俺の血圧が高いのもこの店のせいだな」

カウンターの客が話に加わる。

「タカさんは酒の飲みすぎでしょ」

父もこんなふうにカウンターに座り、一日の終わりに店主やほかの客たちと言葉を交わしたのだろうか。

「実は父のことを調べているんです。二十一年前、火事で亡くなってしまって」

「火事？」

カウンターの男も振り返り、宝子を見る。七十歳前後。父と同じくらいかもしれない。

「アパートが火事になって逃げ遅れてしまったんです。この近くなんですけど」

「じゃあ、あそこかな。一丁、いや二丁先か。向こうのアパートですよね」

「はい。それで、そのときの父のことを知りたいと思って東京から来たんです」

「わざわざ東京から？」

「俺、なんか聞いたことあんな」

カウンターの男がぽつりと言った。

「その火事って放火かなんかだった？」

「いえ」

声が掠《かす》れた。

「じゃあ、ちがう話かな」

「あの、その放火というのはどんな話ですか？」

「俺もはっきり覚えてないんだけど、この店で誰かがそんな話してるのを聞いた気がするんだよな」

「親父なら知ってるかな。ちょっと俺、親父呼んできますよ」

店主はそう言って店の奥へと消えた。

放火、と宝子は胸に上らせ、その意味を咀嚼《そしやく》する。早打ちする鼓動に息苦しくなり、無意識のうちに大きく息を吐き出していた。

「ねえさんも少し飲むかい？」

カウンターの男がビール瓶を持ち上げる。

「いえ。ありがとうございます」

店の奥から白髪の男が現れた。宝子の記憶より小さく痩せているが、背筋がしゃんと伸びている。

「親父、そちらのお客さん」

店主が宝子のほうに手のひらを向ける。

「言われなくてもわかるよ。ほかにはタカさんしかいないんだから」

ぶっきらぼうな口調に、ああ、そうだった、とまたひとつ思い出した。小学生だった宝子は、この店主の口調が怒っているように感じられ、あの人怒ってるの？　と小声で父に聞いたのだった。

「柳さん、だっけ？」

いきなり名前を呼ばれたことに驚き、返事を忘れた。

「ちがったっけ？」

「いえ。そうです。柳です。どうしてご存じなんですか？」

店主はにやりと笑い、「年寄りだからだよ」と答えた。

「昔のことしか覚えていないいんだよ。柳さんは毎晩のように来てくれたからね。タカさんとは大ちがいだ」

うるせえよ、とカウンターの男が返す。

先代はカウンターに入り、改めて宝子に視線を向ける。二、三秒後、瞳がやわらいだように見えた。

「そういえば、柳さん、一度家族を連れてきたことあったよな」

「そうですそうです」

「うん。覚えてるよ」

先代はうなずいてから、「アパートがな、火事になっちゃったんだよな」と声を落とした。

「なにかご存じじゃないですか？　放火だって噂があったんですか？」

先代はカウンターの男に目をやり、「ったく、くだらない噂話をぺらぺらしゃべりやがってよ」と吐き捨てたが、本気で怒っているようではなさそうだ。

「気を悪くしないでくれよ。酔っぱらいのただの噂話だからな」

先代は真剣な顔つきでそう前置きした。

父は、アパートに近いこの店に毎晩のように通っていた。ラーメンや定食といった食事をすることもあれば、ザーサイや餃子をつまみにビールを飲むこともあった。店主の印象に残っているのは、父が一度だけ連れてきた男のことだった。ふたりはテーブル席につき、ごく普通に飲み食いしていた。ところが、いきなり連れの男が立ち上がり、「ふざけんなよ！　ばかにしてんのか！」などと怒鳴り出したという。父がなだめると男はますます激高し、わめき散らした。

「その男、覚えてろ、ぶっ殺してやるからな、って捨て台詞《ぜりふ》残して出ていったんだよな。柳さんは恐縮してさ、すみません、かなり酔っぱらったみたいで、なんて俺たちに謝って。まあ、酒癖悪いやつはいくらでもいるから、そんときは気にしなかったんだけど、それからすぐ柳さんのアパートが火事になったから、まさかあのときの……って話になったってわけなんだよ」

宝子は口を開こうとし、呼吸を止めていたことに気づく。

「じゃあ、放火の可能性があったんですか？」

「いや、ストーブが原因だって」

先代はきっぱりと言う。

「警察はいまの話を知っているんでしょうか？」

「知らないいんじゃないかなあ。俺はなんも聞かれてないしな」

「その男の人、どんな人でしたか？」

うーん、と先代は首をひねる。

「よく覚えてないなあ。たぶん柳さんと同じくらいの歳だったんじゃないかなあ」

思考が麻痺してうまく考えられない。考えるとはどういうことなのか、どうすれば考えられるのかさえもわからなくなっている。

それでもなにか聞かなければ。追いつめられるように宝子は口を開いた。

「あの、父は」

声がつまった。なにを聞けばいいのだろう。思考は麻痺したままだ。

「父はさびしそうでしたか？」

思いがけない言葉が飛び出した。勢いのまま宝子は続ける。

「ひとり暮らしでさびしがっていませんでしたか？　家族の話をしたり、早く帰りたいと言ったりしてませんでしたか？」

うーん、とつぶやき、先代はしばらく考える表情になった。

「そうだねえ。最初のころは、誰もいないアパートさ帰るのが嫌だ、早く仙台さ戻りたいなんて言ってたなあ。あ、そうそう。よく奥さんと娘さんの写真を見せてもらったよ。でも、だんだん慣れてきたんじゃないかな。そのうち愚痴をこぼすこともなくなった気がするなあ」

父が持っていたのはどんな写真だろう。その写真は火事で焼けてしまったのだろうか。それとも、別人になって生きるために処分したのだろうか。

店を出た宝子は、無意識のうちに先ほど見た黒い影を探した。火事だー！　と叫び、アパート中のドアを叩いた男。気配はもう感じられない。

父はあの火事で死ななかった。

じゃあ、誰が死んだのだろう。

父と一緒にいた男は誰だろう。

同じ言葉が頭のなかをぐるぐるまわっている。思考は麻痺したままなのに、妄想めいた思念が膨張していく。

宝子ははっと息をのむ。あり得ない、と強く否定し、自分を叱る。

一瞬浮かんだ光景は、男に襲われた父が逆に男を殺してしまった、というものだった。

あり得ない、と今度は落ち着いて否定する。火事はストーブ火災だったのだ。それに、もし仮に父があやまって男を死なせてしまったのだとしたら、逃げるはずがない。父なら絶対に出頭し、罪を償おうとするはずだ。

「ちょっと待って」

静まった小路に男の声が通り、宝子は振り返った。ラーメン屋の店主だった。「ああ、間に合ってよかった」と駆けてくる。

「親父が思い出したそうです、柳さんと仲良かった人。柳さんのことを聞きたいなら、その人を訪ねるのがいいんじゃないか、って」

父の取引先の担当者だった小森という人が、青森駅から電車で四十分ほどの弘前に住んでいるという。

小森を訪ねたのは翌日だった。

待ち合わせたホテルのラウンジに入り、目印と言われていたシーサーのぬいぐるみがついた杖を探した。見つける前に窓際の席から片手が上がり、視線を向けると七十代に見える禿げた男だった。

昨夜のうちにラーメン屋の先代が小森に電話し、会う段取りをつけてくれたため、彼と言葉を交わすのははじめてだ。

「柳さんでしょ？　私、小森」

「お待たせしました。お忙しいところすみません」

宝子が頭を下げると、「忙しいわけないさ」と気さくな声が返ってきた。

「そうかそうかあ。柳さんのお嬢さんかあ。目もとと鼻筋が似てる気がしたから、そうじゃないかなと思ったよ」

血がつながっていないことを知らないらしく、小森は人なつこく言った。初対面の相手との距離を一気に縮めるふくふくとした笑顔。父と親しかったのがわかる気がしたし、父にこんな友達がいてよかったとも思った。

小森は、十年前に定年退職するまで東北にチェーン展開するスーパーマーケットに勤めていたと言った。父とは青森の店舗にいたときに知り合い、一緒に酒を飲んだり、休日が合えば釣りをしたりしたそうだ。

「父は釣りをしたんですか？」

はじめて聞く話だった。

「俺が誘ったんだよ。生餌《いきえ》を嫌がったから、柳さんと一緒のときは練り餌を使ってさ。なつかしいなあ。でも、柳さんセンスなかったなあ。全然釣れなかったよ。それでもにこにこして楽しそうだったよ」

釣果をまったく気にせず、にこやかに釣り糸を垂れる父が想像できた。宝子の心中を読んだのか、「お父さんらしいでしょ」と小森は笑った。

コーヒーが運ばれてから小森は声のトーンを落とし、改まったふうに口を開いた。

「ラーメン屋の親父から聞いたよ。お父さんのこと聞きたいんだって？　お父さんのどんなこと？」

「どんなことでもいいんですが、たとえば父がトラブルに巻き込まれていたということはありませんでしたか？」

「トラブル？　聞いたことないなあ」

「じゃあ、誰かに恨まれていたとか」

「ないよ、ないない」と小森は顔の前で片手を振った。「あんないい人、恨まれるわけないよ。柳さんのこと悪く言う人はひとりもいなかったよ」

「でも、行きつけのラーメン屋さんで……」

「あの親父、禿げてなかった？」

「はい？」

「もう十年以上会ってなくて年賀状だけのやりとりだからなあ。俺はこんなんなっちまったから、あの親父も禿げてればいいなあと思ったんだけど」

「……白髪頭でした」

くそっ、と小森は吐き出し、宝子を向いていたずらっぽく舌を出した。その一連のふるまいで、宝子は気をつかわれていることを悟った。いまの自分は、初対面の相手に気をつかわせてしまう表情をしているのだろうか。

「ああ、ごめんごめん」

小森が茶目っ気たっぷりに額をぴしゃりと叩き、「で、ラーメン屋がどうしたの？」と話をもとに戻す。

宝子は静かに息を吐き、自覚のないこわばりを緩めようとした。

「ラーメン屋さんで、父にぶっ殺してやると言った人がいると聞きました」

「いつごろの話？」

「父が亡くなる少し前だと思います。それで、その男が父をどうにかしたんじゃないかというような噂があったと聞きました」

小森は伏し目がちになり、しばらく黙った。色の薄い瞳が過去を思い出そうとしている。やがて顔を上げて、記憶を辿る表情のまま宝子を見た。

「お父さんが亡くなる直前、私は山形に転勤になったんですよ。だから、ご不幸があったことをしばらく知らなくてね。聞いたときはびっくりしたなあ。あんないい人がなんで、ってね。ああ、柳さんはほんとうにいい人だった。あんなやさしい人いないよ。もし柳さんに殺してやるって言った人がいたとしたら、それはただの酒癖の悪いやつだと思うね。絡み酒ってあるからな。タチが悪いのがひとりいたんだよ。私は一回だけ一緒に飲んだことがあるけど、素面《しらふ》だとおとなしい男だったのに、酒が入ると人が変わってびっくりしたよ。その人のことじゃないかい？」

「その人、父とはどんな関係だったんですか？」

「ホームレスっていうんだろうか。仕事がなくなって住むところも追い出されたって言ってたなあ。柳さんが泊めてあげてたんじゃなかったかなあ。ふたりがどこで出会ったのかは知らないけど」

突き当たった壁がいきなり崩れ落ちた感覚があった。

「じゃあ、その人は父のアパートに泊まっていたんですね？」

「うん。たしかそうだな。柳さん、いい人だから面倒みてあげたんじゃないかな」

「いくつくらいの人でしたか？」

「私らと同じくらいだったね。あのころだから、五十すぎか。その男、虫歯で顔半分が腫れててな。もの食うと痛いらしく酒ばっかり飲んでたよ。だから、余計に絡み酒になったのかもしれないなあ。俺にはもう失うもんなんかないんだ、おまえらなんかぶっ殺してもいいんだ、なんて突然喚き出してなあ。柳さんが謝りながら連れて帰ったよ。あとで聞いたら、いつものことだったらしいけど」

宝子には、二十一年前の光景がはっきりと見えた。

それは真実ではないかもしれない。けれど、自分が描いた光景を信じることにした。火事で死んだのはその男だ。火事だー！　と叫んでまわったのはやはり父だったのだ。

「その人の名前は覚えていませんか？」

「いやあ。覚えてないなあ」

「鈴木、ではありませんか?　鈴木和男」

「どうだったかなあ。そんな名前だった気もするし、ちがう気もするし。悪いなあ、思い出せないわ」

二十一年前の光景が、いつかどこかで見たドラマのように再生される。酔いつぶれて寝ている男の布団にストーブから火が燃え移る。男は火事に気づかなかったかもしれないし、気づいたときには手遅れだったかもしれない。その夜遅く帰ってきた父が火事に気づき、大声をあげながらアパート中のドアを叩いて住人を起こした。

そこまでは鮮明に見えた。けれど、その続きがぷっつりと途切れている。

どうして父は死者になることを選んだのだろう。

「ところで、いまになってどうしたの。なにかあったのかい」

「いえ」とごまかそうとしたが、それでは申し訳ない気持ちになり、小森を満足させられる理由を挙げようとした。けれど、口から出たのは素直な問いだった。

「父はさびしがっていましたか?」

小森は首を伸ばして「ん?」と聞き返す。

「家族に会いたがったり、仙台に早く帰りたがったりしていませんでしたか?」

そう聞いてから、昨夜のラーメン屋でも同じことを聞いたのを思い出した。

家族と離れてさびしがっていた父が、自ら姿を消し、家族と離れ離れになることを選ぶとは考えられなかった。

「そういえば、最初のころは早く帰りたいっていってよく言ってたなあ」

ラーメン屋の先代と同じ返答だ。

「でも、だんだん慣れていったみたいで、愚痴も減っていったんですよね？」

宝子は先まわりして、そうなんだよ、と返ってくるのを待った。

小森は気むずかしい表情で視線をはずした。長い沈黙のなかに迷いが見て取れた。

「どんなことでもいいので教えてください」

宝子の強い口調に、目を上げた小森は「お母さんから聞いてないかい？」とためらいがちに聞いてきた。

「母は十年前に亡くなりました」

「ああ、そうでしたか」

小森は数秒のあいだ逡巡《しゆんじゆん》し、「こんなこと言っていいのかわかんないけど」と前置きをした。

「もし、柳さんが火事で亡くならなかったら離婚してたんじゃないかな」

なにを言っているんだろう、というのがとっさに浮かんだ言葉だった。あんなに仲のよかった両親が離婚だなんて考えられない。

「どういうことですか？」

「釣りをしてるときだったかな。ああ、そうだ。俺の転勤が決まったときだから十二月になるかならないかだな、寒くてなあ。まあ、それはいいや。年末年始はどうすんの、帰るんでしょ、それとも家族がこっちに来んの、って聞いたら、家族とはもうだめかもしれない、ってぼそっと言ってな。俺、びっくりしちゃって。どうしたの、単身赴任が原因かい、それとも好きな女でもできたのかい、って。柳さん、はっきり言わなかったけど、思いつめた顔してたな」

「家族とはもうだめかもしれない、って父がそう言ったんですか？　ほんとうにそう言ったんですか？」

詰問する口調になり、宝子は「すみません」と頭を下げた。

「一字一句そう言ったかは自信がないんだけど……」

小森は語尾を曖昧にし、「でもね」と笑みをつくった。

「柳さん、家族が大好きだったよ。それはまちがいない。奥さんのこととか娘さんのことをほんとによくしゃべってたもの」

父は母が大好きだった。その愛情は、デパートの食堂で父とはじめて会った日から幼い宝子の目にもよく見えていた。いつも目で母の姿を追い、母と目が合うだけで光が差すように歓びをあふれ出させた。おじいさんみたいな父なのに、母と向き合っているときは輝く少年の顔になった。

薄れていた父の記憶がしだいに色づき、いきいきと動きはじめる。

父に、母のどこが好きなのか聞いたことがあるのを思い出した。父とふたりで買い物に行ったときだった。宝子の問いに、全部、と父は即答した。

「お母さんはお父さんの女神だから」

恥ずかしげもなく父は言った。

「女神は言いすぎでしょ」

宝子のほうが恥ずかしくなった。

「じゃあ神様かな」

「だから言いすぎだって」

「お母さんといると無敵になった気がするんだよ。お父さんは、お母さんと結婚できてほんとうに幸せだよ。自慢の娘もできたし。もうお母さんと宝子のいない生活は考えられないよ」

いつもは無口な父が、母のことを話すときは饒舌になった。

父は宝子を見つめ直し、「宝子はほんとうにお母さんに似てるなあ」と幸せそうに言った。

「お父さんの自慢の娘だ」

そう言って、宝子の頭を撫でた。

その父が、家族とはもうだめかもしれないと言った。そして、自らの意思で姿を消した。

二十一年前の火事の光景を描いたつもりだった。けれど、またすぐに見えなくなる。あの火事の前になにがあったのか、火事のあとになにがあったのか。辿るための道しるべさえ見つけられない。

8

待ち合わせた喫茶店に、蒲生亘はすでにいた。奥のテーブル席に座り、宝子に気づくと頭を下げた。

「遅くなってごめんなさい。お待たせしました」

「僕が早く着きすぎただけですから」

約束した時間までまだ十分以上ある。テーブルの上のコーヒーは減っていないが、冷めているようだ。二、三十分はたっているのではないか。それなのに待っていたそぶりを少しも見せない。

駆け出しのフリーライターと蒲生は自称したが、そつのなさを感じた。宝子は、自分の決断はまちがっていないと思った。

「父の件ですが、お願いしようと思います」

迷いが入り込まないうちにひと息で告げた。

「はい」

蒲生は真顔で答えた。

宝子は昨日の自分を思い返す。小森と別れたあと、しばらくのあいだ頭も体も動かせなかった。どこに行き、なにをすればいいのか思いつかず、完全に行きづまったのを感じた。

新聞社に勤務して十年がたつのに、宝子は取材経験が乏しかった。入社一年目は北関東の支局に赴任し、主に地域行事の取材はしたものの、二年目には本社の出版事業部に異動となり、四年前からは文化部だ。事件記者のノウハウがない。自分だけではこれ以上調べるのは無理だと悟った。

蒲生は駆け出しとはいえジャーナリスト志望だ。ノンフィクション作家の高峰ユタカのコネクションもあるだろう。どうせ蒲生には父が変死体で見つかったことを知られている。自分の知らないところで父の死の謎を暴かれるより、目の届く場所で調べてもらったほうがいい。それに、自分だけで調べるとなると会社を休むことが多くなるだろう。

宝子は警察から連絡が来た日まで遡《さかのぼ》り、そこから順を追って説明した。

父が建設会社の寮にいたこと、名前を変えて生きていたこと、記憶喪失ではなかったこと、なにかから逃げ隠れしている様子だったこと、遺骨がなくなっていたこと。

ただ、父の遺品に八王子殺人事件の切り抜きがあったことは伏せた。

「実は昨日と一昨日、青森に行ってきたの。二十一年前の火事のことでなにかわかるかなと思って」

「なにかわかりましたか?」

「わかった」

「わかったんですか?」

「わかったから、余計わからなくなった」

そう答えると、蒲生は不思議そうな顔をした。

「二十一年前に火事で亡くなったのは誰なのか、心当たりはないんですか?」

「ホームレスだと思う」

「ホームレス、ですか?」

「父がアパートに泊めてたみたいなの」

宝子は、焼け跡から見つかった遺体の損傷が激しく、歯の治療痕で身元を確認したことを話した。

「その人、たぶん父の保険証を使って歯の治療をしたんだと思う」

「でも、じゃあ、どうしてお父様は姿を消したんですか?」

「それがわからないの。それと、どうしても気になるのが、家族とはもうだめかもしれない、って父が言ってたらしいの。私には信じられないんだけど」

「お母様にも心当たりはないんですか?」

すぐに返事ができなかった。

母は焼死したのが父ではないことを知っていたのか、知らなかったのか。あのときの遺骨を誰が墓から持ち出したのか。母だろうか、父だろうか、それともまったく別の人間だろうか。もし、遺骨を墓から持ち出したのが母だとしたら、母はすべて知っていたのだろう。けれど、それを確かめることはもうできない。

「母は十年前に亡くなったから」

「あ、すみません」

蒲生はメモをとる手を止め、神妙な顔になった。

「実はそれに、父とは血がつながってないの。私が小学生になる前に、母と結婚して父親になった人だから。でも、家族思いの父だったから、どうしても信じられなくて」

「お父様はなにかから逃げてるんじゃないか。建設会社ではそう噂されてたんですよね？」

宝子はうなずく。

「ということは、そのために死んだことにしたと考えるのが普通ですよね」

蒲生があっさりと結論を突きつける。

宝子の表情がこわばったことに気づき、蒲生ははっとした。

「あ、すみません。無神経なことを言っちゃいました」

「あ、ううん」

気持ちを落ち着かせようと、宝子はコーヒーをひと口飲んだ。

「ほんとうにわからないの」

ひとりごとが漏れた。

父が家族と縁を切るとは考えられなかった。けれど、家族とはもうだめかもしれないと言った父がいる。

父が姿を消したのは、なにかから逃げるためだったのか。そのなにかは、妻や娘と関係があることだったのか。考えれば考えるほど、見つけたいものが遠ざかっていく。

「父は、母が亡くなったことも、私が東都新聞に勤めていることも知っていたの。封筒のなかに私の署名入りの記事がいくつも入ってた。それから、私への手紙も。娘へ、いつも見ていた、これからも見守っている、ってそれだけが書いてあった」

姿を消したあともどこからか父が見守ってくれていた。そうだったらいいと思う反面、もしそうだったとしたらそれに気づけなかった自分が悔やまれた。

父は、どんな気持ちで娘に手紙を書いたのだろう。

父の身になにが起きたのか、いまはまだわからない。けれど、会いたくても会えない子供がいるというのはどんな気持ちなのか、父に教えてほしかった。

宝子の知らない二十一年間を生きた父が幸せだったとは思えない。自分を捨て、家族と別れ、世間から隠れるように生きていた。最後は、誰にも看取られることなく死んでしまった。

「メッセージですね」

「え？」

「お父様が封筒に残したものが、柳さんに伝えたかったメッセージなんですね」

メッセージ、と宝子は心のなかで声にしてなぞった。

手紙と署名入りの記事から伝わることは、父が娘を忘れていなかったこと、いつも見守ってくれていたことだ。

けれど、封筒には八王子殺人事件の記事も入っていたのだ。もし、蒲生の言うとおりだとしたら、八王子殺人事件にはどんなメッセージが込められているのだろう。

「見えるところから調べるのがいいと思うんです」

まっすぐな目で蒲生が言う。

「見えるところ」と宝子は復唱した。

「二十一年前のことを調べるより、まず見えるところ、いちばん近いところからひとつずつ遡っていったほうがいいと思うんです。ひとつ飛びで行くと大事なことを見落としてしまう、って高峰さんが言ってました。まずは水戸市でお父様が亡くなったときのことから調べたらどうでしょう」

「でも、父の勤め先の人にいろいろ聞いたけど、父の過去を知ってる人はいなかった」

蒲生は握りこぶしを口にあて、遠くを見る顔つきになった。

沈黙が続くあいだ、宝子は建設会社の人たちから聞いた話をひとつひとつ思い返した。十年前、作業員募集のチラシを見て現れた。鈴木和男と名乗った。母が亡くなったことを知っていた。滅多に外出しなかった。

見落としていることはないかと考えたが、中身のない箱をかきまわしている感覚だった。

「僕、水戸に行ってみます。建設会社の人たちに、僕からも話を聞いてみます」

「でも」

「家族の人には言いにくいことってあると思うんです」

きっぱりとした口調だ。

「こんな言い方をして申し訳ないんですけど、家族の人に悪いことって言いにくいですよね」

蒲生の言うとおりかもしれない。建設会社の男たちが、父のすべてを包み隠さず語ったとは限らないのだ。

「そうだね。そうかもしれない」

「もし、悪い噂を聞いたとしても、柳さんには正直に伝えますから」

「うん。よろしくお願いします」

宝子は頭を下げた。

「やめてくださいよ」蒲生が慌てたように言う。「調べてみたいって、僕からお願いしたことですから」

「もちろん、謝礼というか調査費はお支払いさせてもらいますから」

「いいですよ」

蒲生は顔の横で手を振る。

「だめだよ。こういうのはちゃんとしないと」

「じゃあ、実費だけお願いします」

「ちゃんと払わせて」

蒲生は居住まいを正した。そのわりにいたずらっぽい顔をしている。

「僕、実はボンボンなんですよね」

「え？」

「金持ちの息子なんですよ」

「そうなんだ」

「だからお金には困ってないんです。でも、いつも親父から半人前の世間知らずのくせに、ってばかにされてるから、ジャーナリストになって見返してやりたいんです。テーマを探してたらちょうど柳さんのお父様のことを知って、これはおもしろい事件になるんじゃないかって閃《ひらめ》いたんです。すみません、こんな言い方をして。だから、柳さんのお父様のことを調べて、高峰さんに認めてもらって、それを足がかりにしたいなあって」

蒲生の正直さが、宝子にはまぶしく感じられた。

「蒲生君っていくつ？」

「三十です」

「へえ。若く見えるね」
二十二、三歳だと思っていた。
「ボンボンですから」

開き直るように胸を張る。その潔さに宝子は笑った。

9

被害者の自宅前にマスコミはいなかった。事件当初は飴に群がる蟻のようだったが、もっと甘い餌を見つけて移動したらしい。

事件発生から今日で一ヵ月になるが、捜査に進展はなく、迷宮入りをささやく声も出はじめている。

黄川田はインターホンを押し、開いたドアの隙間から体を入れた。すぐ背後から「あ、いてて」と肥満体をドアに挟んだらしい米満《よねみつ》の声がした。

米満は所轄の刑事だ。五分刈りのごま塩頭に、丸い顔と丸い体軀。糸のように細く垂れ下がった目はいつも笑っているようで、どこか地蔵をイメージさせる。黄川田より二十近く上で、階級は同じ巡査部長なのに敬語を崩さない。

「痩せないといかんですな」

米満のつぶやきが聞こえた。

玄関に現れたのは被害者の父親だった。

「犯人はまだ見つからないんですか?」

苛立ちを露わにした責める口調だ。

「いったいどうなってるんですか。犯人は捕まらないし、捜査がどうなっているのか連絡はないし、いつまで待てばいいんですか。ほんとうに犯人は捕まるんですか」

「いま全力で捜査していますから。もう少しだけお時間をください」

米満が人の好さを張りつけ、丁寧に答える。

父親に続いて居間に入ると、食卓に母親がいた。ぼうっとした表情のまま目を上げた。

今日は家をのぞいていた不審者について聞きに来た。

鬼塚裕也は友人に、「母親をぶん殴っているところを見られて気まずかった」と言っていたらしい。

それがいつのことなのか、その不審者を見ていないか、母親に尋ねると、

「あんの野郎！」

父親が歯を食いしばるように声を出した。両手で握りこぶしをつくりソファから立ち上がると、

「おいっ」と食卓にいる母親の前に立った。

「あいつ、またおまえに手を上げたのか？　いつだ？　なぜ言わなかった？」

母親は焦点の合っていない目を夫に向けた。

「おいっ」

父親に肩を揺さぶられ、母親はまばたきをした。

母親は最初からこうだった。当初は、衝撃のあまり感情が麻痺したのだと考えた。息子が殺されたというのに泣き崩れることはなく、悲しみや嘆きが感じられない、どこかとろっとした表情だった。

この母親はろくでなしの息子をとっくに見限っていたのではないか。いまでは黄川田はそう考えている。

「あいつが、おまえに手を上げたのはいつだ？」

母親はゆるりと目を上げたが、まだなにも見ていない目だ。

「……いつだったかなあ」

気の抜けた声。

しばらく待ったが、それ以上は答えない。

「裕也さんは、お母様に手を上げることがあったんですか？」

米満が聞く。

「あいつは甘えてたんだ」

父親が吐き捨てた。怒りと悲しみが混じり合った痛々しい声だった。

「親がなんでもしてくれると思って、働きもしないでぶらぶらして。だから、遊ぶ金を渡すなって言ったじゃないか。ゲームセンターなんかに行くからこんなことになったんだ」

「……あのときかなあ」

母親がつぶやく。

「カレーがね、辛いって」

数秒のあいだ、奇妙な沈黙が漂った。

「あの子、甘いカレーが好きだったよね。でも私、辛口にしたのよ。お父さん、カレーは辛いほうが好きでしょ。ひさしぶりに牛筋《ぎゅうすじ》のカレーが食べたい、ってお父さんが言ったから。だから辛口にしたの」

ああ、と父親が絞り出した。「あのときか」

「いつですか？」

米満が聞く。

「事件が起きる少し前だった気がします。ああ、思い出した。あいつ、俺がおまえも一緒に食べたらどうだ、って声かけたら、そんなカレー食えるか、って言いやがって」

父親は言葉を切り、目を落とした。

「二度とこの家でメシを食うな、って。それが、俺が裕也にかけた最後の言葉だったかもしれない」

語尾がわずかに震えていた。

「……それともあのときかなあ」

父親の嘆きに気づかないように、母親はぼんやりと言う。

「あのときはどうしてあの子怒ったのかなあ。ジーンズを洗濯したからかなあ、パチンコで負けたからかなあ」

クソみたいな息子ですね、と黄川田は胸の内で言った。

「お母様は不審者に気づきませんでしたか？　窓からのぞいていたと考えられるんですが」

米満の質問に、母親はゆっくりと首を振った。

あの男も鬼塚裕也のように母親に暴力をふるったりするのだろうか。

黄川田のなかで、鬼塚裕也はあの男の象徴だった。黄川田は、生きているときの鬼塚裕也を知らなければ、あの男のこともそれほど知らない。だからこそ、共通点を膨らませることで同一化しやすいのだろう。

あの男――天見《あまみ》とは大学時代に知り合った。友人に誘われジョギングの同好会に入ると、すでに天見と、のちに黄川田の妻となる千恵里がメンバーだった。〈ジョガークラブ〉と名付けられてはいたが、ジョギングは名目で、目的は飲み会だった。メンバーの大学はばらばらで、いま考えると合コン的な要素があったのかもしれない。

黄川田が知る限り、天見は一度も走ったことがないはずだ。それでいて、飲み会には欠かさず参加した。そういうメンバーのほうが多かったから気にならなかった。千恵里も十キロマラソンに一度出たきりだった。

妻と天見がつきあっていたことを知ったのは、結婚直後のことだ。結婚したとき、妻はすでに妊娠六ヵ月だった。自分の子だと、わずかばかりの疑念もなく黄川田は信じていた。

ひさしぶりに会った友人に、千恵里と結婚したことを告げると「嘘だろ?」と返ってきた。

「千恵里ちゃんって、天見とまだ続いてるんだと思ってたよ」

妻が出産を控えていることを知らない友人は「もう時効だよな」と前置きし、ふたりが大学時代からの腐れ縁であることを告げた。「くっついたり離れたりしながらも、これは一生続くなってみんなで言ってたんだよ」

黄川田は衝撃を受けた。妻があんな男とつきあっていた。しかも、一時のあやまちじゃなく何年ものあいだ。それをずっと隠していたのだ。その瞬間、妻を得体の知れない女に感じた。

天見はジョギング同好会で浮いていた。あからさまに嫌うメンバーもいた。飲み会ではいつも冷笑を浮かべ、盛り上がるメンバーたちに、「そんなんで笑えるなんて、どれだけ心のハードル低いの」「単純なやつほど生きやすいよな」などと言っていた。就職の話題になると、「みんなどれだけ必死なの」が口癖になり、内定が出た人たちを「気の毒に」と嘲笑した。

ジョギング同好会の飲み会は大学卒業後にフェードアウトしたが、最後に会ったときも天見は働いていなかった。就職する連中を軽蔑していたはずの彼だったが、実は大手商社の採用試験に書類選考で落ちていたらしい。黄川田が警察官になったことを知ると、「ワン！　ワン！」と小さく鳴いてみせたが、早くもドロップアウトしたクズ男の悪ふざけは痛々しいだけで腹は立たなかった。

「でも変だな」

友人がぼそりと言った。

「ついこのあいだも、天見と千恵里ちゃんが仲良さそうに歩いてるのを見たんだけどな」

「へえ、そうなんだ。千恵里に聞いてみるよ」と、自分でも驚くほどさりげない返しができた。

妻には天見のことを問いたださなかった。

黄川田にとって妻はすでに得体の知れない女になり、膨らんだ腹には得体の知れないものが入っていた。

やがて妻が産み出したものは、短く太い手足を持ち、皮膚が赤くまだらな生き物だった。少しもかわいいと感じなかったし、感情が揺さぶられもしなかった。

俺の子ではないからだ、と黄川田は自分に言い聞かせた。だから愛情が湧かないのだ。これはあの男の子供なのだから。

天見はいまも実家で暮らしているようだと友人から聞いた。鬼塚裕也と同じように親のすねをかじりながら、狭い範囲内を惰性で生きているのだろう。子供が生まれたことを知っているのだろうか。いまも妻と会っているのだろうか。

クズ男にはクズ女がつく。事件現場で宝子にそう言ったことを思い出した。

天見はまちがいなくクズ男だ。ということは、妻もクズ女ということだ。クズ女に騙された俺はクズ以下ということだろうか。

犯人を捕まえたいという強いモチベーションは、いまの黄川田にはなかった。ただ、犯人が知りたかった。どんな理由で、殺す価値もないクズ男を殺したのか。鬼塚裕也は殺されたうえに性器を切断され、口に突っ込まれなければならないほどの悪事を犯したのか。

性器が口に突っ込まれていたという記事は、まだどこにも載っていないようだ。

スクープになるだろう記事を宝子は書かなかった。ということは、やはりこの事件を個人的に調べているということだろう。

10

ビルの地下にある喫茶店に入ると、このあいだのテーブルに蒲生がいた。こわばった表情の彼を見て、自分も同じ顔つきをしているのだろうと宝子は思った。

蒲生から電話があったのは三時間前だ。

水戸駅にいると言った彼は、いまから東京に戻るのでできるだけ早く会えないか、と言った。その声音からは動揺が感じられ、彼がなにかつかんだことを直感した。それが歓迎すべき内容ではないことも。

いまこうして蒲生と向き合い、宝子は自分の直感が正しかったことを確信した。

ふたりともコーヒーが運ばれてくるまで黙っていた。

「なにかわかったのね?」

宝子から口を開いた。

蒲生はためらいながらも、「わかったというか、見つかりました」と硬く答えた。

見つかったのは八王子殺人事件と父の接点ではないだろうか。そう考え、宝子は身構えた。

「なにが見つかったの？」

さりげない口調を意識したが、うまくいかなかった。

「僕も、これをどう考えたらいいのかわからないんですけど」

そう前置きしてから、蒲生はリュックに手を入れた。テーブルに置かれたのは、薄茶色の封筒だった。ボストンバッグの底に入っていた封筒よりひとまわり大きい。

「これは？」

宝子は、封筒から蒲生へと視線を移した。

「お父様の部屋から見つかりました」

「建設会社の寮の？」

「そうです」

「でも、荷物は全部受け取ったはずだけど」

「柳さんは、お父様の部屋に入りましたか？」

宝子はうなずく。

すでに荷物がまとめられたあとのがらんとした部屋だった。日焼けした畳と使い古された薄青のカーテンがありありと浮かぶ。

「棚があったのを覚えてますか？」

覚えている。家具らしいのは三段に分かれた棚だけで、そこにはなにも置かれていなかった。

「棚の裏に落ちていたんです」

そう言った蒲生は少し考えてから、

「落ちていたというより、隠していたようです」

と言い直した。

宝子は封筒に手を伸ばした。心臓がせり上がってくるようだ。

新聞の切り抜きが入っているのが見え、やはり八王子殺人事件の記事だと確信した。

「蒲生君はもう見たよね？」

見たに決まっているのに、わずかばかりの望みにすがってしまった。責められたと思ったのか、蒲生は「すみません」と頭を下げた。

宝子は切り抜きのひとつを取り出した。〈埼玉〉〈放火〉とふたつの文字が目に飛び込んできた。

それは、埼玉で起きた火事が放火だったことを伝える記事だった。

半年ほど前の事件だ。埼玉県さいたま市の民家が火事になり、焼け跡からこの家にひとりで住む八十四歳の男性が遺体で発見された。のちに、男性が殺害されたあとに、家に放火されたことが判明した。被害者の名前は、大川宗三津《むねみつ》。記事によって〈無職〉または〈元医師〉となっている。

頭の片隅に微弱な電気が走り、既視感に似た感覚に襲われた。「火事」という文字が、父を思い起こさせたせいだろうか。

宝子はこの事件を記憶してはいたが、詳細は知らなかった。

切り抜きから目を上げ、「犯人は?」と聞くと、案の定「まだ捕まってないみたいです」と返ってきた。

どうして、と心のつぶやきが声に漏れた。

「柳さんに思い当たることはありませんか?」

宝子は首を横に振った。

「これ、ほんとうに父が集めたのかな」

「建設会社の寮に行って、柳さんのお父様のことをいろいろ聞いてみたんです。でも、謎の人だったみたいで、詳しいことはわかりませんでした。それで念のために、ほかに遺品がないか調べさせてほしいってお願いして部屋に入れてもらったんです。そうしたら、棚の裏からこの封筒が見つかって。いまは別の人が住んでいて、その人に聞いたら自分のじゃない、って」

封筒には、埼玉の放火殺人に関する記事しか入っていなかった。

「このあいだ柳さん、お父様の遺品から柳さん宛ての手紙と柳さんの署名入りの記事が見つかったって言ってたじゃないですか」

蒲生には、八王子殺人事件の切り抜きが入っていたことは言っていない。宝子は慎重にうなずく。

「それを聞いて、なんか変だなって思ったんです」

「変?」

「普通は子供に知らせようとするんじゃないかな、って。どうして火事で死んだことになったのか、どんな事情があったのか、って」

父からのメッセージ、と宝子は声にはせずつぶやいた。

「だから、二十一年前になにが起こったのか、宝子さんに伝える手紙のようなものを残していたんじゃないかと考えたんです。そうしたらこの封筒が見つかって……。あまりにも想像とちがったものだったから、僕もびっくりしてしまって」

宝子の頭のなかで、細切れになった思考が散乱している。なにを考えればいいのかさえつかめない。

父がボストンバッグの底に忍ばせていたのは、手紙、署名入り記事、八王子殺人事件の切り抜き。それらが娘へのメッセージだとしたら、じゃあ棚の後ろにあったこの封筒はなんだろう。蒲生の言うとおり隠していたのだとすると、誰にも、娘にさえも知られたくないことではないだろうか。

私に知られたくないこと――。

父は、埼玉の放火殺人に関与しているのだろうか。だから、知られたくないのだろうか。じゃあ、八王子殺人事件は？　この事件にはどんなメッセージが込められているのだろう。

宝子は、自分が父を疑っていることに気づく。いま気づいたのではなく、八王子殺人事件の切り抜きを目にしたときから頭のすみにちらついていた。いままでずっと目をそらしていただけだ。

「大丈夫ですか？」

遠慮がちな声に目を上げると、蒲生の視線とぶつかった。先に目をそらしたのは蒲生だった。

「なんだか、すみません」

伏し目がちに言う。

「どうして謝るの？」

「だって柳さん、ショックを受けた顔をしてるから」

宝子は膝の上でこぶしを握った。指先が冷え切っていることに気づく。

「びっくりしちゃって」

「柳さんのお父様は、被害者の大川宗三津さんの知り合いだったんじゃないでしょうか」

「知り合い？」

「そう考えるのが、いちばん可能性が高いと思うんですけど」

そうだとしたら、どんな知り合いだったのだろう。

「それか、犯人に心当たりがあるとか」

「犯人」と、無意識のうちに復唱していた。

「普通なら警察に伝えると思うんですけど、お父様がなにかから逃げていたとすると、警察に通報することはできなかったんじゃないでしょうか」

父は、埼玉の放火殺人事件の被害者を知っていたのか、それとも犯人に心当たりがあったのか。じゃあ、八王子殺人事件も同じなのだろうか。

——切り取られたモノが口に突っ込まれていた。

父が犯人だなんて考えられない。そんな残虐なことができるはずがない。そう自分に言い聞かせたら、記憶の底から現れる父の顔があった。

あれは夢だったはずだ。

夢のなかで宝子は眠っていた。目を開けると、真上に父の顔があった。仮面のように無表情で、宝子を見下ろす目は冷たく、射貫《いぬ》くようにも突き放すようにも感じられた。宝子はテレビで観た映画を思い出した。エイリアンが人間の体を乗っ取り、次々に人を殺していくというものだった。そのときの父は、人間からエイリアンに変化する直前のように見えた。いま動いたら殺される。そう思い、目をつぶり眠ったふりをした。どのくらいたったのだろう。自分を呼ぶ声がし、体をやさしく揺さぶられた。

「宝子、こたつで寝たら風邪ひくぞ。ほら、起きて起きて」

目を開けると、いつもどおりのほほえみをたたえた父がいた。

「夢みてた」と宝子が言うと、「どんな夢？」と父が聞いた。

「お父さんがエイリアンになった夢。怖かった」

父は笑いながら宝子の頭を撫でた。

「お父さんがエイリアンになっても、宝子は自慢の娘のままだよ」

夢だと思っていた。いや、実際に夢だったのだろう。父があんなふうに冷酷さを秘めた目で娘を見つめるわけがないのだから。

あれは小学六年生の初冬ではなかっただろうか。父が単身赴任先の青森から帰ってきた日曜日だったはずだ。

父が火事で死んだのは、それから一ヵ月後のことだった。

半年前の埼玉放火殺人と、一ヵ月前の八王子殺人。このふたつの事件に共通点はないのだろうか。父は、どちらの被害者のことも知っていたのだろうか。それとも犯人に心当たりがあったのだろうか。だとしたら、ふたつの事件は同一犯によるものなのだろうか。

けれど、いずれにしても腑に落ちないことがある。

なぜ父は、八王子殺人事件の切り抜きはわかりやすく残しておいたのに、埼玉放火殺人事件の切り抜きは隠していたのだろう。

宝子は、収納棚の上の写真立てを手に取った。

赤いランドセルを背負った宝子の両隣に、父と母が立っている。入学式の朝、家の前で撮った写真だ。三人で撮った写真のなかで特にこの一枚が気に入っているのは、みんな笑っているからだ。爆笑といっていい。宝子はいつもカメラを向けられると、緊張から睨みつける表情になったが、写真を撮ってくれた近所のお婆さんがシャッターをなかなか押せないのがおかしくて、三人同時に笑い出したのだった。

父が単身赴任先に持っていった写真もこれのような気がした。

仮面のような父の顔が脳裏に刻まれている。

あれは夢だったはずだ。それなのに一度思い出したら、夢のなかから抜け出し、父の別の一面として迫ってきた。

携帯が鳴り、蒲生かと思ったがちがった。心のざわつきが声に出ないよう、宝子は深くから息を吐き出した。

「いま大丈夫？」

黄川田の声は自然だ。

「大丈夫だけど」

「これから会わない?」

思いがけない展開に、とっさに言葉が出なかった。黄川田は黙って返事を待っている。

「なんのために?」

思ったままを口にした。

「俺、いま八王子なんだ」宝子の問いを無視し、さらりと言う。「宝子はどこ?」

「うち」

「いまどこに住んでるの?」

最寄りの駅を言うと、「そこまで行くよ」と言う。

「いい」

「なんで?」

「もう遅いし」

九時を過ぎたところだ。黄川田は小さく笑い、「大丈夫だよ。泊めてもらおうなんて思ってないから」と言った。

「そうじゃなくて」

「じゃあ、新宿あたりにする?」

「じゃなくて、今日は会わない」

「なんで?」

いま黄川田に会えば、頭にちらついている疑念を見透かされてしまう気がした。

外からかけているのだろう、車の走り抜ける音が聞こえる。音のなかに、冷たい風の気配を感じた。

「宝子さ」

改まった口調に、宝子は神経を張らせた。

「八王子の事件のこと、仕事で調べてるんじゃないよな」

宝子は沈黙を守り、続く言葉を待った。

「俺がこのあいだ教えたこと、記事にしてないだろ。切断されたモノのこと。あれ、スクープになるよな。書かないってことは仕事じゃないってことだよな。宝子、なにか知ってるんじゃないか？」

「私が犯人だと疑ってるの？」

「まさか。それはないよ」

「私は黄川田君のこと疑ってる。このあいだ教えてくれたこと、ほんとうかどうか疑ってる。記事にしないんじゃなくて、裏づけが取れないからできないの。そんなに簡単に記事にできるわけないでしょう。もし嘘だったらどうするの？　私、会社にいられなくなるのよ」

黄川田を疑ってなどいなかった。気のよさや単純さが消えても、彼がそんな嘘をつく人間になるとは思えない。

「そうか」と黄川田は重たい荷物を下ろすように言った。怒っているのではなく、さびしそうに聞こえた。「そうだよな」

彼を傷つけてしまったのがわかった。

一瞬、父が八王子殺人事件の記事を集めていたことを言ってしまいそうになる。けれど、切り抜きが父からのメッセージだとしたら、受け取った娘の私が読み解きたい。そこには誰にも言えない秘密が隠されているかもしれない。

でも、と宝子は考える。

埼玉の放火殺人はちがう。棚の裏に隠されていたのだから、あれは私へのメッセージではないのだろう。

宝子は短く息を吸い、勢いに任せて言った。

「ほんとはいま別の事件を調べてるの。だから八王子の件は中断してるの」

「別の事件？」

「半年前の埼玉の放火殺人。ひとり暮らしのお年寄りが殺されて放火された事件」

「ああ」

「あの事件もまだ犯人が捕まってないでしょ。いま、そっちを調べてるの」

黄川田の反応はない。

「あの事件も捜査は進展してないんでしょう？」

返事はない。

「容疑者はいるの？」

「悪いけど、埼玉は管轄外だから」

「あ、そうか。そうだよね」

「八王子の事件のこと」と黄川田が話を戻す。「話してくれる気になったらいつでも連絡して」

今度は宝子が返事をしない。

「俺もまた電話するから」

そう言って黄川田は通話を終えた。

11

携帯に着信があったとき、見慣れない市外局番に、父に関する予期せぬ知らせではないかと宝子は身構えた。

「もしもし」と聞こえた声は、年配の男のものだった。しゃがれているのに、力強くて張りがある。男は元僧侶だと言った。探していた人だとすぐに悟った。

父の納骨を終えたあと、霊園の管理事務所に、母の納骨のときにお経をあげてくれた僧侶について尋ねた。わかりしだい連絡してほしいと頼んでいたが、半月が過ぎ、あきらめかけていた。

「十年前の納骨式の件で聞きたいことがあるとか」

宝子は、母を納骨した年月日と、骨壺に菜の花をほどこしてあることを伝えた。

「そのとき納骨室に、ほかの骨壺があったかどうか覚えていないでしょうか?」

どういうことかと訝しがる元僧侶に、納骨室から骨壺が消えたことを説明した。

覚えていない、と元僧侶は言った。十年前のことだ、期待していないつもりだったが、かろうじてつながっていた糸が切れた感覚があった。

「お骨がなくなる話は聞かないけど、反対のことならたまにありますけどね」

元僧侶が、そういえば、というように言った。

「反対？」

「お骨が増えてるんですよ。お墓にいつのまにか知らないお骨が入っている。これは聞いた話なんだけどね、ある家族が、家に女の幽霊が出るようになった、って言うんですよ。家族全員が見てるんですわ。それでお墓を修繕するときに見てみたら、知らないお骨があったそうです。お骨を無縁仏として供養したら、それきり幽霊を見ることはなくなったって。私は経験したことはないけれども、そういう話はいくつか聞いたことがありますよ」

「どういう人が、他人のお墓に遺骨を入れるんでしょうか」

「いろんな事情があるんだろうけど、お墓がない人とか供養できない人。あとは、お骨を手もとに置いておきたくない人ですねえ。……ああ、そうだ。あの霊園でもあったな。覚えのないお骨が永代供養墓の前に置いてあったとか聞いたな。たぶん、夜中に外から入り込んで置いてったんでしょうね」

こつん、と胸にぶつかるものがあった。

「それ、いつごろのことですか？」

「かなり前ですよ。十年、いや二十年くらい前かなあ。ああ、思い出した。あの霊園に永代供養墓ができてすぐじゃなかったかな」

宝子は礼を言って通話を終えた。

そのまま携帯で霊園のホームページを検索する。沿革を見ると、永代供養墓が建てられたのは父が焼死したとされてから二年後、宝子が中学二年生のときだ。

そこまで考えたとき、頭のなかでつながるものがあった。

中学二年の夏休み、母とふたりで父の墓参りと旅行を兼ねて札幌に行った。札幌に行くのは納骨してからはじめてだった。墓参りを終えた夜、母は友達と会うからと宝子をホテルに残して出かけていった。あのとき、夜中にトイレに起きたときも母はまだ帰っていなかった。遅いな、と思ったことを記憶している。

宝子の頭に、深夜の霊園をさまよう母の姿が浮かんだ。

母は墓から取り出した骨壺を抱えている。暗闇に溶け込んだ墓石のあいだを歩きながら、他人の遺骨をどうしようかと考えている。

なぜこんなにもありありと思い描けるのだろう。

二十一年前の遺骨を取り出したのは母だ。宝子はそう確信した。母は、二十一年前に焼死したのが父ではないことを知っていたのだ。

よく考えれば変だった。母は父の墓参りを避けていたふしがある。「お祖母《ばあ》ちゃんがお参りしてくれてるから」という理由だったが、祖母が亡くなってからもすすんで行こうとはしなかった。

まさかあの母が――。

携帯をつかんだまま廊下に突っ立っている宝子に、すぐ近くから声がかかった。

「おう。お先」

勝木はコートを着込み、黒いバッグを斜めがけしている。終業時刻の六時だと知る。

「あ、お疲れさまでした」

「ん？　どうした？」

「いえ。どうもしません」

どうだ？　と勝木は声をひそめた。

「その後、親父さんのことはなにかわかったか？」

「いえ」と宝子は首を振った。

勝木はひと呼吸おいてから、「おまえもたまに飲みに行かないか？」と明るい口調になった。

「お酒はちょっと」

「そうだよな。おまえ、酒飲めないんだもんな」

正確には、飲めるが飲まない。愛里を手放したときに飲むのをやめた。

「まあ、ほどほどにな」

「はい？」

「気分転換も必要だからな」

そう言って宝子の肩をぽんぽんと叩き、「おっと、これもセクハラか」と笑った。

宝子が文化部に異動になったのは離婚した年だった。離婚したことも、子供を手放したことも、ほとんどの人が知っているはずなのに誰も口にしなかった。おそらく文化部歴最長の勝木による配慮ではないかと思っている。

勝木の後ろ姿が視界から消えると、まさかあの母が、と自分の言葉が舞い戻ってきた。ふいに高校生のときのことを思い出す。

宝子にとって遅れて来た反抗期だった。

物事を深く考えず、いつも愉快そうに笑っている母が癇に障るようになった。レジの割り込みをされたら「きっと急いでるのよ」、走り去る車に泥水をかけられたら「厄払いしたと思えばいいの」などと笑う母に、世の中そんなにきれいごとばかりじゃないと反発する気持ちが生まれた。

「お母さんは偽善者だよ」

あるときそう言った。

母は、「えー。そうかな」と笑い、「でも、偽物だとしても悪よりは善のほうがいいでしょ」と迷いなく答えた。その明快さに宝子はあっけにとられ、つられて笑い出したのを覚えている。

けれど、宝子の知っている母が、母のすべてではなかったのだ。

深夜の霊園で墓の下から骨壺を取り出す母。宝子が思い浮かべる母は、闇のなかに青白い顔が浮かび、瞳が異様に輝いていた。次の瞬間には、般若に化身してしまいそうなあやうさがあった。そんな母など見たことがないのに、頭のなかの母は奇妙にあざやかだ。

母は、父が生きていることを知っていた。火事で死んだのが他人だと知っていた。おそらく父が姿を消した事情も知っていたのだろう。

父と母は秘密を共有していた。娘には知られたくない秘密を。


日曜日の午後、ビルの地下にあるいつもの喫茶店で蒲生と待ち合わせをした。

約束の十分前に行くと、蒲生はすでに奥まったテーブルで待っていた。

宝子は自分の迷いを告げようとした。が、蒲生のほうが早かった。

「さっそくなんですけど」とリュックに手を入れ、ノートを取り出した。新聞記事が張りつけてあり、手書きの文字が加えられている。

「埼玉の放火殺人なんですけど、被害者の大川宗三津さんは以前、産婦人科の医師でした。開業していたそうです」

一度言葉を切り、ノートに目を落として続ける。

「病院は自宅と同じさいたま市にあって、並木通り産婦人科医院という個人病院でした。奥さんが助産師だったそうです。かなり評判がよかったみたいですね。穏やかでやさしい先生のようでした」

蒲生はノートに挟んであった紙を宝子に差し出した。雑誌のコピーだ。

「どの記事にも、大川さんは怨みを買うような人じゃなかったって書いてあります。六十代で引退して、それからは悠々自適に暮らしていたそうです。子供はふたりいるんですが、ふたりとも跡は継がなかったみたいですね。病院があった場所には、いまはマンションが建っています。五年前に奥さんを亡くしてから、自宅でひとり暮らしをしていたそうです」

記事を流し読みすると、蒲生の言葉どおりの内容だ。近所の人やかつての患者のコメントもある。「信じられない」「あんないい人が」「恨まれるような人じゃない」。被害者の死を嘆く声ばかりで、強盗殺人の可能性が高い印象だ。

脳の一部分が、なにかに反応している。このあいだと同じ既視感に似た感覚。そのなにかを見つけるためにもう一度文字をなぞったが、そこから拾い上げられるものはなかった。

「まだこの程度しかわかってないんですが、どうですか？　お父様との接点はありますか？」

蒲生の問いに、宝子は首を横に振った。

「そうですか。そうですよね。すみません。まだこんな情報しかなくて」

「ちょっと待って」

「はい？」

「実は、このまま調べていいのかどうか迷ってるの」

宝子は胸にわだかまっている思いを吐き出した。

「どうしてですか？」

蒲生が前のめりになる。

「父も母も、調べられるのを望んでいない気がするの」

「どういうことですか？」

「父のお墓から二十一年前の遺骨が消えていたこと、前に言ったよね」

蒲生はゆっくりとうなずく。

「たぶん、遺骨を持ち出したのは母だと思う。だとしたら母は、父が生きていたことも、二十一年前の火事の真相も知っていたはず。それなのに、私に言わなかったってことは、私には言えないなにかがあったんだと思う」

父からのメッセージ、と思う。

もし、八王子殺人事件の切り抜きもメッセージだとしたら、父はなぜこんなにまどろっこしい方法を選んだのだろう。それは言葉では伝えられなかったことだろうか。

おそらく伝えるべきか否か、父は迷ったのではないか。迷いながらも最後まで答えを出せなかったのではないか。

そして、棚の後ろに隠されていた埼玉放火殺人事件の切り抜き。これは、娘には知られたくないことだったのではないか。

だとしたら、知らないままのほうがいいのではないか？

こんな方法で残したメッセージに幸福な物語が描かれているわけがない。

「僕はすべて知りたいです」蒲生が絞り出すように言った。「僕は、母のことが知りたいです」

訴えるような目を宝子に向ける。

「お母さん？　蒲生君の？」

蒲生はうなずく。

「僕の母は一年前に亡くなったんですけど、いまでも母のことがまったくわからないままなんです」

蒲生の瞳は、適切な言葉を探すように揺れている。

「僕、母に嫌われていたんです。物心ついたときからずっとそうでした。父がいるときはまだいいんですが、いないときはだいたい無視されました。口をきいてくれなかったり、ごはんをつくってくれなかったり、存在しないみたいな扱いを受けました。僕には兄がひとりいるんですが、兄のことはとてもかわいがっていました。僕だけ血がつながってないんじゃないかと本気で思ったんですけど、でも戸籍を見たらそんなことはなくて、ちゃんと父と母の子供なんですよね。逆に、ほんとうの母親でがっかりしたくらいです」

ほんとうの母親でがっかり——。

その言葉が胸にぶつかった。

蒲生の瞳の奥に愛里がいるような気がし、宝子は目をそらすことができない。

愛里も、私なんかが母親でがっかりしているのだろうか。私なんかと血がつながっていないほうがいいと思っているのだろうか。

「だから、どうして僕を嫌っていたのか、その理由が知りたかったんです。母に何度も聞いたんですが、無視されました。父に聞いても、おまえの気のせいだって取り合ってくれないし。だいたい父は仕事以外のことに興味はないですから。母が僕をあんなに嫌ったのは、僕になにか原因があったのかもしれません。僕は、自分のなかの見えない部分を知りたい。自分にまつわるすべてを知りたい。でも、結局、なにも教えてくれないまま母は死んでしまいました」

「嫌っていなかったのかもしれない」

宝子はかぶせるように言っていた。

「え？」

「蒲生君のお母さん、蒲生君のこと嫌っていなかったのかもしれない」

「そんなことないですよ」

蒲生は苦笑する。

「ううん。ほんとうは大切に思っていたのかもしれない」

「じゃあ、どうしてあんなひどい態度がとれたんですか？」

「それは、お母さんが自分をコントロールできなかったとか……」

「どっちにしても同じですよね」

「え？」

「たとえ嫌っていなかったとしても、僕は嫌われていると感じたし、さびしかったり悲しかったりしたし、母を憎んでますから。ほんとうの気持ちなんて伝わらなければ意味ありませんよね」

ほんとうの気持ち、と宝子は噛みしめる。

愛里が生まれてから、いや、妊娠がわかったときからずっと、自分のほんとうの気持ちがわからないままだ。私は愛里を愛しているのか、愛さなければならないという強迫観念に駆られているのか、それとも我が子に対する特別な感情を持ち合わせていないのか。どんな気持ちになれば、母親として正解なのだろう。

返す言葉が見つからず、「ごめんなさい」とつぶやくことしかできなかった。

「どうして柳さんが謝るんですか?」

蒲生は笑い、「だから」と口調をやわらかくした。

「柳さんがうらやましいです。お父様が手紙を残してくれたなんて。お父様は、柳さんに伝えたいことがあったんですよね」

父からのメッセージ。父が伝えたかったこと。

力を振り絞って書いたような弱々しい筆致。娘への最後の手紙。父はどんな思いでペンをとったのだろう。

父は娘に伝えたいことがあった。だったら、それがどんなことでも知らなければならない。父の空白の二十一年を知ることは、これからの自分と向き合うことでもあるのだ。

宝子は覚悟を決めた。

「蒲生君、いままで黙ってたけど、父が私に遺したものがもうひとつあるの」

「もうひとつ?」

「八王子で起きた殺人事件の記事なの」

え、と蒲生の口が開く。

「知ってるでしょ。若い男の人が殺されて、遺体の一部が切断された事件。父の遺品に、その事件の切り抜きがたくさんあったの。隠してあったんじゃなくて、私宛ての手紙や署名入り記事と一緒に封筒に入ってたの」

「……すみません。びっくりしました」

「父が私に遺したものがメッセージだとしたら、八王子殺人事件の記事もメッセージだと思う。埼玉の放火殺人とどこかでつながってるのかもしれない」

ふたつの事件はつながっている。父とも、たぶん母とも。そして二十一年前、父が姿を消したことと関係しているかもしれない。


蒲生と別れ、携帯を確認すると浩人からの着信履歴があった。

浩人とは函館で会って以来、一度も連絡を取っていない。条件反射で折り返そうとし、指を止める。


――どうすれば愛里のためになるのか、君もよく考えてほしい。

浩人の言葉を思い出す。

宝子は、愛里のためにどうするべきなのか答えを出すどころか、考えることを避けている。答えならとうに出ている気がしたが、それを直視することができなかった。

家に帰った宝子は、ひきだしから愛里のアルバムを取り出した。〇歳から四歳までの愛里がいる。函館に行ってからの写真は数枚しかない。宝子は写真以外、愛里のものをなにひとつ持っていない。母子手帳もへその緒も離婚したときにすべて取られた。虐待だ。母親の資格がない。愛里を殺す気か。浩人と未知子にそんな言葉を投げつけられ、言われるがままますべてを渡してしまった。

顔を上げると、収納棚の写真立てが目に留まった。赤いランドセルを背負った宝子の両隣に、父と母がいる。三人とも笑っている。

ふと思いついて、収納棚からアクセサリーボックスを取り出した。何年も開けていない蓋を開ける。桐の箱と母子手帳、出生証明書が入っている。桐の箱には、金色で〈寿〉の文字がある。干からびたタツノオトシゴのようなへその緒が、綿の上にのっている。宝子と母をつなげ、一緒に生きていた証の短い紐。宝子がお嫁に行くときに渡すね、と母が言っていたのに、母の死によって手渡されてしまった。

母子手帳をめくる。細かな作業を面倒がる母らしく、身長や体重など必要な数字がさっぱりと書かれている。3050グラムで生まれ、一ヵ月後には4120グラム、三ヵ月後には6120グラム、一年後には8820グラムになっている。

シングルマザーだった母は、父と結婚するまでたったひとりで宝子を育てた。仕事をしながら家事をし、保育園の送り迎えをした。孤独や不安を感じなかったのだろうか。疲れ、苛立ち、後悔することはなかったのだろうか。自分は母にとって良い子供だったのだろうか。

母にできたことが、どうして自分にはできなかったのだろう。母だけじゃない。世の中のほとんどの母親ができることが、どうして自分にはできないのだろう。

母子手帳を閉じ、折りたたんである出生証明書を開いた。

一瞬、思考が飛んだ。宝子はもう一度、丁寧にその文字を目でなぞる。

〈大川産婦人科医院　院長 大川宗三津〉

埼玉放火殺人事件の被害者と同姓同名。職業も同じ産婦人科医だから、同一人物と考えていいだろう。けれど、病院名と所在地がちがう。普通、病院を移転するにしても、病院名を変えることはないのではないだろうか。

心臓が脈打ちながら膨張していく。耳鳴りが思考の邪魔をして、同じことばかり考えてしまう。どういうこと？　どういうこと？　どういうこと？　そこから先に進まない。

宝子が生まれた病院の院長が殺された。だから父はその事件の記事を集めていた。そう簡単に片づけられたらどんなにいいだろう。そうじゃない、そうじゃない、とこめかみの脈動が告げている。

父と、埼玉放火殺人事件がつながった。接点は私が生まれた病院だ。

じゃあ、八王子殺人事件との接点も私が生まれた病院……いや、私自身にあるのだろうか。

三章

12

翌日の午前中、宝子は蒲生とともに自分が生まれた病院跡へ行った。

大川産婦人科医院があったのは、埼玉県和光市だった。インターネットで調べたとおり、かつての病院は配送センターの一角になっていた。配送センターの事務所で聞いてみたが、病院のことを知っている人はいなかった。

「前に蒲生君、父が大川宗三津のことを知っていたんじゃないか、だから新聞の記事を集めていたんじゃないか、って言ったけど、まさか私が生まれた病院の院長だったなんて」

「そうですね。びっくりしました」

けれど、それだけだったら切り抜きを隠しておく必要などないはずだ。娘が生まれた病院の院長という以外にも、なにかつながるものがあるような気がした。

配送センターの周辺には古い一軒家が並んでいる。そのなかに大川産婦人科医院について知っている人がいるかもしれないと考えた。三軒のインターホンを鳴らしたが、二軒は留守で、一軒は「知りません」と女の尖った声が返ってきた。

「柳さんは昔、この近くに住んでたんですか？」

蒲生が聞いてくる。

「そのころ母が住んでたのは富士見台だから、電車で三十分ちょっとかな。でも、私が生まれてすぐに川崎に引っ越したの。そのあと船橋に行って、仙台に行って、そこで父と母が出会ったの」

シングルマザーだった母は、子供を育てやすい職場と環境を求めて転々としたのではないか。母もまた母子家庭で育ち、若いときに母親を亡くしていた。詳しく語ることはなかったが、おそらく苦労したのだろう。その苦労を娘に味わわせたくなかったのではないだろうか。

母は自分のことではなく、娘のことをいちばんに考えて行動してくれたのだと思う。もし母が私の立場なら仕事を辞めて函館に行ったにちがいない。

母の目に、いまの私はどんなふうに映るだろう。そう考えると、お母さんの子供なのにごめんなさい、とすがりついて謝りたくなる。

「柳さんは、ほんとうのお父さんのことを知らないんですか？」

蒲生が聞いてきたのは、留守宅が二軒続いたあとだった。

「うん。全然知らない」

「知りたくはないんですか？」

うーん、と声を出すことで時間稼ぎをし、結局「知りたいような知りたくないような」とそのままを吐き出した。

母からは、ほんとうの父親は宝子が生まれてすぐに死んだと聞かされていた。素晴らしい人だったと、やさしい人だったと言い含めるような母の言葉を、幼い宝子はそのまま信じた。疑問が生じる年齢になると、ほんとうの父親について心を割くことは、育ててくれた父を裏切る行為に感じた。いまでもそうだ。遺伝上の父親は誰なのか、死んだというのはほんとうなのか、なぜ母はきちんと教えてくれなかったのだろう。そう考えることはあるが、いつも途中で罪悪感が思考を中断させた。

宝子は無意識のうちに足を止めた。

目に飛び込んできたのは、あざやかな黄色の光景だった。黄色なのに燃え立つように見えた。銀杏並木だ。この道を歩いてきたのに、いままで気がつかなかった。風景を染め変えるほどの圧倒的な銀杏が、宝子の目にはまったく入ってこなかった。こんなことってあるだろうか。

目の前に存在するのに見えていないものがあるのかもしれない。そんなことを思う。

「どうしたんですか?」

蒲生に問われ、我に返ったが、視線は燃え立つ黄色に吸い込まれたままだった。

「銀杏がすごいなあと思って」

「すごいですよね」

蒲生は顔を上げ、ぐるりと見まわす。

「私、いままで気づかなかった」

「え?」

「銀杏が見えてなかった」

「僕、さっき言いましたよ。銀杏がすごいですね、って。柳さん、無反応でしたけど、聞こえてなかったし見えてなかったんですね」

逆に柳さんがすごいですよ、と蒲生は笑った。その屈託のない笑顔につられ、宝子も笑う。

蒲生が、カフェの前を掃いている女に声をかけた。

「昔、あのあたりに」と配送センターのほうを指さし、「産婦人科の病院があったの知ってますか？　大川産婦人科っていうんですけど」

「ええ。私、そこで生まれましたから」

女はあっさり答えた。宝子と同年代だろう、ショートカットでバリスタエプロンをしている。

「私もなんです」

宝子は思わず言っていた。

「えー！　ほんとに？」女のテンションが一気に上がり、「何年生まれ？」と親しげに聞いてきた。

生まれた年を教え合うと、女のほうがひとつ若かった。ということは、宝子が生まれた翌年にはまだ病院はここにあったということだ。

「大川産婦人科医院がいつなくなったのか知ってますか？」

「かなり昔に移転しましたよ。私、五つ下に弟がいるんですけど、大川医院がなくなったからちがう病院で産んだって母が言ってましたから」

彼女は、院長だった大川宗三津が殺されたことを知らないようだ。

「移転した理由はご存じありませんか？」

「なにか事故があったみたいですよ。子供が亡くなったとか」

「子供が？　どういうことですか？」

「母なら知ってると思いますけど……。でも、どうしたんですか？」

はじめて女の顔が訝しげになった。

宝子は社員証をかざして、「東都新聞の記者なんですが、院長だった大川先生について調べているんです」と告げた。

「なにかあったんですか？」

「大川先生、半年ほど前に亡くなったんです。それで追悼記事の企画が出ていて……」

そうごまかすと、女は「評判のいい病院だったみたいですよねえ」となつかしむ口調で言った。

彼女が暮らす家は、カフェから歩いて十分ほどの住宅地にあった。

インターホンを押すと、すぐに母親がドアを開けてくれた。宝子が名乗る前に、「はいはい。娘から電話がきましたよ。大川先生のことでしょう」と口を開く。

「子供が亡くなったと聞いたんですが、医療ミスでしょうか」

「ちがうちがう」と母親は顔の前で手のひらを振る。「聞いてない？　大川先生のとこ、赤ちゃんをあげてたのよ」

「え？」

赤ちゃんをあげてた、と違和感のある表現に耳がざらりとなる。

「養子斡旋っていうのかしら」

養子斡旋、と宝子は復唱した。

「大川先生、子供が大好きだったのよ。だから、よほどのことがないと中絶手術はしなかったみたい。そのかわりっていうのもおかしいけど、子育てできない親の子供を、子供が欲しい夫婦にあげてたのよ。実際に斡旋してたのは別のところみたいだけど、協力っていうのかしら。病院で生まれた赤ちゃんをあげてたみたいね」

「亡くなった子供というのは赤ちゃんですか?」

「ううん。四、五歳の男の子」

母親の眉間にしわがくっきりと刻まれ、宝子はこれから聞かされる話に身構えた。

「その子も養子に出された子供だったのよ。でもね、育ての親が手に負えなかったみたいで、夜中に病院の前に置き去りにしたのよ。やっぱりいらない、返す、って。しかも、真冬よ。ね、ひどい話でしょう? 四、五歳の男の子なんて、みんなやんちゃなんだから言うこときかないのはあたりまえなのに。その子ね、保護されたときは肺炎を起こしてたんだって。しかも、腕の骨が折れてたらしいの。それで、その子、亡くなっちゃって」

言葉が出なかった。背後に立つ蒲生も同じらしく、かすかな息づかいが感じられるだけだ。けれど、同じ沈黙でも宝子と蒲生が見ている風景はちがう。

宝子にとって、それは自分と愛里に起こったことだった。何度も愛里を置き去りにして出かけた。あんたみたいな子いらない、と言ったこともある。そして実際に、愛里をいらない子として手放してしまった。

他人の声で聞くことで、自分のしたことの残酷さと恐ろしさを容赦なく突きつけられた。

暗闇のなかで泣く愛里が浮かぶ。必死に母親を呼び、ごめんなさい、と繰り返す弱々しい声。

私は男の子の養親と同じことをしたのだ。ただ子供がほんとうの子かどうかというちがいだけで、浩人が言ったようにあのまま暮らしていたら愛里を殺していたかもしれない。

その男の子は、自分がほんとうの子供ではないと、養親に聞かされたのだろうか。四、五歳でその意味を理解することはできるのだろうか。聞かされたとしても聞かされなかったとしても、その子の心は黒く冷たい水に浸され、息をすることさえできなかっただろう。

「それで大川先生、まいっちゃったんじゃないかしら。個人病院といっても、三階建てのけっこう立派な病院だったのよ。でも、たたんじゃって別の場所に移転したんですって。養子斡旋もいっさいやめたって聞いたけど」

やさしい先生だったんだけどね、と母親はつけたした。

子供を死なせたことの責任と後悔もあったのかもしれないが、大川宗三津が病院を移転し、病院名も大川産婦人科から並木通り産婦人科に変えたのは、悪評から逃れるためだったのではないだろうか。

銀杏並木に戻るまで、宝子も蒲生もひとことも発しなかった。黒く冷たい水が、宝子の胸にひたひたと染み入ってきた。

曇り空の下に続く黄色は、数十分前とはちがって見えた。あまりにもあざやかで美しい、終焉を告げる色だった。銀杏はまもなくすべての葉を落とし、しばらく地面をたゆたった葉はどこかへと運ばれ消えてしまう。それを知りつつもなお色づくことをやめられない悲しいあざやかさだった。

宝子は横を歩く蒲生になにげなく目を向け、息をのんだ。

蒲生は声もなく泣いていた。まっすぐ前を向いた目から次々に涙がこぼれ、頬をつたっていく。半開きの口は小刻みに震え、白い前歯がのぞいている。

蒲生君、と呼びかけようとしたが声にならない。

蒲生は、宝子の視線に気づいていないように静かに涙を流し続けている。あごの先から涙の雫《しずく》が落ちるのがスローモーションで見えた。

濡れたまつげが無防備にあどけない。

愛里の涙だ、と思い、死んだ子供の涙だ、と続けて思った。

愛里も男の子も、こんなふうに流した涙を自分の内に溜めるように泣いていたのだ。

胸が軋《きし》み、きつく絞られるような痛みが強くなっていく。

宝子はハンカチを差し出した。

「ごめんなさい」

無意識のうちにつぶやいていた。

蒲生は驚いたような目を向けたが、宝子が謝った意味を問いただそうとはしなかった。

ハンカチを受け取った蒲生が、う、と嗚咽を漏らした。

「なんだろう、俺」

そう言って、くしゃりと泣き笑う。

彼が「俺」と言うのをはじめて聞いた。子供が背伸びしているように聞こえ、似合わないのが悲しい。

「なんだか無性に悲しくて。男の子がのりうつったのかな」

そう言って、無理やり口角を上げようとする。

みんな誰かの子供なのだ、と頭の痺れた部分でそんなことを考えた。

どんな親から生まれたとしても、私たちは一生、誰かの子供であり続けなければならない。

蒲生と別れてからも、彼の泣き顔が忘れられなかった。

心の深くに焼きついているのは、涙で濡れた黒いまつげだ。悲しみを滴らせたあどけないまつげは、愛里や男の子だけではなく、大人に見捨てられたすべての子供たちの象徴のように感じた。

出社した宝子に、「柳さんが午後出社なんて珍しいですね」と柴本がにこにこと声をかけてきた。

「たったいま電話がありましたよ」

そう言って、宝子のデスクを指さした。パソコンに貼ってある伝言メモを見なくても、電話をかけてきた人物には見当がついた。

やはり黄川田だ。携帯にも二度着信があったが、折り返していなかった。伝言メモには、〈折り返し電話をください〉のところにチェックがしてある。

宝子は伝言メモを丸めて捨て、パソコンを起ち上げた。〈養子斡旋〉で検索する。

特別養子縁組制度が施行されたのは一九八八年だ。それ以前は養親に引き取られた子供は戸籍上で養子とされていたのが、この制度によって戸籍上も実子として扱われるようになった。同時に、産みの親との法的関係もなくなる。

病院の前に置き去りにされた男の子が生まれたのは、特別養子縁組制度が施行される前のことだろう。ざっと計算して、自分と死んだ男の子の生まれ年がそれほどちがわないことに気づいた。

脳裏に濡れたまつげが浮かんだ。暗闇のなかで泣き続ける愛里が現れ、やがて見たことのない小さな男の子の姿へと変わった。

検索を続けると、養子斡旋で逮捕者が出ていた。営利目的の斡旋をしたとして、児童福祉法違反で民間団体の理事が逮捕されている。

赤ちゃんをあげてた、という言葉を思い出す。

男の子の養親は、どうして彼を養子に迎えたのだろう。子供が欲しかったから。じゃあ、どんな子供が欲しかったのだろう。子供になにを求めていたのだろう。幸福を与えようとしたのだろうか、与えてもらおうとしたのだろうか。男の子は、養親が描いた理想の絵図に適合しなかったのだろうか。それは彼の責任だろうか。別の子供だったら適合したのだろうか。

それらの問いは、すべて宝子自身に向けられたものでもあった。

私は愛里になにを求めていたのだろう。愛里がどんな子供であれば、あんなひどいことをせずに済んだのだろう。

黒く濡れたまつげ。滴り落ちる悲しみと絶望。

私は両親に大切に育てられたのに、どうして愛里を大切にできなかったのだろう。

父と母には、大切にされた記憶しかない。父は、母といると無敵になった気がすると言ったが、宝子も同じだった。なにがあっても、父と母が守ってくれると信じられた。夏祭りの夜、父に肩車されたときの絶対的な安心感がずっと続いていた。

データベース部で男の子の置き去り事件を調べると、それは宝子が三歳のときに起きていた。

当時、男の子は五歳。記事には〈和光市内の病院〉とあるだけで、病院名は出ていない。養親はともに三十代で、保護責任者遺棄致死で逮捕されている。「しつけのために置き去りにした」と養父のコメントが載っていた。

しつけのために置き去りにしたんです。宝子の頭のなかに、見えない誰かに向かってそう言い訳している自分がいた。

データベース部を出ると、携帯が鳴った。案の定、黄川田からだ。出ようかどうか迷った。彼はおそらく、宝子が八王子殺人事件についてなにか知っていると考えているのだろう。買いかぶっていると思う。ただ父が事件に関する記事を集めていただけなのに。

そう、それだけなのだ。だから黄川田に告げてもかまわない。むしろ告げたほうが、父と八王子殺人事件の関係が判明する可能性が高いし、逆になんの関係もないことが証明されるかもしれない。

けれど、そのためには二十一年前に死んだのは父ではなく別人だったことを伝えなければならない。母がその遺骨を取り出し、永代供養墓に置いたかもしれないことも。黄川田に伝えることに抵抗があった。

躊躇しているうちに着信は切れた。

文化部に戻ると、「あっ、戻ってきました」と受話器を耳に当てた柴本が宝子を見て言った。

「柳さん、受付からです。黄川田さんっていう方が来ているそうです」

警察官になった黄川田の執拗さに、宝子は逃げられないと観念した。

時間を稼ぐため、階段を一段ずつゆっくりと下りた。

黄川田に伝えてもいいのではないか。隠す必要なんてないのではないか。一歩下るたび、その思いが強くなっていく。

黄川田は打ち合わせブースのソファに座っていた。宝子に気づき、片手を上げる。

「居留守使われなくてよかったよ」

嫌味ではなく、本心から言っているのが伝わった。

「タイミングが悪くて使えなかった」

宝子もまた本心から答えたが、黄川田には意味がわからなかったらしい。

「会ってくれないし、電話にも出てくれないから来たよ。いきなりごめん」

「そっちも仕事だものね」

宝子はそう言い置き、自動販売機に向かった。なにも考えずに黄川田のコーヒーにはクリームボタンを押し、無意識下で覚えていることを知らされる。

「まだコーヒーにクリーム入れてる？」

テーブルに紙コップを置きながら聞くと、うん、と返ってきた笑顔には大学生のときの気安さが感じられた。けれど、目の下のくまが彼を老けさせていた。

「大変そうだね」

思わず口にしていた。

コーヒーに口をつけていた黄川田は、ん？　と目を上げ、「ああ、仕事？」と聞いた。

「うん。寝不足の顔してる」

「大丈夫。もう慣れたよ。宝子のほうこそ疲れた顔してるよ」

あのさ、と黄川田は声を抑え、テーブル越しに上半身をのり出した。

「取引しない？」

企む表情で言う。

「取引？」

「八王子の事件のこと。俺はひとつ教えたよね。切断されたアレがどうなってたのか。宝子は記事にしなかったみたいだけど」

「あれは裏づけが」

「いいよいいよ、もういいよ」

宝子の嘘を、黄川田が遮る。

「裏づけが取れないから書けない。そうだよね？　それならそれでいいよ。っていうか、書かないでくれたほうが俺にとっても助かるから。でも、俺は教えたのに、宝子はなにも教えてくれないっていうのは不公平だと思わない？」

宝子は答えず、黄川田の目を見つめた。黄川田も見つめ返してくる。

「俺、考えたんだよ。宝子が八王子の事件を調べている理由。被害者と知り合いでもなさそうだ。もちろん事件にかかわっているわけがないし、犯人を知っていたら教えてくれるはずだ。でも、宝子の親しい人が事件に関係しているとしたら？　いや、している可能性があるとしたら？　宝子なら、まず自分で調べようとするんじゃないか？」

彼に伝えてもいいのではないか――。階段を下りながら考えたことが、頭のなかでわんわん鳴っている。必要以上の嫌疑をかけられ、詮索されるくらいなら、告げてしまったほうがいい。きっと彼は、「なんだ、そんなことか」と落胆するだろう。

口を開こうとした。が、くちびるがかすかにぴくついただけだった。

父が犯人かもしれないという恐れを捨て切れない自分がいた。その真裏で、あり得ないと強く否定する自分もいた。七十五歳の父が二十代の男を殺し、性器を切断することなどできるだろうか。

「どうした？」黄川田が声をかける。「いま、なにか言おうとしたよな？」

宝子は息を吐いた。そのとき、脳裏に濡れたまつげがちらついた。

「子供」

無意識のうちにつぶやいていた。

「子供？」

黄川田は怪訝な顔で復唱した。その声を耳にしたとき、言うべきことが弾き出された。

「八王子殺人事件の被害者は、並木通り産婦人科で生まれたんじゃないかな」

なんの根拠もない。ただ、埼玉と八王子、ふたつの事件が宝子を介してつながっていると考えると、共通点は院長だった大川宗三津にある気がした。

黄川田の視線は宝子に向けられたままだったが、瞳の奥でなにかを組み立てようとしていた。

「鬼塚裕也が生まれた病院が事件に関係してるってこと？」

「たぶん」

「どういうこと？」

「並木通り産婦人科は、大川宗三津が院長だったの。半年前、埼玉で起きた放火殺人の被害者の」

黄川田の瞳が小さく揺らいだ。視線を落とし、険しい表情で考え込む。

白いワイシャツがしわだらけなのに宝子は気づいた。二番目のボタンが取れかけている。彼の薬指に指輪はない。八王子の駐車場で会ったときにも、無意識のうちに確認していたことだった。

「宝子は、いったいなにを調べてるんだ？」

視線を戻し、低い声で聞いてくる。

「これで取引成立でいい？　貸し借りはなしね」

「宝子、大丈夫なのか？」

「なにが？」

「俺になにかできることはないのか？」

黄川田のまっすぐな視線に宝子はたじろいだ。

「なにか、って？」

「宝子がなにを調べているのかわからないけど、つらそうだからさ」

「黄川田君のほうがつらそうだけど。目の下にくまできてるし。寝てないんでしょ」

「そうじゃなくて。このあいだ事件現場で会ったときもそうだったけど、お母さんが亡くなったときと同じ顔してるよ」

急に投げつけられた「お母さん」という言葉に、宝子は動揺した。どうして母が亡くなったときのことを知っているのだろう。

「もしかして、葬儀に来てくれたの？」

黄川田はかすかにうなずき、「声をかけたかったけど、かけられなかった」と気まずそうに言った。

父もいたのではないか、と宝子は思いつく。

もしいたのだとしたら、どうして声をかけてくれなかったのだろう。宝子はひとりじゃないよ、お父さんがいるよ、と。そうすれば、底のない真っ暗な穴に突き落とされたような恐怖と絶望を感じることはなかったのに。

「俺たちどうして別れたんだろうな」

黄川田がひとりごとのように言う。宝子が黙っていると、「自然消滅みたいな感じだったよな」と自分で答えた。

「うん。そうだね」

「卒業してからお互いに連絡しなかったもんな」

「私はしたと思う。黄川田君が無視したんじゃなかった?」

「そうだっけ」

黄川田は困ったように笑い、「また連絡するよ」と立ち上がった。

13

子供が泣いている。真っ暗な部屋で、あえぐように泣いている。暗闇に溶け込み、姿は見えないのに、子供が黒いまつげを濡らしているのはわかる。無表情なまなざしが子供にゆっくりと近づいていき、暗闇に小さな姿が現れかけた。

そこで目が開いた。鼓動が速く、背中に冷たい汗が張りついている。

いまのは誰だろう。愛里だろうか、それとも養親に捨てられた男の子だろうか。

枕もとの携帯を取ると、あと数分で六時になるところだった。

愛里になにかあったのかもしれないと反射的に体を起こしたところで、ひとりよがりの不安と心配を押しとどめる。

これまで宝子の夢と現実の愛里がつながったことは一度もない。おそらくこれからもないのだ、と静かに思い、なにか大きな意思によって思い知らされた気持ちになった。

浩人からはあれから数回電話があり、折り返し電話が欲しいというメッセージも吹き込まれていた。

どうすれば愛里のためになるのか、宝子にはその答えを認め、口にする覚悟ができていなかった。

愛里は二ヵ月に一度の面会交流を望んでいない。母親と電話で話すことを面倒がっている。父親の再婚を受け入れている。このままだと父親がかわいそうだと言う。

いくつかのピースを挙げるだけで、すぐに答えは導き出された。

もう愛里には会わない。

浩人の再婚相手に母親になってもらう。

愛里も浩人もそう望んでいるのだろう。

宝子は怖かった。怖いのは、もう二度と愛里に会えないことよりも、娘に会えなくても平然と暮らしているかもしれない自分だった。

きちんと嘆き悲しむことができるだろうか。喪失感を得られるだろうか。自責の念を持ち続けることができるだろうか。愛里のことがどうでもよくならないだろうか。愛里を忘れてしまわないだろうか。

父は姿を消しても、死の瞬間まで娘を見守ってくれていた。私は父のようになれるだろうか。自信がなかった。


その日、終業間際に受付から来客の知らせが入った。また黄川田が訪ねてきたのかと思ったが、ミズサワという心当たりのない名前だった。

エレベータで一階に下り、受付が告げた二番ブースに向かうと女が座っていた。

目が女を捉えた瞬間、まだ彼女が誰なのか知らないにもかかわらず、あ、と宝子から無防備な声が出た。足がすくんで動けなくなる。

女が宝子に気づき、ゆっくりと立ち上がった。

「柳さんですか？　突然すみません」

女が丁寧に頭を下げる。

浩人の再婚相手だ、と宝子は確信した。冷たい震えに全身が包まれる。

女は水沢依子と名乗り、「お仕事中にすみません」とまた頭を下げた。

彼女は、宝子が無意識のうちに想像していたイメージとはちがっていた。若くはない。たぶん浩人より年上、四十代だろう。ふくよかな体をグレーのタートルネックに包んでいる。

「私のこと、ご存じありませんか？」

控えめなほほえみだが、緊張しているのが伝わってきた。

宝子が答えられずにいると、「浩人さんと結婚させていただきます」と文字を読み上げるように一気に告げた。

「あの」

宝子は声を絞り出した。

「はい」

「あの、私、まだ仕事中で……」

この場から逃げ出すためにとっさに出た言葉だった。

「待ちます。何時間でも待ちますから、少しお話しさせてください」

水沢はそう言い、会社近くのコーヒーショップを指定して出ていった。

彼女の話を聞いてはいけない。聞かなければいけない。頭のなかで自分の声がわんわんと反響している。

エレベータに乗ろうとし、下りてきた人とぶつかりかけた。

「あ、すみません」

目を上げると、勝木だった。

「どうした？」

勝木は驚いた顔をしている。

「え？」

「ひどい顔してるぞ。どうした？　なにかあったのか？」

「あ、いえ」

勝木はいつものようにコートを着込み、バッグを斜めがけしている。その変わらぬ姿がひどく平和そうに見えた。

「親父さんのことでなにかわかったのか？」

勝木は声をひそめた。

「いえ」

宝子が答えると、勝木は二、三秒の沈黙を挟み、「そうか」とうなずき、「じゃ、俺は飲みに行くからな」とほがらかな口調に変えた。

「勝木さん」

とっさに呼び止めたが、なにを言うつもりなのか頭になかった。

振り向いた勝木は真顔で宝子の言葉を待っている。

「父のことなんですけど」

自分から飛び出した言葉に、宝子は小さく驚く。

「私の父はほんとうの父じゃなくて、血はつながっていないんです。でも、父は私をとても大切にしてくれました。だから、私はほんとうの父のことなんかどうでもよくて、血がつながっていなくても私の父は父だけで」

唐突に言葉がちぎれ、それきりなにも言えなくなる。息を止めていないと涙を抑え切れなくなりそうだった。

なにかを察したらしい勝木は、そうか、とつぶやき、

「いい親父さんだったんだな」

宝子の肩をぽんぽんと叩くと、「おっと、またセクハラしちまったな」と笑い、立ち去った。

宝子はトイレに駆け込み、泣いた。

どうすれば愛里のためになるのか――。

たったいま勝木に言ったことがその答えなのだ、と涙とともに受け止めた。

愛里にとってほんとうの母親なんてどうでもいい。血がつながっていなくても、大切にしてくれるのが母親なのだ。

泣き顔が引いてから、宝子は水沢の待つコーヒーショップに行った。

彼女は一階の窓際の席にいた。

「お待たせしてすみません」

宝子が声をかけると、水沢ははっとして立ち上がり、「こちらこそすみません」と頭を下げた。

宝子は彼女の前に座った。宣告を受けるような気持ちで、彼女の言葉を待つ。

「浩人さんから柳さんと連絡が取れないと聞いて、非常識だとは思いましたが、いきなり来てしまいました」

「どうしてですか？」

「え？」

「どうして私に会いに来たんですか？」

彼女は視線を落とし、考える表情になったが、すぐに宝子に目を戻してきっぱりと告げた。

「会わないといけないと思ったからです」

どうしてですか？　とまた聞いてしまいそうになり、宝子は言葉をのみ込んだ。

「愛里ちゃんのお母さんがどんな人なのか、この目で確かめないといけない気がしたんです。そうしないと、いつか後悔すると思いました」

そこでひと呼吸を挟み、「いえ」とつぶやく。

「後悔というより、罪悪感でしょうか」

意外な言葉に、宝子は水沢を見つめ直した。

水沢はわずかに前のめりになった。

「私のことが憎いですか？　赦せないと思いますか？」

宝子は投げかけられた問いを胸のなかで復唱してから、「いえ」と答えた。宝子が憎み、赦せないのは自分自身だった。

「私は愛里ちゃんの新しいお母さんになります。それでもいいんですか？」

よくないと言う権利は自分にはない。けれど、いいと言ってしまうと母親失格の烙印を押されてしまう気がした。

「いつかこの日が来ると覚悟していましたから」

その言葉に嘘はなかった。

「浩人さんは、愛里ちゃんが大人になるまで柳さんには会わせないほうがいいと言っています。いえ、浩人さんというより、お義母《かあ》さんの考えなんですけど。愛里ちゃんが新しい暮らしに馴染めないからって」

「愛里もそう思ってるんですよね」

水沢に聞いたのではなく、心のなかの声が漏れ出しただけだった。

「愛里ちゃんは、柳さんのことをかわいそうだと言っていました」

「かわいそう？　私が？」

「自分に会いに来るとき、いつも悲しそうな顔をしてる、って。だから、かわいそうで、一緒にいるとこっちまで悲しくなる、って」

「そんな」と掠れた声が出た。

微妙に目をそらす愛里。面倒そうに答える愛里。義務のように食べ物を口に運ぶ愛里。愛里が心から楽しそうに笑うのを見なくなってどれくらいたつのだろう。

私は愛里をつらくさせるだけの存在だったのだ。

「ほんとうに母親失格ですね」

またひとりごとが声になった。目尻に涙が滲み、指でぬぐう。

おそらく水沢は、かつて宝子が愛里にしたことを浩人から聞いているのだろう。言葉を挟まず耳を傾けている。

「私は愛里に嫌われていると思います。ひどい母親だから、嫌われても仕方ないんですけど」

しばらくのあいだ沈黙が続いた。

「よかったです」

やがて水沢がぽつりと言った。

「え？」

「柳さんの心が決まってるみたいで」

「決まってる?」

「柳さんはもう愛里ちゃんとのことを割り切っていますよね。母親失格、ひどい母親、嫌われても仕方ないという言葉を使って、愛里ちゃんとの関係を絶とうとしてるんじゃないですか」

ちがう、と言いたいのに声が出ない。

「私さっき、罪悪感って言いましたよね。もし、柳さんが愛里ちゃんのただひとりの母親でいたいと強く思っていたら、私、愛里ちゃんを奪ったんじゃないか、母親というポジションを乗っ取ったんじゃないか、って罪悪感を抱えながら愛里ちゃんと暮らすようになる気がしたんです。だから、柳さんの気持ちがわかってよかったです。柳さんのほうが母親というポジションから降りようとしているんですよね。罪悪感さえなければ、私、愛里ちゃんのいいお母さんになる自信がありま す。たとえ、柳さんがいままでどおり面会交流を続けたとしても、私は平気です」

これがほんとうの答えなのだ、と宝子はどこか麻痺した頭で思った。愛里のことを考えるふりをして、結局は自分のことしか考えていない。それが取り繕うもののない私のほんとうの答えなのだ。

娘を心から愛していたら、愛里のために函館に行ったはずだ。愛里を閉じ込めたりしなかったはずだ。なにがあっても、愛里を手放すことなどしなかったはずだ。

いいお母さんになる自信がある、と言い切った水沢を直視できなかった。

「浩人さんと話し合ってください」

水沢は強い口調になった。大切な娘を守ろうとする母親の声に聞こえた。

「愛里ちゃんにとっても柳さんにとっても大切なことです。今後どうするのか、きちんと話し合ってください。どんな結論が出ても私は受け入れるし、大丈夫ですから」

たくましい母親のように話す彼女に、すがりつき、すべてを打ち明けたい衝動に駆られた。

私はおかしいですか？　母親失格ですか？　どんな気持ちになれば普通の母親になれますか？

14

玄関を開ける前からうっすらとした違和感があった。なにがどうとは説明できない、五感以外の感覚がざわつくような落ち着きの悪さだ。

黄川田は鍵を差し込み、慎重にドアを開けた。その瞬間、違和感の正体が実体をともなって現れた。

まず感じたのはにおいだ。空気に自分以外のもののにおいが混じり、冷え切っているはずなのにぬくもりがある。居間に続くドアからはあかりが漏れ、テレビだろうか音の断片が聞こえる。

足もとに目を落とし、小さく息をのむ。女物の黄色いパンプス。見覚えのない靴だが、妻の千恵里のものだと確信した。

居間のドアが開き、妻が顔をのぞかせる。

「おかえりなさい。早いのね」

まるで今朝夫を送り出したばかりのように屈託なく出迎える。

彼女は赤ん坊を抱いている。どのくらいの重さなのだろう。七、八キロはありそうなのに片手で軽々と抱え持っている。

まるまるとした赤い頰、よだれを垂らしたとがったくちびる、ぽわぽわの茶色い髪。赤ん坊は黒く丸い瞳で黄川田を見つめている。驚きと好奇心と警戒を宿した表情だ。乳臭さに息苦しくなる。血のにおいに似ている、とふいに思う。

「こんなに早く帰ってくるなんて思わなかったから、まだごはんつくってないの。すぐつくるから、そのあいだ陽菜子を見ててくれる？」

黄川田は声が出なかった。どう反応すればいいのかも、自分がなにを感じているのかもわからない。ただ、足先から痺れるような恐怖が這い上がるのを感じた。

「ほら、陽菜子。パパでちゅよー」と言いながら、妻は赤ん坊を押しつけようとする。拒否感がこみ上げたが、反射的に腕を伸ばしかけた。

赤ん坊がギャーと泣き出す。絶叫に近い。

「あらら一。ひさしぶりだからパパのこと忘れちゃったのかな」

妻は笑いながら赤ん坊を抱き直し、もりもりした尻をリズムよく叩く。「おねむだから機嫌が悪いみたい」と夫を気づかうようなことを言う。

居間はすっきり片づいている。おかしい、と黄川田は思う。食卓は空き缶やごみで埋まり、ソファには衣類が山積みになっていたはずだ。それなのに、今朝家を出たときからこうだったような気がしてくる。自分はずっとこの女と赤ん坊とともに、家族三人の暮らしを継続していたのではないか。そう考えると、ここにいる自分自身もまた他人のように感じられた。

すぐに食事の支度をすると言ったくせに、妻は赤ん坊を抱いてソファにどっかと座った。泣きやもうとしない赤ん坊の尻をやわらかく叩きながら、「大きくなったでしょ」と、立ち尽くす黄川田に笑いかける。

投げつけたい言葉が喉につかえている。

なぜ黙って出ていったんだ。なぜいきなり帰ってきたんだ。なぜ何事もなかったような態度をしているんだ。ちがう、そんなことじゃない。それは俺の子じゃないだろう。そこまで考え、それもいまとなってはちがう気がした。

赤ん坊が天見の子供であることは、黄川田にとってはすでに決定事項になっていた。いまさら問いただす必要などないし、DNA鑑定を望む気持ちもない。むしろ真実を知りたくなかったし、真実などどうでもよかった。

万が一、それが俺の子だったら？　黄川田はいつしか赤ん坊が自分の子供であることを恐れるようになっていた。自分の子供であれば愛さなければならない。育てなければならない。いまさら、と吐き出したい衝動が渦巻いている。

「ねえ、もう一回チャレンジしてみる？」

抱いてみるかと問うているのだろう。いたずらっぽい上目づかいは知らない女のものだった。

この女はこんなに太っていただろうか。クリーム色のニットを押し返す豊満な胸と肉のつながり。つきあいはじめたころも肉づきはよかったが、もっと硬くしなやかな肉だった気がする。

妊娠していたときの妻は、膨らんでいく腹に影響されるように体じゅうが丸みを帯び膨張していった。しかし、それは妻自身の肉ではなく、胎児に必要な栄養を蓄える容れものだった。腹に宿すものがないいまも、妻の体は赤ん坊のためにふくよかさを保っているように見えた。

「もう首はすわったから大丈夫よ。でも、ひさしぶりだからいきなり抱っこするのは怖い？」

沈黙を貫く夫に頓着せず、妻は幸福そうに笑いかける。

赤ん坊はときおり思い出したように、あー、とか細い声を出すだけで泣きやんでいる。

「ごめん。もうすぐ寝そうだから、ごはんちょっと待ってくれる？　我慢できなかったら、ごはんは炊いてあるから、レトルトカレー、チンして食べてくれる？」

「いや」

投げつけたい言葉が喉につかえたままなのに、それがなんなのかわからないままだ。

喉のつかえを取りたくて、黄川田は声を出した。

「外で食べてくる」

「そう？　助かる。ごめんね」

妻は笑顔のまま答えた。

九時を過ぎたところだ。黄川田は駅のほうへと歩き出した。

妻が書き置きを残して実家に帰った理由。それは、ほかの男の子供を産んだことを夫に悟られていると察したからだ。黄川田は漠然とそう考えていた。

それならなぜいきなり帰ってきたのだろう。なぜあんなふうに平然とし、何事もなかったかのようにふるまっているのだろう。

いったいなにを企んでいるんだ？

なぜ千恵里は天見の子を産んでおきながら、彼と暮らそうとしないのだろう。天見がまともな人間ではないからだろうか。彼と一緒では食べていけないと考えているからだろうか。その点、俺は安月給だが公務員だ。

妻と天見の仲を教えてくれた友人は、天見の詳しい近況は話さなかった。天見は、千恵里が子供を産んだことを知っているのだろうか。知ったうえで、ふたりで示し合わせて俺に押しつけ、食い潰そうとしているのだろうか。

疑問なら山ほどある。しかし、どれもいまさら知りたくもないことだった。

子供、と頭のなかで声になった。自分の声ではない。宝子だ。

子供、とつぶやいた彼女は、殺された鬼塚裕也は大川宗三津の病院で生まれたのではないかと言った。

その答えをまだ彼女に伝えていない。

それが口実であることを自覚しつつ、歩きながら宝子の番号を呼び出す。

「このあいだの答えを伝えるよ」

いきなり告げると、「え?」と返ってきた。

「鬼塚裕也が生まれたのは大川宗三津の病院じゃないか、って宝子は言ったよね。ちがったよ。全然ちがった」

返事はなく、口を開くかすかな音が聞こえただけだ。

「でも、取引成立でいいよ」

数秒ののち、「どういうこと?」と慎重な声が返ってきた。

「まだ教えてくれる気にならない?」

「なんのこと?」

携帯を持ち替えたら、コートの袖口から乳臭さがふっと立った。ぎくりとして嗅覚に集中すると、居酒屋の排気口が吐き出す脂のにおいが鼻腔に流れ込んできた。

「だから、宝子が八王子の事件を調べている理由だよ」

「……何度も説明したけど」

「記者として、ってやつね。宝子、誰かをかばってるんじゃないか？」

そう聞いた途端、胸がひりついた。少し遅れて、見えない誰かに嫉妬しているのだと自覚する。誰かはまちがいなく男だろう。

「これから会わないか？」

「これから？」

居酒屋から中年の男たちが出てきた。機嫌よく酔っぱらっているらしく、「もう一軒行くぞ」「やあ、俺は帰りますよ」「かみさんが怖いんだろう」などと笑いながら駅のほうへと歩いていく。

「宝子、いまどこ？　近くまで行くよ」

「ほんとう？」

「ああ。すぐに行くから」

「じゃなくて。ほんとうに鬼塚裕也は、大川宗三津の病院で生まれたんじゃないの？」

「ほんとうにちがうよ」

考え込む気配が携帯を通して伝わってくる。

「子供、ってこのあいだ、宝子、つぶやいたよな。あれ、どういうこと？　どうして鬼塚裕也が、大川宗三津の病院で生まれたと思ったんだ？」

返事はない。

「あれから新たにわかったことがある。鬼塚裕也が生まれた病院はちがった。でも、八王子と埼玉の事件に共通点が見つかったんだ」

「どんな?」

前のめりの声だ。

「宝子は知ってたんだろ? だから前に、埼玉の事件を調べてるなんて、俺を誘導するようなことを言ったんだろ?」

いつのまにか立ち止まっていることに気づき、黄川田は足を踏み出した。その途端、また乳臭さが立ち昇った。やわらかな肉をまとうふたつの生き物が浮かぶ。互いの乳臭さを味わうように、互いのやわらかさを確かめるように密着していた。まるで互いの養分を交換することでひとつになろうとするように。

俺はあの場所に帰らなくてはならないのか。そう考え、ぞくりとする。

「教えたいことがある。いまから会おう」

耳の内で聞こえた自分の声はせっぱつまった響きだった。

まだ仕事中だと言ったのに、待ち合わせたコーヒーショップに宝子はすでにいた。二階の奥まった席に座り、ぼんやりとした表情をしている。

「俺から声かけたのに、待たせてごめん」

「あんまり時間がないの。会社に戻らなきゃならないから」

電話でも言ったことを宝子は繰り返し、「教えたいことってなに？」と単刀直入に聞いてきた。

その割り切った態度に、身勝手だとは自覚しつつも軽く裏切られたような気持ちになった。

「また取引になるよ」

反射的に意地の悪い言い方をしてしまう。

「俺がひとつ教えたら、宝子もひとつ教えてくれないと」

「そっちが、会いたいって連絡してきたのに？」

宝子が当然の主張をする。が、表情にも声にも力がなく、憔悴し切って見えた。

「どうした？」

「え？」

宝子は驚いたように黄川田を見つめ返す。

「なにかあったのか？」

「なにもない」

それ以上の詮索を拒む強い口調だった。

黄川田は、コーヒーフレッシュを取り、立て続けに三つ入れた。自分が乳臭さを放っているようで、宝子に嗅ぎ取られるんじゃないかと不安だった。しかし、コーヒーフレッシュは強くにおわず、もっとにおいの強い飲み物にすればよかったと後悔した。

「八王子と埼玉の事件は、同一犯かもしれない」

黄川田は前置きなしに告げた。

表情を変えない宝子に、すでに彼女はそう考えていたのだと察した。宝子はどこまで見通しているのだろう。なぜ見通すことができるのだろう。

「埼玉の事件を調べてみたら、捜査資料に被害者の衣服が脱ぎかけだったとあった。下だけ。ズボンと下着が膝まで下ろされていたんだ」

ここまでは知らないらしい。宝子の眉がうっすらと狭まる。

「もしかしたら犯人は、大川宗三津の性器を切断しようとしたのかもしれない。ただ、火のまわりが思ったより早く、できなかったのかもしれない」

その可能性は五分もあるだろうか。しかし、黄川田は手ごたえを感じた。

で？　と黄川田は身をのり出した。

「ふたつの事件には子供が関係しているのか？　どうしてそう思うんだ？」

「子供が亡くなってるから」

え、と黄川田の口が動く。

「黄川田君、知らないの？　埼玉の事件を調べたって言うから知ってると思った」

「どういうことだ？」

「三十年前、大川宗三津の病院の前に男の子が置き去りにされて亡くなってるの。あとは自分で調べて。刑事なんだから簡単に調べられるでしょう」

「どうしてそんなことを知ってるんだ？　八王子と埼玉の事件が同一犯の可能性があることも知ってたんだな？　どうしてだ？」

宝子は沈黙を挟んでから、ゆっくりと口を開いた。

「ある人が」

「え？」

「ある人が、そのふたつの事件を調べてたから」

「ある人って誰だ？」

「それはまだ言えない」

「かばってるのか？　男か？」

「その人、もういないの。亡くなったの。その人の遺品から八王子と埼玉の事件の切り抜きが見つかったの」

宝子がかばっている相手が死んでいることに、心のすみで安堵する自分を感じた。

「言っておくけど、その人は犯人じゃないから。それはあり得ないから。ただ、どうしてふたつの事件を調べていたのか知りたいだけ」

「それだけか？」

「そうよ。それだけ」

嘘をついているようには見えない。

「そんな理由なら隠す必要なんてないじゃないか。どうしていままで話してくれなかったんだ？」

「言いたくなかったから」

「どうしてだ？」

「どうしても」

宝子はかたくなな表情を崩さない。

こんな顔をしたときの彼女は、他人の話は聞かないし、なにがあっても自分の意志を貫き通す。つきあっていたときはそんな顔を見るたび、面倒に感じたし苛立ちもしたのに、いまはなつかしさとともに、彼女の幼さを見ているようでほほえましい気持ちになった。

「変わらないな」

つぶやきと同時に笑みが漏れた。

「なにが？」

宝子は怪訝な顔になる。

「宝子だよ。大学生のときと変わらない」

「変わったよ。なにもかも変わった」

視線をはずし、ひとりごとの声音だ。

顔の右側の輪郭に沿って薄い影ができ、くちびるの端がわずかに上がっているのに悲しそうに見えた。

宝子はいま、どんな暮らしをしているのだろう。

結婚したと噂に聞いたのに、左手薬指に指輪はないし、指輪の跡も見られない。

「ところで宝子、結婚したのか？」

黄川田はどうでもよさそうな口調を意識した。

「ううん」

宝子はそう答えてすぐ、「したけど別れた」とそっけなくつけ加えた。

「子供は？」

「黄川田君は？」

「え？」

「黄川田君は結婚したの？」

「いや」と、考えるより先に声が出た。

「俺はしてないよ」

嘘をつくつもりなどこれっぽっちもないのにそう続けていた。

宝子は、そう、と漏らしただけでそれ以上は聞いてこない。黄川田はさびしさとかすかな苛立ちを感じ、そんな自分に戸惑った。

「宝子、なんかあっただろ？　八王子の事件が関係してるのか？」

宝子は無言で首を横に振る。

「前にも言ったけど、つらそうだよ」

「黄川田君だって」

「宝子、全然笑わないのな。幸せそうに見えないよ」

「……よかった」

宝子は自嘲するようにつぶやいた。

「よかった？」

「幸せそうに見えなくてよかった。幸せになりたいと思ってないし、そんな資格ないから」

「資格がない、ってどういうことだ？」

「それ、刑事として聞いてるの？」

「そうじゃないよ。わかるだろ?」

「私、もう行かなきゃ」

立ち上がりかけた宝子の手を、黄川田は思わずつかんだ。びくっとしたのが宝子なのか自分なのかわからなかった。彼女の手首の骨の硬い感触と温かな皮膚の生々しさに不意打ちを食らったようになった。

「あ、ごめん」

反射的に謝ったが、手を放すまで数秒かかった。

「まだ仕事が残ってるから」

ほとんど口をつけていないコーヒーを持ち、宝子は立ち上がる。

「黄川田君も幸せそうに見えない」

そう言い残し、背中を向けた。

じゃあ、俺たちお似合いなんじゃないか。そんな言葉が浮かんだのは、彼女の後ろ姿を見送ってしばらくたってからだった。冷え切ったコーヒーに口をつけると、プラスチックを溶かしたような味がした。

携帯を確認すると、どこからも連絡がない。外で食べてくると言って自宅を出てから三時間もたっているのに、妻は電話もメッセージもよこさない。

あいつらは幸せそうだった、とふいに思う。俺の居場所を乗っ取り、ふたりだけの乳臭い巣をつくっている。まるで世界にはふたりしか存在しないように、互いがいるだけで永遠の幸福が約束されているように。

終電で自宅に帰った。玄関を開けた途端、赤ん坊の泣き声がした。

しかし、部屋の電気は消えている。妻のあやす声もしない。赤ん坊は居間に隣接した和室にいるらしい。泣き疲れたのか、掠れた声を懸命に絞り出している。

居間の電気をつけようとし、息をのんだ。

半分開いたカーテンの向こうに、ベランダにいる妻が見えた。上半身を手すりからのり出すようにして外を眺めている。

ここは三階だ。飛び降りても死なないかもしれないし、死ぬかもしれない。もし彼女が死んだら、俺はあの赤ん坊をひとりで育てなければならないのだろうか。一瞬のうちにそんなことを考えた。それは妻の最大の仕返しのように思えた。

赤ん坊は、庇護者の消失を予感しているように必死に泣いている。

冷たい風が妻の髪を揺らしてから、レースのカーテンをかすかに膨らませ、居間に立ち尽くす黄川田の頰を撫でた。

妻の片手がゆっくりと動き、赤く小さなあかりが闇のなかを泳いだ。

煙草の火だ、と少し遅れて気づく。

ベランダの女が首をひねり、黄川田に横顔を向ける。その表情は見えないが、物憂げな雰囲気が伝わってきた。

煙草を吸う妻をはじめて見た。

夜のあかりを帯びた女は重く鈍そうで、やわらかな肉が空洞を抱えているようだった。

おまえは誰だ。なにを企んでいる。

黄川田は胸のなかで問うた。

15

朝刊を開くと、虐待死の記事が宝子の目に飛び込んできた。

反射的に視線をはずしたが、〈五歳女児虐待死で母親逮捕〉という見出しが、一瞬のうちに網膜に焼きついた。読んでいないはずなのに、逮捕された母親がひとり親世帯だったことをなぜか理解していた。

新聞を閉じ、追い立てられるように立ち上がった。意味もなく飲みかけのインスタントコーヒーを流しに捨て、大きく息を吐く。

虐待の加害者でもっとも多いのは、ひとり親世帯の実母だという知識はあった。けれど、そこに自分が含まれているなんてこれっぽっちも思わなかったし、浩人に指摘されてもまだ自分の行為が虐待だとは考えられなかった。

愛里を部屋に閉じ込めたのは、愛里に手をあげないためだった。愛里を守るためだった。それでも虐待なのだろうか。

離婚するとき浩人は、数年前に起きた子供の置き去り死事件を引き合いに出し、一歳の男児を一ヵ月近く放置し衰弱死させた母親と宝子が同じだと責めた。あのときは、そんなことはない、そんなはずがない、と心のなかでがむしゃらに否定した。けれど、時間がたつにつれて、もしあのまま母娘ふたりの生活を続けていたら、愛里を死なせてしまったかもしれないという、自分自身への不信がひたひたと押し寄せてきた。

——悪いことをしたと思っている。

逮捕された母親はそう言った。

新聞かニュース番組で知ったのに、「悪いことをしたと思っている」と淡々と話す母親の声を実際に耳にした気がした。

涙に濡れた黒いまつげが浮かぶ。

病院前に置き去りにされた男の子はどんな日々を送っていたのだろう。部屋に閉じ込められてはいなかったか、お腹をすかせてはいなかったか。

山下巧。それが、病院前に置き去りにされた男の子の名前だった。

当時の新聞や雑誌を調べると、彼の縁組にかかわった養子斡旋団体にふれている記事が見つかった。埼玉にある「コウノトリの家」という養子斡旋団体で、団体とはいっても夫婦ふたりで行っていたらしい。「責任を感じている」というコメントが載っており、男の子の死をきっかけに養子斡旋から手を引くつもりだと書かれていた。

過去の電話帳で「コウノトリの家」の代表者の名前を探すと、同じ埼玉県に同姓同名がいた。いまも同じ場所に住んでいる可能性は低いと思えたが、訪ねてみることにした。

宝子は、置き去りにされた男の子の産みの親のことが知りたかった。どうして産んだのだろう。どうして育てられなかったのだろう。どうして他人に託したのだろう。子供の誕生を喜んだのだろうか。子供の死を嘆き悲しんだのだろうか。

それは自分自身への問いだった。

新宿から二度乗り継いで電車を降りたのは、埼玉県北部の県境に近い町だった。平屋建ての小さな駅舎を出ると、シャッターの下りた商店と駐車場が目につくだけの閑散とした風景だ。寒々しい曇り空が遠くまで続き、うっすらとした山影が見える。

駅から北へ十五分ほど歩くと、目的の公営団地があった。

古い三階建てで、クリーム色の壁のあちこちにひび割れが走り、雨だれの跡が黒い筋状についている。ポストを見ると、一〇二号室に「森」と手書きされていた。

「コウノトリの家」の代表者は森丈之助という。同一人物だろうか。

今日のことは蒲生には伝えていない。

もし、男の子の実母の居場所がわかれば、訪ねてみるつもりだった。彼女に投げかけたい問いを蒲生に知られたくなかった。

宝子は社員証を首にかけてからインターホンを押した。事前に連絡はしておらず、いきなりの訪問になる。

ドアを開けたのは白髪の女だった。

「突然すみません。森さんのお宅ですよね？」

宝子が社員証を提示し、聞きたいことがあると告げると、あっさりと上げてもらえた。

女に続いて居間に入りかけ、立ち尽くした。足の踏み場がない。畳の上には炊飯器や電気ポットやトースターが置かれ、脱いだのか洗濯したのかわからない衣類、ごみの入ったレジ袋やチラシが散らばっている。座卓は、汚れた皿やコップ、弁当の空き容器や発泡酒の空き缶で埋め尽くされている。

座卓の前の座椅子に、薄い白髪を頭皮に張りつけた男が座っている。サイズが大きすぎる黒のジャージの上下を着て、大音量のテレビに顔を向けたままでこちらを見ようともしない。

妻が畳に散らばったものを足でよけながら、「ま、入ってちょうだい」と言う。炊飯器とトースターを押しやり、かろうじてひとり分のスペースをつくった。

「こちらは森丈之助さんのお宅ですか？」

「立ち退きの件だろ？」

妻が聞き返す。

「はい？」

「前来た人とちがうけど、また話聞きに来たんだろ？　あんたも前の人から聞いてると思うけど、新しい団地に引っ越したら家賃が二万円も上がるっていうんだよ。そんなばかな話あるか。あたしらのせいで建て替えが進まないなんてふざけるんじゃないよ」

妻はまくしたてた。

「俺らは出ていかないからな」

夫がテレビを観たまま言う。

「いまでもカツカツの生活してんのに、いきなり家賃が二万円も上がるなんて、あたしらに死ねって言ってるようなもんだよ。言っとくけど、建て替えに反対してんのはあたしらだけじゃないよ。で、いつ記事にしてくれるのさ。かわいそうな老夫婦が終《つい》の棲家を追い出されそうだって、記事にしてくれたら寄付でも集まるかもね」

妻はヒステリックな笑い声をあげた。

「今日はちがう件でお邪魔しました。三十年ほど前、コウノトリの家という養子斡旋団体をしていませんでしたか？」

宝子がそう切り出すと、妻はきょとんとした顔になり、夫はやっと宝子を見た。

「おふたりは、大川産婦人科の大川先生と養子斡旋をしていませんでしたか？」

はっ、と妻が乾いた息を吐いた。

「あんた、そんな大昔のことよく調べたね。どうしたのさ」

「最近、警察がこちらに来ませんでしたか？」

黄川田が捜査をしている可能性を考えた。

「警察？　なんでだよ。なんで警察がいまさら来るんだよ。前も言ったけどさ、あたしらは困ってる人の手助けをしただけなの。それを人身売買みたいに言ってさ。あんた、子供いる？」

「いいえ」と、とっさに嘘を言う。

「じゃあ、わかんないか。あのさ、子供産むって命がけなの。お金だってかかるの。子供欲しい人がお金払うのはあたりまえだろ。欲しいものをもらうときはお金かかるの。世の中そんなに甘くないんだよ」

おそらくこの夫婦は養子斡旋で法外な料金を要求していたのだろう。いまだって寄付金の名目で何百万円ものお金を請求する団体がある。

「お聞きしたいのはお金のことではありません。三十年前、大川産婦人科の前に置き去りにされて亡くなった男の子のことです。ご存じですよね？」

妻は忌々しそうに顔をしかめ、夫はテレビに目を戻している。

「あのせいで、あたしらは警察にいろいろ聞かれたんだよ。あのときはとっくに手を引いてたのにさ」

「手を引いていた？」

「やめてたってことだよ」

「山下巧君のことがきっかけでやめたんではないんですか？　当時の新聞にはそう書いてありましたが」

「マスコミなんか適当なことばっかり書くからね」

「巧君のほんとうの親のことを知りたいんです」

「そんなの知らないよ」

「教えていただけないでしょうか。口外はしません」

「なんでいまさらそんなこと知りたいんだよ」

告げていいものかどうか迷った末、考えていることを口にした。

山下巧の実親が大川宗三津を殺したのではないか。宝子はそう考えていた。いや、そうだったらいいと思っていた。

「ある事件に関係しているかもしれないからです」

父はどうして大川宗三津が殺された事件の新聞記事を隠し持っていたのだろう。宝子の生まれた病院の院長だったからだけとは思えない。犯人に心当たりがあったのか。大川宗三津が殺された理由を知っていたからか。それとも父が……。ありえない、と強く否定すると、仮面のような父の顔が浮かんだ。

「事件ってどんな？」

「大川宗三津さんの事件です」

「大川先生が殺されたやつかい？」

妻は目を見開き、まっさかー、と笑った。

「あれ、強盗だってテレビで言ってたよ」

「なまじっか金があるからだ」

テレビに目を向けたまま、夫がぶすっと言う。

「ちがうの？　強盗じゃないのかい」

妻が好奇心を剝き出しに聞いてくる。

「それを調べたいと思っています」

「ここだけの話、大川先生を恨んでる人ならけっこういると思うよ。あの人、ああ見えてあくどかったから」

妻は意地の悪い笑みで言った。

「大川さんの評判はとてもよかったようですが」

彼女の挑発にのらないよう、宝子は慎重に返した。

「それは表の顔だよ。あんな顔して裏では金に汚かったよ」

「だから殺されたんだ」

テレビを凝視したまま夫が吐き捨てる。

「大川さんはどのようにお金に汚かったのでしょう」

妻はとぼけた顔をつくり、湯飲みをつかんで口に運ぶ。中身はないらしく、ずずうっと空気を吸い込む音がした。「あーあ。お茶っ葉買うお金もないわ」と空の湯飲みを逆さに振る。

「あのとき警察にも言わなかったおもしろい話があったはずなんだけど。あたしらがどうして養子斡旋から手を引いたかってこと。えーと、なんだったかなあ。ねえ、あんた。なんだっけ」

「思い出せねえなあ」

宝子はバッグから財布を取り出した。

座卓に一万円札を置くと、思ったより多い金額だったらしい。妻は驚いた顔になったが、素早く奪ってポケットに入れ、「ああ、思い出したわ」とわざとらしい声をつくった。

「変な男に脅されたんだった。ねえ、あんた」

「黒木だ」

「そうそう、黒木。あいつは悪党だよ。だいたい、あんたがスナックで酔っぱらってぺらぺらしゃべったせいじゃないのさ」

「俺のせいじゃない」

「あんたのせいだろ。昔からあんたは口が軽いんだよ。あんたがホステスに余計なことしゃべらなきゃ面倒なことにならなかったんだよ」

妻は夫を指さし、「全部、この人のせいなんだよ」と言った。

妻の話によると、事の発端は夫が行きつけのスナックで「孕《はら》んだら俺が子供を高く売ってやるから安心して産みな」と酔った弾みでしゃべったことだという。その数日後、夫が同じスナックで飲んでいると、黒木と名乗る男がやってきていくらで子供が売れるのか聞いてきた。黒木が醸し出す危険な雰囲気を察知した夫が、子供を売るという話は冗談だとごまかそうとしたが遅かった。黒木はどこで調べたのか夫婦の家にやってきて、養子斡旋から手を引くように迫ったという。

「ずっとにやにや笑って、とにかく不気味な男だったよ。あたしらのこと、いろいろ調べたんだろうね」

この人に、と言って妻は夫をあごでさした。

「前科があるのも知ってたし、親の住所も知ってたし、おまけにあたしらの通帳のコピーまで持ってたんだよ。きっと留守中に忍び込んだんだろうね。この男にかかわると厄介なことになると思ったよ」

森夫婦が大川宗三津に連絡をすると、今後、いっさい養子斡旋の協力はしないと言われたらしい。

「まあ、あたしらもそろそろ潮時かと思ってたんだよ。あんまり儲からないし、ちょっとやばい感じになりそうだったからね。大川のやつ、怯えてたみたいだったよ」

「なにになにですか?」

「わかんないけどさ、黒木に弱み握られるかなんかして脅されたんじゃないの。まあ、大川も金に汚いからさ、結局、黒木と組んだほうが儲かると思ったのかもね」

「どうしてですか?」

「あたしらは出生証明書書けないだろ」

妻はことともなげに言う。

宝子が黙っていると、「あんた、鈍いね」と笑う。

「医者なら出生証明書なんか書きたい放題だろ」

「はい？」

「世の中には大金払ってまで子供が欲しいやつがたくさんいるってことだよ。出生証明書さえあれば、他人の子でも自分の子になるだろ」

まさか大川宗三津は、出生証明書を偽造していたということだろうか。

「つまり、あたしらは正しい養子斡旋をしてたってことさ。でも、黒木はちがったんだよ」

ふん、と妻は鼻を鳴らす。

「大川さんは、黒木という男と組んで偽の出生証明書を書いてたんですか？」

「死んだ大川か黒木に聞いてみればいいだろ」

「黒木という人の連絡先は知りませんか？」

「知るわけないだろ。三十年以上前のことだよ。もう死んでんじゃないの」

「あのホステスは孕んでたんだよ」

夫がテレビから目を離さず言う。

「その女性の名前は覚えてますか？」

「リカ」

夫が即答する。

「ユカじゃなかった？」妻が言う。「いや、ミナだったか。マキだったか。どっちみち源氏名だろうけどね」と続け、ははっ、と乾いた笑い声をたてた。

それきり妻も夫も大音量を流すテレビに没頭し、宝子の存在を無視した。

宝子は礼を言い、立ち上がった。その拍子に床に転がっていたレジ袋を蹴飛ばしてしまい、

「すみません」と謝ったら、妻が首をねじり宝子を見上げていた。

「あんたさ、死んだ男の子の母親が大川を殺したって本気で思ってんの?」

眉間に深いしわを刻み、険しい顔をしている。

「わかりません。ただ、その可能性もあるのではないかと考えています」

「じゃあ、もしも母親がわかったら聞くわけ? あんたが大川先生を殺したんじゃないか、って」

ほんとうに聞きたいことはちがう。

どうして子供を手放したんですか? どうして他人に託したんですか? 子供の幸せを願ってですか? 子供の幸せを願ってなんて自分への言い訳じゃないですか? 子供を手放したことを後悔していますか? それとも、子供のことなんか忘れて平気で生きていますか?

宝子は、男の子にとって残酷な答えを望んでいることを自覚していた。

自分が産んだ子と縁を切り、他人に渡したのだ。子供なんかいらなかった。かわいいと思えなかった。自分のことしか考えられなかった。母親がそう吐露するのを聞きたいと、心のどこかで願う自分がいた。

「教えてやるけど、それはないわ」

妻は険しい顔のまま言った。

「はい?」

「死んだ子の母親が大川を殺すなんてあり得ないってこと」

「どうしてですか？」

「死んでるからだよ」

「え？」

「子供を渡してすぐ死んだよ」

宝子の頭のなかを見透かしたように妻が言う。

「その子、学校の屋上から飛び降りちゃったんだ」

その子、学校、と宝子は声にはせずつぶやいた。

「中学生だったんだよ。誰にも言えないままお腹が大きくなっちゃって、産むしかなかったんだよ。当然、親は養子に出そうとするさ。あたりまえだろ。中学生が育てられるわけないんだから。でも、その子は、この子は誰にも渡さない、私の赤ちゃんだ、私が育てる、って泣き叫んでさ。養子に出した途端、屋上から飛び降りちゃった」

宝子はその場に立ち尽くした。視線は妻に向けたままだったが、その目に妻は映っていなかった。テレビの大音量も聞こえず、誰もいない場所へ飛ばされたようだった。

たったいま自分が願った残酷な言葉が思い起こされた。

子供なんかいらなかった。かわいいと思えなかった。自分のことしか考えられなかった。

耳の奥で低く響くその声は自分のものだった。

森夫婦の家を辞去した宝子は、所沢へ向かった。

夫が通っていたスナックが、所沢駅の西口にある「たしかモンローとかいう店」と教えられたからだ。

煙草屋の二階だったという説明を頼りに駅の西口周辺を歩き、商店や居酒屋で聞いてみたが、モンローというスナックも煙草屋も見つけられなかった。ネット検索しても、所沢にモンローという名のスナックはなかったから、とうに店じまいした可能性が高い。

歩き疲れて膝から下に力が入らない。どこに行けばいいのかわからない。行く場所なんてないような気もする。

重たい足を動かし、路地を抜けると住宅地のなかに公園があった。

すでに日は落ち、外灯の白いあかりが夜に滲んでいる。木々は半分ほど葉を落とし、頼りなく佇《たたず》んでいる。子供が駆けまわれるほどの広さなのに、ベンチのほかにはアスレチック遊具がひとつあるだけだ。

宝子は公園に入り、ベンチに座った。温かい飲み物が欲しかったが、コンビニも自動販売機も見当たらない。

ゆったりとした風が吹き抜け、冷たい空気にかすかな焦げ臭さを感じた。このにおいを知っていると思ったら、誰もいない公園に三人の家族が浮かび上がった。

宝子のくちびるがふっと緩み、小さな笑いがこみ上げた。父の姿を思い出したのだ。

小学三、四年生の冬だった。夏に買った花火を見つけ、いまから公園で花火をしようと言い出したのは母だった。いつもは母の言いなりの父だったが、このときは、冬は空気が乾燥して火事になりやすい、枯葉に火が燃え移るかもしれない、と異議を唱えた。それでも、盛り上がった妻と娘を止めることはできなかった。

三人で近所の公園に行った。父は両手に水の入ったバケツを持ち、ふうふう言っていた。

手持ち花火に火をつけると、シュー ッという音とともに銀色の火花がきらびやかな線を描いた。「きれいだねー」「すごいねー」と言いながら、母とふたりで花火をくるくる回した。「お父さんもしようよ」と顔を向けると、父は肩のあたりまでバケツを持ち上げ、いつでも水をかけられる姿勢を取っていた。真剣な顔と力の入った体勢がおかしくて、腹の底から笑いがこみ上げたのを覚えている。

最後の線香花火だけ父も加わった。三人でしゃがんでつくった小さな円。身を寄せ合って火をつけていったが、しけっていたのか、母の線香花火にしかつかなかった。

「ついた」宝子が言うと、「ついた」「ついたね」と父と母も声を弾ませた。オレンジ色の細くて華奢な火花と、ジッ、ジジッ、ジジジッ、と焦《じ》らすような音。小さな円のなかで、ひそやかな呼吸と、「きれいだね」という言葉を三人で交換した。視線の先で、やがてぷっくりと丸い火の玉ができた。「幸せだなあ」と父が吐息を漏らすようにつぶやき、その途端、ぽたりと火の玉が落ちた。「ああーっ」と三人の声が重なった。

あのときの夜が、いまもここにあるような気がした。

見えなくても聞こえなくても、何層かの幕を隔てた向こう側でたしかに息づいている気配がする。

ふいに、自分が父も母もいない世界にいることに強烈な違和感を覚える。自分がなにをしているのかも、どうしてこんな場所にいるのかもわからなくなる。なにかを探している感覚はあるのに、なにを見つけたいのかつかめない。

父になにがあったのだろう。

なぜ父は死者となり、家族の前から姿を消すことを選んだのか。空白の二十一年間、父はどんなふうに生きていたのか。

父が二十一年前に姿を消したのは、埼玉と八王子、このふたつの事件と関係があったように思えてならない。二十一年前の失踪はいまとつながっているのだ。

埼玉放火殺人の被害者は、宝子が生まれた病院の院長だった。父は、大川宗三津を個人的に知っていたのだろうか。じゃあ、彼が養子斡旋を行っていたことは？　黒木という男のことは？

まさか、と思いつき心臓が冷える。

父が違法な養子斡旋にかかわっていたということはないだろうか。だから、事件の切り抜きを棚の後ろに隠しておいたとは考えられないだろうか。そして、そのことを母も知っていた。

「まさか」

今度は声に出してはっきりと否定した。白い息が冷たい空気にのみ込まれていく。

父と埼玉放火殺人事件の接点は見つかった。宝子が生まれた病院、院長の大川宗三津だ。けれど、八王子殺人事件との接点がひとつも見つからない。父は、被害者の鬼塚裕也を知っていたのだろうか。

父の死の真相を辿ろうとすると、子供が現れる。親に捨てられた子供たち。まつげを濡らした子供たち。いらない子。

胸が締めつけられた。

愛里、と思ったら、ごめんなさい、と続いた。

母のように愛せなくてごめんなさい。父のように愛せなくてごめんなさい。両親からもらった幸せな時間を渡せなくてごめんなさい。


自宅に帰った宝子は、ひきだしから便箋を取り出した。

迷いが入り込まないうちに浩人に手紙を書こうとペンを取ったとき、水沢に言われたことを思い出した。

――もう愛里ちゃんとのことを割り切っていますよね。

――愛里ちゃんとの関係を絶とうとしてるんじゃないですか。

迷いなんてないのかもしれない、と思う。迷っているふりをしているだけで、水沢が言ったとおり最初から心は決まっているのだ。愛里のことを思って決めたのではなく、自分が早く楽になりたいだけなのだ。

16

脈動に合わせてこめかみに重い痛みが響く。喉が干からび、胃が裏返りそうだ。吐く息どころか毛穴からも酒のにおいがしているのを黄川田は自覚していた。

昨晩、帰宅途中の駅で降り、目についた居酒屋に入った。飲むほどに頭が冴え、三軒はしごをした挙句、ネットカフェに入ったときには四時をまわっていた。

「酒くさいですかね」

米満に聞くと、「まあ、少々」と苦笑が返ってきたから、かなりにおうのだろう。

被害者宅のインターホンを押すと、これまでどおり父親が応対した。いつもいるはずの母親の姿は居間にない。

「奥様は？」

米満が尋ねると、父親は目を天井に向け「休んでます」と答えた。

「体調が悪いんですか？」

「まあ」

父親は言葉を濁した。

「それで話したいことというのはなんでしょう」

米満が穏やかに問いかける。

昨日、父親が話したいことがあると連絡をよこしたのだが、どうせ捜査の進展具合について文句を言いたいのだろうと黄川田は思っていた。

「犯人の目星はまだついていないんでしょうか」

案の定、父親はそう切り出した。

全力で捜査しています、と米満がいつもの台詞《せりふ》を口にするより先に、

「せめて通り魔なのかどうかもわからないんですか？　二ヵ月近くもたつのに、なにもわかってないんですか？」

胸のむかつきが収まらない。まるで胃のなかで泥水が発酵しているようだ。黄川田は深々と鼻

で呼吸をした。

ふいに、昨晩の夢の断片が立ち昇った。眠る黄川田を、誰かが見下ろしているというものだった。薄く目を開けた黄川田に見えるのは女の白い足首だけで、それをつかみたいという強い欲求があるのに、体はぴくりとも動かなかった。夢のなかの自分は、白い足首の女に欲情していたのだろうか。いや、そうではなく、暗い穴に落ちる道づれにしようとしたのかもしれない。

あの女は誰だろう。宝子か、それとも妻の千恵里だろうか。

物音に気づくのが遅れた。

背後に首をひねると、被害者の母親が居間に入ってきたところだった。

「なにしてるんだ。おまえは二階で休んでろと言っただろう」

父親が高圧的に言う。

「お茶を」

母親がのっそりと答える。

お茶の心配をするくせに、黄川田たちには目を合わせず軽くうなだれただけだ。進まない捜査に警察不信になっているのだろうかと考えたが、彼女の表情に険はなく、とろっとしたいつもどおりの顔つきだ。

黄川田は台所に向かう彼女を目で追った。白いトレーナーに、ベージュのフレアスカート。十二月に入ったのに素足で、子持ちししゃものようなボリュームのあるふくらはぎと、きゅっと締まった足首がアンバランスだ。うす暗い台所で、足の白さが妙に際立って見えた。

夢に出てきたのはこの女ではないか。唐突にそんな思いに捕われ、ばかげているとすぐに退けた。

父親は口をつぐみ、妻の気配をうかがっている。黄川田たちに話したいことというのは、妻には聞かれたくないことらしい。

「お父さん、コーヒーにする？」

台所から声がかかる。

「いや、ほうじ茶」

父親が答える。

黄川田は居心地の悪さを感じた。お父さん、コーヒーにする？　いや、ほうじ茶。まるで黄川田たちが存在しないかのような夫婦の会話の垂れ流し。その遠慮のなさに、夫婦の秘め事を見せつけられている感覚になる。気恥ずかしさと嫌悪感を黄川田は唾と一緒にのみ込んだ。

盆を持った母親がやってきた。ひざまずき、まず夫の前に茶を置く。夫は当然というように構えている。

黄川田は目の端で母親をうかがった。ひとつひとつの動作がのろく、重たげだ。まるで彼女だけぬるい水のなかにいるように。白いトレーナーの胸もとに食べこぼしだろうか、薄茶色のしみがある。黒い髪は肩でちぐはぐに跳ね、化粧をしていない顔に薄いそばかすが散っている。

「二階に戻りなさい」

彼女は夫の言葉に従い、無言で居間を出ていく。黄川田は無意識のうちに、彼女の白い足首を見つめていた。喉の渇きが激しく、痛いほどだ。茶を口に含むと、ぬるく味がしなかった。

妻が出ていったドアを一瞥《いちべつ》して、父親は居住まいを改めた。視線は米満に向けられている。

「私らは恨まれているんだろうか」

唐突に言った。

「恨まれるような覚えがあるんですか？」

米満の問いに、父親は「あるわけないだろう」と語気を荒らげた。

「ただ、一方的に恨みを買うこともあるんじゃないかと」

「なるほど。そういう人物に心当たりがあるのですか？」

「ない。ただ、もしかしたらあれが恨まれているんじゃないかと思いついたもので……」

「あれ、とは？」

「妻です」

「どういうことですか？」

「もし、あれが誰かに恨まれているとすると、私らは大丈夫なんだろうかと心配になって……」

「気になることはなんでも言ってください。お力になりますから」

うわべにやさしさを塗りたくって米満が尋ねる。こういうのを天性の役者というのだろうか、黄川田には一生できそうもない。

「いや、ばかげた話なんだけれども」

「どんなことでもいいですよ」

父親はひと呼吸おいてから口を開いた。

「実は、私と妻は再婚同士なんです。でも、裕也は連れ子ではなく、私らふたりの子供です」

それはすでに把握していることだ。米満が大きくうなずき、続きを促す。

「ふと思ったんです。もしかしたら妻が恨まれているんじゃないか。だから、子供が狙われたんじゃないか、と」

「なぜそう思うんですか？」

「再婚前、私に子供はいなかったが、妻にはいました。でも、いなくなってしまったそうです」

「いなくなったというのは？」

「ずいぶん昔のことですよ。ちょっと家を空けた隙に、赤ん坊がさらわれたらしいんだ。犯人は結局、捕まらなかった。妻は、最初の結婚で夫を病気で亡くし、その直後に子供も失くしてしまったんですよ。それを聞いたときは、なんてかわいそうな女だろうと思いましたよ。でも、今度は私らの息子が死んでしまった。しかも、あんなむごい殺され方をした。このあいだ、ふと思いついたんだ。もしかして裕也ではなく、妻が誰かの恨みを買ってるんじゃないか。だとしたら、今度は私か妻が危ないんじゃないかってね」

「そうでしたか」と米満がうなずく。

「だから、早く犯人を捕まえてほしいんですよ」

「いまの件、奥様にもちょっとお話を聞けませんかね？」

「だめです！」

父親は即答した。

「あれはかなりまいってる。いま昔のことを思い出させたら、ほんとうにおかしくなってしまうかもしれない。あれはやさしい女です。たしかに世間から見たら、裕也はどうしようもないやつだったかもしれません。でも、あれは裕也がトラブルを起こしたときでも、小言ひとつ言わずに見守ってきたんです。あれは、やさしくてかわいそうな女なんですよ」

「女」と発音したときの父親からは、性的な粘っこさと生臭さが感じられた。他人を自分より下に置くことで、自己陶酔する典型的なタイプのようだ。

黄川田は、母親のとろっとしたまなざしと白い足首を思い返した。

母親の鬼塚明美には、さらわれた子供がいた。興味深い話だ。

米満も同じらしく、被害者宅を辞去するなり「母親の件、興味深いですね」と地蔵のほほえみで言った。

鬼塚明美の子供が行方不明になったのは、黄川田が生まれた年のことだった。

遊びに来た友人を迎えに行くため明美が自宅を空けたわずか十分のあいだに、ベビーベッドから消えた。当時、鬼塚明美の名字は月野、乳児は月野真里で生後五ヵ月だった。夫の月野卓治は事件の二ヵ月前に病死している。

結婚後すぐに真里が生まれ、その三ヵ月後に夫が亡くなり、さらに二ヵ月後には子供が消えた。明美に嫌疑が向けられたことは、捜査資料からも十分読み取れる。しかし、室内に男のものと思われる足痕跡があり、玄関とベビーベッドを往復していた。さらに子供が消えた同時刻にマンションを出入りする不審な男が防犯カメラに写っていた。男は帽子を目深にかぶり、マスクで顔を隠し、肩には大きなボストンバッグをかついでいた。そのため、結局は被疑者不詳の誘拐事件として処理された。

「米満さんはこの事件、覚えてますか？　俺はまだ生後一ヵ月でした」

「私は高校生でしたねえ。正直、記憶にありませんな。この数年後、私が入庁してから起きた赤ん坊の行方不明事件ならはっきり覚えてますが」

「同じような事件があったんですか」

「神隠しに遭ったみたいに消えたらしいですよ。あのときも親が手にかけたという説が強かったですね。でも結局、誘拐ということになりました。犯人からの接触は一切ありませんでしたけど。いずれにしても親が責められますよね、目を離したのが悪いって。特に母親が」

黄川田の頭に妻と娘が浮かんだ。

娘はいま六ヵ月だ。もし、忽然と消えたとしたら俺はどうするのだろう。必死に捜そうとするだろうか。不安と心配で胸が潰れるだろうか。嘆き悲しむことができるだろうか。そのどれもあり得ないと断言できた。

しかし、妻は半狂乱になるだろう。

妻と娘が帰ってきて五日になるが、そのあいだ黄川田が自宅に帰ったのは一度だけだ。

黄川田には、ふたりが未知の生命体に見えた。俺を庇護者として利用し、利用価値がなくなったら食い殺すつもりじゃないか、と半ば本気で考える。

ふたりは見えない繭のなかにこもり、濃密な時間を過ごしているようだった。黄川田には、得体の知れない小さな化け物に妻が操られているように見えた。自分だけ見ろ、もっと愛せ、と赤ん坊は主張していた。勝手に生まれてきたくせに、自分にはそうされる価値があると信じ切っている。

もし赤ん坊が自分の子供であれば、第六感的な部分で血のつながりを感じ、否応なしに愛おしく感じるのだろう。自分も、妻のように赤ん坊に操られるのかもしれない。しかし、そうはならなかった。だから、あれは俺の子ではない。

「そのころはインターネットがなかったですからね」

米満の言葉に我に返り、「え?」と聞いた。

「母親への誹謗中傷ですよ。インターネットがない時代だったから、いまよりはましだったかもしれませんね」

「ああ、そうですね。たしかに」

こめかみの痛みが鈍く主張している。

黄川田はもやもやとした思考を振り払い、捜査資料に目を落とした。

三十三年前の事件だ。当時、明美は二十三歳。とろっとしたまなざしと白い足首が浮かぶ。

彼女は半狂乱になったのだろうか、と考えたが、泣き叫ぶ彼女を想像できない。このときも彼女は感情を置き忘れたように、うつろな顔で宙を見ていたように思えてならない。

「ほんとうに彼女じゃないんですかね」

気がつくと、そう口にしていた。

「子殺し、ということですか?」

米満が聞き返す。

「ええ」と答えたが、我が子を殺す彼女もまた想像できなかった。米満も「どうなんでしょうねえ」と首をひねった。

17

宝子は、会社の書庫で所沢市の地図を広げた。

なにかに集中しないと、浩人宛ての手紙を投函したことを後悔してしまいそうだった。

地図にある所沢駅の西口を中心にモンローという名前を探したが、やはりない。

森夫婦が黒木という男と会ったのは、三十年以上前のことになる。今度は当時の地図を広げたが、モンローも煙草屋も見つからない。雑居ビルに入っていたのであれば、もともと地図には載っていなかったのかもしれない。

「柳？　なにやってんだ？」

背後からの声にぎくりとする。

振り返ると、勝木は宝子が広げた地図をのぞき込んでいた。「ふうん、所沢の地図ね」とひとりごとを言う。

「仕事じゃないんだろ？　親父さんのことを調べてるんだろ？」

「すみません」

「なにかわかったんだろ？」

勝木の目が鋭くなる。

「おまえ、ひどい顔してるぞ」

宝子は反射的に顔を伏せた。

「そこまでして調べなきゃならないことなのか?」

え? と顔を上げると、勝木のまっすぐな視線とぶつかった。

「おまえがそんな思いをすることを親父さんは望んでいると思うか? なにもかもを明らかにしなきゃならないのか? 世の中にはふれちゃいけないものもあるんじゃないか?」

ふれちゃいけないもの、と宝子は胸のなかで嚙みしめた。

「……勝木さん」

「ん?」

「母は、二十一年前の火事で死んだのが父ではないことを知っていたはずなんです」

勝木が息をのむ。

「父が生きているのを知っていたのに、私には言わなかったんです」

だから勝木の言うように、おそらく父の死の真相はふれてはいけないものなのだ。

それでも宝子は知りたかった。父のためではなく、自分のために。会えない娘を思いながらの二十一年間がどんなものだったのか。会えないまま死んでいくときなにを思ったのか。

宝子は、浩人に宛てた手紙を思い返す。

私に会うたび愛里が悲しい思いをするなら、愛里が望むまで会わない――そう書いた。

「だったら、余計に……」

勝木は言いかけ、言葉をのみ込んだ。

「ま、いいさ。おまえのことだ、とことんまでやらなきゃ気が済まないもんな」

「すみません」

「無理はするなよ」

「はい」

勝木が出ていってから、改めて三十年前の地図に目を落とした。

地図上で宝子の人差し指が止まる。新所沢駅。西口。〈煙草〉の文字。新所沢駅の西口に〈山田煙草〉という文字がある。が、モンローという名前はない。

森が所沢と新所沢をまちがえた可能性はないだろうか。

現在の地図と見比べると、山田煙草があった場所は〈第2ヤマダビル〉となっている。

もともと信憑性に乏しい森夫婦の説明だ。期待はできないと思いつつ、会社帰りに寄ってみようと決める。


第2ヤマダビルは、新所沢駅西口から徒歩十分の路地にあった。

飲食店と民家が混在し、昭和を感じさせる裏通りといった雰囲気だ。立ち飲み屋から煙がもうもうと噴き出し、肉を焼くにおいが路地に充満している。

そのなかで第2ヤマダビルは比較的新しい四階建てで、一階は不動産会社、二階より上がテナントになっているが、看板を見る限りモンローという店はない。

一階の不動産会社にはあかりがついている。個人経営だろう、見覚えのない社名だ。

ドアを開けると、六十歳ほどの男がひとりパソコンに向かっていた。「いらっしゃいませ」と声は放ったものの、パソコンから目を上げるまでしばらくかかった。「すみませんね。コンピュータに慣れないもので」と言い訳しながらゆっくり立ち上がる。

宝子は客ではないことを説明し、以前ここが煙草屋だったかを尋ねた。そうだ、と返ってきた。男はこのビルの持ち主だという。

「三十年ほど前、モンローというスナックはありませんでしたか？」

「あったよ」

男は即答した。

「あったんですか？」

「カラオケスナックでしょ。俺、行ったことあるもん。で、モンローがどうしたの？」

「人を探してるんですけど、黒木っていうお客さんはいませんでしたか？」

「黒木？　どんな人？　なにやってる人？」

「それが名前しかわからなくて」

「それじゃあ、わかるわけないでしょ」

「じゃあ、妊娠していたホステスさんは知りませんか？」

リカとかユカとかいう名前で、と続けようとしたが、「妊娠してたホステス―？　そんなんだめでしょ。妊婦のホステスなんて」と男は笑った。

モンローは、ビルが建て替えられた二十年前に近所に移転し、店を閉めたのは十年ほど前だという。

「いつも、五、六人のホステスがいて、このへんじゃけっこう大きい店だったんだけど、時代が変わったからねえ。それでもがんばったほうじゃない」

男はなつかしそうに言い、ふっと息をついた。

「ハナミズキ」

「はい？」

「花に水に木で、花水木。もう一本裏の店」と、男は宝子の背後を指さし、「まだママ、現役でやってるよ」と言った。

「モンローのママ、ですか？」

「そう。もう七十になってるはずだけど、金計算と記憶力は相変わらずすごいから」

不動産会社を出て、男に教わったとおりの道順を行くと、小さな飲み屋が並ぶ路地に花水木の看板を見つけた。古い木造家屋の一階で間口が狭く、紫色のネオンは消えかけのように弱々しい。一見《いちげん》だと入りにくい印象だ。

ドアを開けると、カウンターの奥に女がひとり座っているだけだった。女は煙草を指に挟んだまま観察するように宝子を見たが、やがて「いらっしゃい」とやわらかな声を出して立ち上がった。

薄化粧の顔はつややかで七十歳よりはずいぶん若く見えるが、世慣れた雰囲気と威圧感をまとっている。モンローのママだった人だろうか。疑問をそのままぶつけると、「あら」と笑みが返ってきた。

「モンロー知ってるの？　まあ、座って。なに飲む？」

お酒は飲まないとは言いにくく、返事に迷っていると、「ビールでいい？」と聞かれ、「はい」と答えていた。

「で、なあに？　なにか聞きたいことがあって来たんでしょ？」

ビールをつがれ、宝子は形ばかり口をつけた。が、ママは瓶を持ったまま、宝子がグラスを空けるのを待っている。仕方なく半分まで飲んだ。ママは宝子のグラスにビールをついでから、自分のグラスにもついで一気に飲み干した。

「モンローのお客さんのことなんですが、黒木という男の人を覚えていませんか？」

「黒木？　どんな人？」

「森さんという人を訪ねてきたと思うんですけど」

「森？」

「三十年以上前のことなんですが」

「三十年以上前」

ママは復唱するばかりで、心当たりがありそうな気配が感じられない。

「森という人は常連だったはずです。当時、四十歳くらいだったと思います。養子斡旋をしていた人なんですが」

「養子斡旋？」

純粋に驚くママを見て、森は養子斡旋をしていることを秘密にしていたのだろうと思った。森が言ったとおり、酔った勢いでホステスに口を滑らせたことで、黒木という男に知られることになってしまったのだ。

「森ちゃんっていうお客さんは何人かいたけど、養子斡旋してた人なんていなかったわよ」

案の定、ママはそう言った。

「それでは、妊娠していたホステスさんはいませんでしたか？」

「妊娠ってうちのホステスが？　妊婦のホステスってこと？」

「はい」

「やあね。妊娠してる子にホステスさせるわけないじゃない」

　不動産会社の男と同じ反応だ。

　森夫婦に騙されたのかもしれないと思えてきた。黒木という男も妊娠していたホステスも、すべて森夫婦の作り話なんじゃないか。

「三十年以上も前のことでしょう」

　ママは真顔になって、記憶を辿るように目線を上に向けた。

「はい。そのホステスの方は、二文字の名前だったみたいです。リカとかユカとか……」

「リカ？　ああ、そういえば、あの子ならうち辞めてすぐにできちゃった婚したわね」

「それはいつのことですか？」

「私がモンローをはじめてすぐのころだったから、三十三、四年前かしら。うちを辞めたあとリカと偶然会った人がいてね、お腹が大きかったって言ってたもの。ああ、そうだ。リカはね、うちのお客さんと結婚したのよ。やだ。ってことは、うちで働いてたときにはすでにできちゃってたってこと？」

「そのリカさんが結婚した人って、黒木という名前じゃなかったですか？」

「黒木？」とママはあごに手を添える。

「黒木って名前には聞き覚えがないのよねえ。記憶力はいいほうなんだけど。一、二回来ただけの客なんじゃない？　だったら、いちいち覚えてないわ。ねえ、ビールおかわりするでしょ？」

「あ、はい」

促されるまま宝子は残っていたビールを飲み干した。

「ところでさ」と、ビールの栓を開けたママが改まる。

「あなたはなにが知りたいんだっけ？　黒木っていう人のこと？」

「そうです」

「その人、あなたとどういう関係なの？」

「父の知り合いだと思うんです」

ほとんど無意識のうちに言葉にし、時間差でその意味を自問する。父と黒木が知り合いだったとしたら、やはり父は違法な養子斡旋にかかわっていたということだろうか。三十年以上前の養子斡旋が、父の失踪とふたつの殺人事件につながっているのだろうか。

「父は二ヵ月ほど前に亡くなったんですが、ずっと離れて暮らしていたので、父のことをよく知らないんです。それでいろいろ調べているうちに、黒木という人のことを聞いて……」

「あら、そうだったの」

ママはしんみりした空気をつくった。

「でもねえ、悪いけど、ほんとうに黒木って名前には心当たりがないのよ。で、なんでリカが黒木って人と結婚したと思ったの？」

「ふたりが知り合いだと聞いたので、もしかしたらつきあっていたんじゃないかと」

「リカとつきあってた男？　そんなのいっぱいいるんじゃないの？」

ママは嘲笑ぎみに言った。

「そうなんですか？」

「だらしない子だったもの。だから、それなりにもてたわよ。顔はブスだし、太ってたけど、男好きする子だったわね。でも、結局は真面目なサラリーマンと結婚して子供を産んだわ」

ママは煙草に火をつけ、煙を細く吐き出した。ビールを飲み干しグラスにつぎ足しているあいだもずっと記憶を辿っている表情だった。

「でもねえ」と、声に真剣みが加わった。

「リカって、結婚して子供産んで育ててって感じの子じゃなかったのよね。なんていうか、あの子が普通に幸せに暮らす絵が描けないのよ。男に騙されて捨てられて、また騙されて捨てられて、でもそのことに自分では気づいてないっていうか……」

わかる？　と聞かれ、宝子は首をかしげた。

「なんだか得体が知れないのよ。ふにゃふにゃして。うちにいたときはまだ二十代だったのに、なにもかもどうでもいいって感じだったわね。欲がないっていえば聞こえはいいけど、心がないって感じ」

「心がない」と、宝子は復唱した。

聞かされるほどに、リカの存在感は膨らんでいく。それなのに輪郭さえ定まらなく、人物像がまったく描けない。そんな戸惑いが表情に出たのだろう、「やっぱりわからないでしょ」とママは笑った。

「いままで会ったことない？　生きてるのに、生きてる感じがしない人。泣いたり笑ったり怒ったりしないのよ。はあ、ええ、そうですか、ばっかり。ああいう人がいちばんの悪人かもね。平気な顔をして人を殺したりするのよ。リカの場合は逆だったけど」

「逆？」

「殺されちゃったのよ」

「リカさんがですか？」

「ちがうちがう。知らない？　ほら、このあいだあったじゃない、阿部定事件」

え？　と自分の声が耳奥で響いた。

「八王子かどこかで男が殺されて、チンチン切り取られた事件あるじゃない。あれ、リカの息子らしいわよ」

一瞬、意識が飛び、少し遅れて心臓が早鐘を打ちはじめた。

「普通なら気の毒にって思うんだけど、まあ、実際に気の毒なんだけどね。でも、私からしたら、なんだかあの子の性質がそういう災いを呼んでるような気がするのよ。あの子のまわりの人たち、みんな不幸になってるんじゃないかしら。ほら、うちを辞めてすぐできちゃった婚したって言ったでしょ。相手の人、月野さんっていうサラリーマンだったんだけど、真面目でいい人だったのよ。それがね、結婚して子供が生まれた途端、死んじゃったの。そうしたら、それからすぐに今度は子供が誘拐されたんだから。当時、けっこう大きく取り上げられたわよ。まあ、阿部定事件ほどじゃないけど。リカを知ってる人のなかには、リカが子供を殺したんじゃないかって言う人もいたわね。まさかと思うけど、正直、そうであっても驚かないわ。もういらないってごみでも捨てるみたいに子供を放り出すところ、想像つくもの。でも、本人には罪悪感なんてないと思うわ」

罪悪感なんてないと思うわ、という最後の言葉が胸に刺さった。自分のことを言われているような気がし、見たことのないリカと自分が重なっていく。

自分がつくり上げた光景を振り払い、宝子は話に集中する。

「八王子で殺された人は、リカさんの息子さんなんですね？」

「そう。再婚相手との子供だって」

「じゃあ、誘拐されたのは？」

「それは最初の夫、月野さんとの子供」

つながった——。はじめて八王子と埼玉の事件がつながった。ふたつの事件をつなげているのは、黒木という男とホステスだったリカだ。

「ああ、話が脱線しちゃったわね。あなたが聞きたいのは黒木って人のことだものね。リカに聞いてみたら、って言いたいところだけど、あんなことがあったばかりじゃそうもいかないものね。でも、若いときのままなら、案外、平然としているかもね。そうだ。さっきからリカ、リカ、って呼んでるけど、あの子、本名は明美っていうのよ」

鬼塚明美、と頭の片隅で文字になる。

カウンターには、いつのまにかビールの空き瓶が三本並んでいる。宝子のグラスには、黄色い液体が三分の一残っているだけだ。

「子供」

息をつくように声が漏れた。

「え？」

顔を近づけたママからアルコールのにおいが立った。

「また子供なんですね」

「また？」

置き去りにされた子供と、連れ去られた子供。なにかがカチリと合わさった感覚があった。

「明美さんの連れ去られた子供って、男の子ですか？　女の子ですか？」

「女の子よ」

カチリと合わさったものにさらに力が加わり、きうきうと嫌な音が鳴りはじめる。

立ち上がった途端、冷たい血が末端をめがけて一気に流れた。一瞬、意識が薄れ、カウンターに手をついた。

「大丈夫？　酔っぱらうほど飲んでないじゃない」

ママの笑う声が、耳奥で響く脈動の向こうから届いた。

酔っている自覚はないのに、足が地面についている感覚がしない。心臓が脈を打ちながらせり上がり、気道を圧迫する。店を出た宝子は知らず知らずに早足になり、姿の見えない恐ろしいものから逃げている錯覚に陥る。

宝子のなかで、すべてがつながった感覚があった。すべてをつなげるピンと張りつめた糸が、いまにも切れそうに震えている。けれど、糸がつなぐ全体図はぼやけて見えない。いや、見ようとしていないだけなのかもしれない。

――世の中にはふれちゃいけないものもあるんじゃないか？

勝木の声が耳奥で響き、はっとする。

父が残した八王子殺人と埼玉放火殺人の切り抜き。ふたつの事件をつなげるもの。出生証明書の〈院長 大川宗三津〉の文字。父が言えなかったこと。母が隠したかったこと。

父と母が共有していた秘密は、宝子がふれてはいけないものだ。


会社に戻ったときは十一時を過ぎていた。

データベース部は静まり返っていたが、デスクが並ぶフロア奥に人がいるのだろう、照明がついていた。

過去の誘拐事件を検索すると、花水木のママが言った連れ去り事件は三十三年前に起きていた。当時、鬼塚明美は月野姓で二十三歳。連れ去られた子は、生後五ヵ月の月野真里。マンションの防犯カメラに犯人とみられる男が写っていたが、結局、捕まっていない。

雑誌の記事には、〈不幸の連鎖〉〈呪われた若き母親〉など煽るようなタイトルがあった。夫を亡くしたばかりの明美にフォーカスしたもので、なかにはそれとなく明美に疑惑を向けたものもあった。

マウスにのせた手が震えていることに気づき、宝子は深呼吸する。どんなに息を吸っても体に入っていかない。

これらの記事のどこかに黒木らしい男が存在していないか、宝子は考える。

黒木という男は、違法な養子斡旋をしていた。黒木という男は、鬼塚明美の知り合いだった。

もし、連れ去りの犯人が黒木だったら。黒木と明美が共謀していたとしたら。連れ去りは自作自演だったとしたら。

連れ去られた赤ん坊は高く売られただろう。大川宗三津の手で、誰かの実子とされただろう。

手の震えが激しくなっていることに気づき、マウスからぱっと離す。その途端、携帯が鳴り、声が出そうになる。

電話は蒲生からだった。

「遅くにすみません。報告したいことがあるんです」

上ずった声だ。

宝子はデータベース部を出て、階段に向かって廊下を歩く。

「高峰さんのコネクションを使ったら、大川先生と組んで養子斡旋をしていた団体がわかりました。コウノトリの家っていう団体です。夫婦でやっていたそうなんですが、評判はよくなかったみたいです。コウノトリの家が手を引いたあと、別の男が養子斡旋を引き継いだらしいんですが、いろいろとあやしい噂が流れたそうです」

蒲生の声が遠くこもって聞こえる。それなのにざりざりと耳に引っかかる。

「蒲生君」

それ以上聞きたくなかったのに、蒲生には遮る声が聞こえなかったらしい。

「闇の養子斡旋をしていたとか、海外に赤ちゃんを売っていたとか、なかには子供をさらってるなんて噂もあったらしいです。その男のことはわからないんですが、コウノトリの家をやっていた夫婦の居場所がわかりました。その夫婦に聞けば、男のこともわかるかもしれません」

「蒲生君、もういいの」

階段室に自分の声が響く。蒲生の声と同じくらい遠くに聞こえた。

蒲生がなにか言っているのが聞こえたが、通話を切った。

「ごめんなさい。放っておいて」

「どうして謝るんですか？　なにかあったんですか？」

「ごめんなさい」

「どうしたんですか？」

「もういいの。これ以上調べなくていいの」

蒲生がゆっくりと復唱する。

「もういい？」

家に帰った宝子は、自分の出生証明書を取り出した。〈院長　大川宗三津〉の文字が迫ってくる。

――医者なら出生証明書なんか書きたい放題だろ。

森の妻が放った言葉が、うねりながらしだいに大きくなっていく。

森夫婦の言葉を信じるのなら、大川宗三津が黒木という男と組んで出生証明書の偽造をしていた時期に宝子は生まれている。

宝子はクローゼットから母の遺品を取り出し、ポケットタイプのアルバムを開いた。モノクロの赤ん坊の写真からはじまる母の人生。アルバム四冊分にまとめられた母の記録。

三冊目を開いたとき、いままで気づかなかった不自然さを感じた。自分が死ぬことなどこれっぽっちも想定していなかった死に顔だったのに、まるで死に備えていたかのように写真は最小限に整理されていないだろうか。

三冊目を閉じ、二冊目をめくり直した。高校生の途中からはじまり、おそらく職場の人たちだろう、大勢で花見をしている写真で終わっている。写真に記された日付から、二十八歳の母だと知ることができた。

三冊目には、母の人生にすでに宝子が登場している。

そこまで確かめたとき、自分が探しているものに気づいた。お腹の大きな母を見たかったのだ。けれど、妊娠中の母はアルバムにはいない。

三冊目をめくっていく。

赤ん坊の宝子が眠っている。不思議そうにカメラを見ている。腹ばいになって笑っている。母に抱かれている。おもちゃをしゃぶっている。

アルバムに妊娠中の母がいないように、生まれたばかりの宝子もいない。写真のなかの赤ん坊は、少なくとも首がすわっているほどには成長している。いちばん幼い写真でも三、四ヵ月。いや、五、六ヵ月くらいではないだろうか。

明美の連れ去られた子供は生後五ヵ月で、三十三年前の九月に連れ去られた。宝子が生まれたのも三十三年前の九月だ。

――赤ちゃんをあげてたのよ。

いつかどこかで聞いた女の声。

恐ろしいものに捕まったのを感じた。

宝子の内は静まり返っている。まるでなにもかもを抜き取られたようだった。

心がない、と無意識のうちにつぶやいていた。少し遅れて、花水木のママの言葉だと思い至る。

いちばんの悪人。罪悪感なんてない。ごみでも捨てるみたいに子供を放り出す。立て続けに思い出した。

宝子の空洞に、見たことのない鬼塚明美の気配が侵入してくる。姿はなく、濃密なのにとらえどころがない。

あのとき、鬼塚明美と自分が重なるように感じたのではなかったか。

その考えに、息の根を止められたような絶望感と終わりの感覚に襲われた。

父と母の秘密。ふたりが隠したかったこと。ふたりが守りたかったこと。宝子がふれてはいけないこと。

宝子は自分の両手をじっと見つめた。握って、開く。自分が自分でなくなったようなのに、ちゃんと感覚があるのが不思議だった。

棚の上の写真に目を向けると、父と母が満面の笑みで宝子を見ていた。

18

最寄駅を出るとすでに夜の色だったが、まだ七時にもなっていない。駅前の商店街は色とりどりのあかりを放ち、にぎわいに満ちている。

こんなに早い時間に帰るのはひさしぶりだった。少なくとも妻子が戻ってからははじめてだ。自宅に帰るのでさえ今日で二度目だ。

商店街を抜けようとした黄川田の目に、一軒のケーキ店が飛び込んできた。白い壁に、ペパーミントグリーンの窓枠とサンシェード。こんな店があっただろうか。普段、遅い時間に疲れ切って帰宅する黄川田にはほとんどの店がそう感じられる。

ドアを開け、なかに入った。

自分がなぜケーキなんかを買おうとしているのかわからなかった。

ショーケースに並ぶカラフルなケーキが目に痛く、ここにいる自分を場違いに感じた。ケーキを三つ買って店を出たところで、自分が抱えている後ろめたさに気づく。その途端、箱を叩きつけたくなった。

妻子への嫌悪感の裏に、うっすらとした後ろめたさが塗り込まれている。

ほとんど自宅に帰らない。帰っても会話をしないし、目も合わせない。父親であることも夫であることも放棄している。

自分を試したいのかもしれない、と黄川田は思いつく。

幸せな家族を象徴するかのようなケーキを買い、喜ぶ妻を見ることで、妻子への愛情がわずかでも湧くのではないか、と。そういえば子供のときから俺はなんでも形から入っていたな、と思い出す。

それとも、この後ろめたさは妻子へ向けられたのではなく、世間へ向けられたものだろうか。愛情を持ち合わせていないことも、家族の役割を果たしていないことも、ケーキを三つ買うことで世間的にはチャラにできると自分は考えているのだろうか。家族のためにケーキを買ったことがある、とのちに言い訳するために。

黄川田君、と宝子の声が耳によみがえった。黄川田君、雰囲気が変わったみたい、と彼女が言ったのはいつだっただろう。

大学生のころはよかった。世間も常識も、妻も子も、家族の役割も、なにも持ち合わせていなかった。持ち合わせないのがあたりまえだった。あの自由さと気軽さはもう二度と手に入らないのだろうか。

ペパーミントグリーンの箱が重たく感じられ、捨ててしまいたくなった。しかし、ごみ箱を見つけられないまま自宅に着いてしまった。

着替えを取りに戻っただけだった。妻になにか言われたら、仕事でしばらく帰れないと告げるつもりでいた。

玄関を開け、おや、と思う。電気がついておらず、空気が冷えている。留守なのかとほっとしたところで、赤ん坊の頼りない泣き声が耳に届いた。

居間は暗く、カーテンは引かれていない。ベランダで煙草を吸っていた妻を思い出し、目を向けるが、ベランダに人の姿はない。

暗がりで赤ん坊が泣いている。人の気配を察したのか、存在を主張するような響きを帯びてきた。

電気をつけ、和室をのぞいて息をのむ。ベビーベッドのなかで、苺柄のパジャマを着た赤ん坊が立ち上がりかけていた。両手で柵をつかみ、膝をついて体を伸ばそうとしている。母親を探しているのだろうか、不安げな泣き顔だ。黄川田を認めると、動きを止めた。

でかい、と黄川田は思った。いつのまにかこんなにでかくなっている。赤ん坊をまともに見たのは、妻子が帰ってきた日以来だ。たった一週間ほどでこんなに大きくなるものだろうか。

赤ん坊はつややかな瞳で黄川田を見上げている。目の前にいるものが敵か味方か見極めようとするように。

あー、と甘ったるい声。赤ん坊が笑いかける。黄川田に輝く瞳を向けたまま、まるで罠をしかけるように、引きずり込もうとするように。

ぞくっとした。

目をそらそうとしても、視線を奪われ見つめ返すことしかできない。

暴力的な無垢さで、あたりまえに愛情と奉仕を求めている。黄川田は自分のなかに新しい感情が生まれるのを感じた。嫌悪感でも拒否感でもない、じんわりとした憎しみだ。

俺の居場所に居座るな。俺の邪魔をするな。勝手に生まれてくるな。そんな言葉がこみ上げる。

ふいに、文字でしか知らない赤ん坊が浮かんだ。

月野真里。連れ去られた子供。鬼塚明美の最初の子供。

彼女をさらったのが自分のような錯覚に襲われる。

赤ん坊をさらった俺はどうするのだろう。どこかに捨てるのか、天見に渡すのか、それとも殺してしまうのだろうか。

あー、あっ、あー。赤ん坊が甘えた声を放つ。

こいつさえいなければ結婚せずに済んだのに。こいつさえ生まれてこなければ自由でいられたのに。

「どうしたの?」

背後からの声に、びくりとする。

「電気がついてるからびっくりしちゃった。早かったのね。あらら、陽菜ちゃん、起きちゃったのね。ごめんねー」

母親の姿を認めた赤ん坊が、火がついたようにギャーと泣き出す。両手を突き出し、母親を求める。たったいままで媚びるような笑みを向けていたのに、まるで俺の思考を透かし見、母親に告げ口しようとするようだ。

「なにやってんだ」

反射的に言っていた。

「ごめんなさい。すぐそこのコンビニに行ってきたの。体温計の電池が切れちゃって。陽菜子、熟睡してたから大丈夫かと思って。でも、もう目が離せないわね。もうすぐつかまり立ちしそうなのよ。これからは絶対にひとりにさせないわ」

ほんとにごめんなさい、と妻は繰り返したが、悪いと思っているようには感じられず、むしろはしゃいでいるように見えた。

妻は赤ん坊を抱きかかえると、「お腹すいてる?」と黄川田を見た。底の見えない笑みが、なにか企んでいるようだ。

着替えを取りに来ただけだ。そう答えようとしたのに、「なに考えてるんだ」と言っていた。

「だから、これから気をつけるって言ってるじゃない」

「そうじゃない」

妻は不思議そうな顔をつくった。

「いきなり出ていったり、いきなり戻ってきたり、いったいなにを考えているんだ。どうして何事もなかったようなふりができるんだ」

そうじゃない、と黄川田は思う。そんなことはもうどうでもいいのだ。

「やっと言った」

妻は真顔になった。

「いつ言ってくれるのかとずっと待ってた。どうしていままでなにも言ってくれなかったの？　実家に帰ったときだってどうして連絡くれなかったの？　戻ってきたときもどうしてなにも聞いてくれなかったの？　何事もなかったようなふりをしてるのはそっちじゃない」

腹の底があぶられているようにちりちりする。

「甘えるな」

「どうして甘えちゃいけないの？」

かぶせるように妻が言う。

「家族だもの、夫婦だもの、甘えたっていいじゃない。それに、私が言ってるのって甘えなの？　あたりまえのことじゃないの？　普通、奥さんが子供連れて出ていったら慌てるよね。心配するよね。少なくとも連絡くらいくれるよね。どうしたんだ、って理由を聞くよね」

よく動くくちびると揺れる頬の肉。妻の言い分が本心なのか、それとも演技をしているのかがつかめない。

「洋ちゃん、変わった」

妻の目がすっと冷えた。

「急に冷たくなった。冷たいっていうより、心が感じられない。人ってこんなに変われるんだって、私驚いてる」

妻の背後の食卓に、ペパーミントグリーンの箱が見える。わざわざケーキを買ってきてやったのに、どうしてこんなことを言われなければならないのか。腹の底のちりちりが明確な怒りの炎に変わる。

「洋ちゃん、いったいどうしちゃったの？　私たちのこと考えてくれてる？　私たちのためにかしてくれてる？　洋ちゃん、父親なのよ。陽菜子のことだって……」

妻は、おそらくもっとも言いたいであろう言葉をのみ込んだ。

「陽菜子のことだって、なんだ？」

黄川田は尋ねた。弱いものを追いつめる感覚があった。

「なんでもない」

妻が目をそらす。

「なんだよ。言えよ」

妻は思い切ったように黄川田に目を戻す。

「陽菜子のこと、かわいいと思ってる？」

「思うわけないだろ」

そう答えたとき、自分のくちびるがいびつにつり上がるのを感じた。

「かわいいなんて思うわけないだろ」

冷徹な笑みが表情を支配している。

「その子が」と、妻が抱いた赤ん坊をあごでさす。

「たとえ誰かにさらわれても、殺されても、俺はなんとも思わないね」

妻の瞳が膨らんだ。まるで背後から刺されたかのように驚愕を宿したまま固まった。

それでもまだ黄川田は言い足りなかった。大切なことを言っていない気がした。

「おまえら気持ち悪いんだよ」

ケーキの箱を払い落とし、着替えも持たずに自宅を出た。

四章

19

宝子の目に、鬼塚夫婦が住む家はしんとして見えた。

どの窓にもレースのカーテンがかかり、家のなかは薄灰色だ。小さなベランダがあるが、快晴にもかかわらず洗濯物は干していない。黒く華奢な門扉と狭いカースペース。小さな庭に面して掃き出し窓がある。不審者はあの窓から家のなかを盗み見たのだろうか。

自分が、鬼塚明美に会いたいのか会いたくないのかわからない。たぶん両方なのだろう。宝子のなかで彼女の気配は形にならないまま膨張していく。このままだと彼女にのみ込まれ、自分が消えてしまいそうだった。

頭の片隅に、もしかして、とすがるような自分がいる。もしかして思い過ごしかもしれない、大きな考えちがいをしているだけかもしれない、と。

けれど、わずかな望みを突き放すように、姿のない気配が存在を主張する。

宝子は鬼塚宅を通りすぎ、振り返った。人がいるのかどうかうかがい知ることはできない。車がないから留守なのかもしれない。薄灰色の窓を見つめていると、逆に自分が盗み見られているような気になった。

事件からもうすぐ二ヵ月になる。あんなに騒がれた事件なのに、警察やマスコミの姿はなく、ありふれた住宅地の光景だ。

宝子は、鬼塚宅の隣家のインターホンを押した。はーい、と間延びした女の声に、新聞社名を名乗ると、六十代に見える女が出てきた。宝子が口を開く前に、「お隣のことでしょう」と好奇心を宿した目で聞いてきた。

「最近、警察もマスコミの人もぱったり来なくなっちゃったのよ。たまにライターって名乗る人が来るくらいだけど、なんだか胡散臭《うさんくさ》いのよね。その点、東都新聞さんは大手だから安心よね。あら、でも前にも東都新聞さん来たわよね。ちがう人だったと思うけど」

「改めてお話を聞かせていただけませんか」

「いいけど。知ってることは全部話したわよ。それで、犯人の目星はついたのかしら。警察はなんて言ってるの？　お隣の息子さん、誰かに恨まれてたんでしょ？　不審者がいたそうだものね。通り魔なんてやーよ。怖くて歩けないじゃない」

「被害者のお母様のことなんですが」

宝子が言うと、「奥さん？」と女は不思議そうな顔になった。

「どんな方なんでしょう」

疑問をそのままぶつけた。

「どんな、ってどんなことを話せばいいの？」

女は困惑げに聞いてくる。

「どんなことでもいいんです。お話ししたことはありますよね？　どんな印象でしたか？」

「奥さんと話したことなんてあったかしら。おつきあいはないし、ごみ出しのときたまに顔合わせるくらいだから。なんだかぼうっとした人よね。鬼塚さんが引っ越してきたのって十年くらい前なんだけど、奥さん、たぶんまだ私の顔も名前も覚えてないんじゃないかしら。いつ会っても、ひょこっと頭下げるだけだもの。ちょっと常識がない印象ね」

彼女が鬼塚明美を快く思っていないのは明らかだ。

「事件後に、鬼塚明美さんに会いましたか？」

そう聞くと、女はちょっと笑い「ごみ出しのときにね」と言った。

「どんな様子でしたか？」

「大変だったわね、大丈夫？　って声をかけたのよ。でも、はあ？　みたいな感じだったわね。いつもと同じようにひょこっと頭を下げただけだったわ」

「悲しんでいるようには見えなかったということでしょうか」

「そうね。見えなかったわ」

女はあっさり答え、宝子は自分が糾弾されたように感じた。

隣家を辞去した宝子は、事件現場である月極駐車場に向かって歩いた。けれど、それが自分自身への時間稼ぎであることを知っていた。鬼塚宅のインターホンを押す勇気がない。鬼塚明美に対峙する覚悟が決まらない。

出生証明書の〈院長　大川宗三津〉の文字がまぶたの裏で瞬《またた》き、赤ちゃんをあげてたのよ、と女の声が警報のように耳奥で響く。アルバムのなかの母。アルバムのなかの自分。生まれてから五ヵ月間の空白。父が残した八王子殺人事件の切り抜き。

一睡もしていないのに、長く深い夢から目覚めたばかりのように自分が頼りない。いままでの三十三年間がすべて幻想だった気がしている。

前方にシルバーのコンパクトカーが現れた。ゆっくりと近づいてくる車を認め、宝子は道路の端に寄った。

運転席には六十歳くらいの男、助手席に女が乗っているのが見えた。宝子の目は助手席の女に吸い寄せられた。女はうつむき加減で、表情までは読み取れない。けれど、女が放つ倦怠感に似た空気が感じられた。

宝子は反射的に車を追いかけた。車は十字路を左に折れ、すぐに見えなくなった。

鬼塚宅まで戻ったとき、玄関横のカースペースにシルバーのコンパクトカーが停まっていた。片手にレジ袋をさげた男と、その後ろに女。夫婦は家に入ろうとするところだった。

呼び止めようとしたが、声が出なかった。鬼塚明美と対峙したら後戻りできなくなるという予感があった。けれど、本能が彼女と向き合わなければならないと告げていた。

門扉の前で立ち尽くす宝子に男が気づき、「誰だ、あんたは」と警戒した声を出す。

「お話をうかがえませんか」

なにを聞きたいのかわからないまま、そう口走っていた。

自分は鬼塚明美に振り向いてほしいのだ、と気づく。自分を見てほしい。その目に自分を映してほしい。

玄関の前で、鬼塚明美がゆっくりと振り返る。視線が重なったのを感じた。それなのに、彼女に認知された感覚がなかった。

鬼塚明美は暴力的なほどの無関心をまとっていた。目をぽっかりと開いているのに、その向こうにはなにもない。彼女はからっぽの容れものだった。

足がすくんだ。自分が恐れているものを突きつけられたようだった。冷たい恐怖がさざ波のように体のなかに押し寄せてくる。

「そっとしておいてくれ！」

夫が怒鳴り、妻の背中を押して家に入った。

——悲しかったですか？

自分はそう聞きたいのだと、しばらくしてから宝子は気づいた。

息子が殺されて悲しかったですか？

娘がいなくなって悲しかったですか？

そう聞きながら、耳をふさぎたかった。


アパートの階段を上がろうとした宝子に声がかかった。振り返ると、蒲生が立っていた。

「どうしたの？」

「どうしたんですか？」

声が重なった。

すでに陽は落ち、冷たいまちに夜の気配が広がっている。

「どうして私の家がわかったの？」

「勝木さんに教えてもらいました。さっき文化部に行ったら、柳さんはお休みだって聞いて。勝木さん、電話の様子がおかしかったって心配してましたよ。そんなことより、昨日電話で言ったことはほんとうですか？　放っておいてほしいってどういうことですか？　お父様のことを調べるのをやめるってことですか？」

「そう」

「どうしてですか？」

「言いたくない」

そう言うと、蒲生は傷ついた顔になった。

「ごめんなさい」と宝子は反射的に謝った。

「ちがいます。責めてるんじゃないです。だって、もう少しでなにかつかめそうなところまで来ている感じがしませんか？　それなのに、納得できないです」

宝子の脳裏には、自分に向けられているのに、自分を認知していない鬼塚明美のぽっかりとした目が焼きついていた。

「僕、今日もいろいろ調べて、わかったことがたくさんあるんです。コウノトリの家がやっていた養子斡旋を引き継いだのは、黒木っていう男だったそうです。大川先生は、その黒木と組んで出生証明書を偽造していたかもしれないんです。黒木と組んでから、大川先生の金回りがよくなったって言われています」

「どうやって調べたの？」

「高峰さんです。高峰さん、昔、養子斡旋について書こうとしたことがあったみたいで、当時のことを調べてくれました」

宝子は、高峰ユタカのコネクションを持つ蒲生が怖くなった。彼の手で、ふれられたくないことを容赦なく暴かれてしまう気がした。

「でも、もういいの」

「どうしてですか？　次は、コウノトリの家の夫婦に会って、黒木っていう男を探し出せばいいんじゃないでしょうか。そうすれば、お父様に辿りつけるような気がするんです」

蒲生の口調はいつもより強い。

「お父様は、柳さんに伝えたいことがあったんですよね。だから、手紙と事件の切り抜きを遺した。柳さんだって、お父様のことを知りたいって言ったじゃないですか。僕、思いついたんです。お父様が八王子殺人事件の切り抜きを遺したのは、柳さんの身を案じたからかもしれない、って。もしかしたら、柳さんも狙われる可能性があるっていうメッセージかもしれません」

「まさか」

「だから、お父様のメッセージを読み解かなきゃいけないと思うんです」

みぞおちから不快感がゆっくりと広がっていく。自分のテリトリーにずかずかと踏み込まれる感覚。大切な家族の写真を他人の手で汚される感覚。家族の墓に他人の骨が入っているのもこんな感覚なのかもしれない。だから母は、一度納骨した骨を取り出したのだろうか。

「どうして蒲生君はそんなに一生懸命になってくれるの？」

蒲生が答える隙を与えず宝子は続けた。

「興味本位でしょ？　他人のことだからでしょ？　ジャーナリストになりたいから利用してるだけだよね？」

蒲生は動きを止めた。見開いた目はまばたきを止め、驚きで輝いている。やつあたりだと自覚していた。誰かを痛めつけ、傷つけることで、胸につまったものを吐き出したいだけだ。利用しているのは私のほうだ。

「だって蒲生君、書くつもりでしょ？　それともどこかに持ち込むの？」

「柳さんの許可なくそんなことはしません。信じてください」

「信じられない」

一瞬、蒲生は表情をなくした。その顔がまつげを濡らした少年に重なった。蒲生の顔に、悲しみの影がひたひたと押し寄せる。

すべて知りたい、と断言した蒲生を思い出した。母親に嫌われた理由も、自分のなかの見えない部分も、自分にまつわるすべてを知りたい、といつだったか蒲生はそう言った。

蒲生は私を手伝うことで、自分の過去を探る疑似体験がしたかったのかもしれない。そう思ったときは遅すぎた。

息をつめるような沈黙ののち、

「残念です」

ぽつりと漏らし、蒲生は去っていった。

夕闇に消えていく後ろ姿が奇妙に幼く見えた。

部屋に入り、窓から外をうかがった。さっきまで宝子と蒲生がいた歩道には街路灯のあかりが落ちている。

コートを着たままソファに座ったら、全身から力が抜けた。

鬼塚明美のからっぽの目が宝子のなかに居座っている。

ふと、夢のなかの無表情なまなざしはこの目ではないかと思いつく。鬼塚明美の目と自分の目は、闇のなかでつながっているのではないか。

私はあんな目で愛里に接し、愛里を見つめていたのだろうか。

鏡を見ようと立ち上がりかけたとき携帯が鳴った。

蒲生かと思い、音を消そうとしたら浩人からだった。手紙を読んでかけてきたのだ、と緊張した。

やっぱりその程度の愛情だったんだな。結局、君は母親になれなかったってことだ。君に会わないほうが愛里も幸せだよ。

想像したくないのに、浩人から浴びせられるかもしれない言葉を頭が勝手につくり出す。

息をつめ、携帯を耳に当てた。
二、三秒の沈黙ののち、
「もしもし？」

女の子のひそめた声。

「愛里？」

「うん」

体じゅうの血管が一気に膨らむ感覚がした。

愛里が電話をかけてきたのは、離婚して以来はじめてのことだった。

「いま、パパのスマホからこっそりかけてるの」

周囲をうかがっている気配がする。

「どうしたの？　なにかあったの？」

「あのね、ママのこと嫌いじゃないから」

「え？」

「愛里、ママに会うの嫌がってないから」

ぶっきらぼうな言い方だったが、その分、本心からの言葉だと信じられた。

目の奥が熱くなり、涙が膨らんだ。なにか言わなくては、と焦るが声が出ない。

「パパとおばあちゃんがしゃべってるの聞いちゃったんだよね」

愛里は小声で続ける。

「パパ、愛里が会うの嫌がってるってママに言ったんでしょ。でも、愛里そんなこと言ってないからね。前におばあちゃんがパパに、そう言いなさい、って言ってるの聞いたんだ。そうじゃないといつまでもずるずる続くから、って。なにがずるずる続くのかは意味不明なんだけど、とにかく愛里はママのこと嫌いじゃないし、会うのも嫌じゃないよ。それだけ言っとこうと思ったの。あ、パパ来たからもう切るね」

愛里は一方的に通話を終えた。

しばらくのあいだ、温かな麻痺が全身に広がり動けなかった。ひさしぶりに聞いた「ママ」の声が、耳の奥で甘やかに揺れている。

手紙、とはっとする。

浩人は、二ヵ月に一度の面会交流を愛里は望んでいないと言った。愛里が嫌がっていると、愛里が混乱すると、そう言った。

けれど、ちがったのだ。

愛里は私を嫌っていなかった。会うのを嫌がっていなかった。なにより、愛里が自分から電話をして伝えてくれたことが嬉しかった。

愛里が望むまで会わない——。

自分が書いた文面を思い返した途端、心臓が嫌な跳ね方をした。

愛里があの手紙を読んだら、母親にまた捨てられたと思わないだろうか。母親が会いたくないと思っていると勘違いしないだろうか。

ちがう。そうじゃない。そうじゃないのだ。いますぐ愛里に伝えなければ。

携帯で浩人の番号を呼び出しかけ、愛里が電話をくれたことがばれてしまうかもしれないと指を止めた。

暗い衝動に任せて手紙を書いたことを激しく後悔した。

宝子は手紙を投函した日を思い返した。

あれは、森夫婦に会った日の夜だった。ずいぶんたった気がするが、一昨日のことだ。

一昨日の夜だと手紙はまだ届いていない、と思い至る。愛里が暮らす函館に届くのは明日だ。

函館空港に着いたのは、あと数分で九時半になる時刻だった。

会社に電話を入れると案の定、勝木が出た。

「勝木さん、すみません」

宝子が謝ると、「なんだよ」と探るような声が返ってきた。

「今日も一日、休ませてもらえませんか」

「いったいどうしたんだよ。なにがあったんだよ。おまえ、最近おかしいぞ。大丈夫なのか？　親父さんのこと調べてるんだよな？」

ほかに誰もいないのだろう、勝木は声をひそめなかった。

「今日はちがうんです」

「うん？」

「いま、函館にいます」

「函館？」と勝木は声をひっくり返した。

「函館に娘がいるんです」

離婚してから愛里のことを自ら口にするのははじめてだった。

「娘が夫のほうに引き取られたことは、勝木さんご存じですよね。今日は娘のためにどうしても函館に来なくちゃいけなかったんです。いえ、娘のためじゃありません。自分のためです。すみません」

勝木はしばらく押し黙り、「わかったよ」と渋々といった体《てい》で答えた。

空港からタクシーに乗り、五稜郭公園の近くにある浩人の家に向かった。

タクシーを降りたのは十時すぎだった。もう郵便物は配達されてしまっただろうか。

住宅地の一角に建つ浩人の家は、宝子の記憶のままだった。薄いグレーの外壁とこげ茶色の屋根。二階に小さなベランダがある。

この家を最後に訪れたのは別居をはじめた年の正月、愛里を連れてきたときだ。

思い出した。

——自分のことだけ考えればいいじゃない。あなた、そういう性格なんだから。

姑だった未知子にそう投げつけられたのはあのときだ。

三日に東京へ戻ると言った宝子に、愛里をしばらく函館に置いていけばいいと未知子が主張した。慣れない環境に愛里を残していくのが心配だと返すと、「自分のことだけ考えればいいじゃない。あなた、そういう性格なんだから」と突き放すように言ったのだった。

「普通、母親っていうのは子供をいちばんに考えるもんだけど、時代がちがうのかしらね。仕事、仕事、ってちょっと理解できないわ」

宝子はいまでもわからない。仕事は大切だが、人生のすべてを賭けるほどのエネルギーは注いでいないつもりだ。仕事と子供のどちらが大切かと問われれば、迷いなく子供と答える。それなのになぜ、あのとき仕事を辞めて函館に行くことを選ばなかったのか。そしてなぜ、あのときの選択を悔いていないのか。

宝子は二階の窓を見上げた。道路沿いにふたつの窓が並んでいる。そのどちらかが愛里の部屋かもしれないと考える。

ポストを確認すると、玄関を覆う風除室のなかに設置されていた。埋め込み式でないことにほっとする。

バイクの音にはっとしたが、郵便配達ではなかった。

二軒隣の家から女が出てきて、宝子にちらっと目を向けた。宝子は浩人の家から離れ、十字路に出た。ここで待とうと決める。

ときおり強く吹く風が冷たく、すぐに耳たぶが痛くなった。手の指と足先がじんじんと冷えていく。東京とはちがう純度の高い空気が毛穴から入り込んでくる。こんな空気を毎日吸っているのだから、愛里の細胞はすっかり入れ替わってしまったのかもしれない、とそんなことを思う。

バイクの音がし、反射的に顔を向けると、郵便配達の赤いバイクが見えた。小刻みに停まりながら近づいてくる。宝子の前を曲がり、浩人の家のある通りに入った。

宝子は郵便配達の後ろからゆっくり歩いていった。

浩人の家の前でバイクは停まり、郵便物を手にした配達員が風除室に入り、出てきた。ちらっと見ただけだったが、宝子が投函した白い封筒があったような気がした。

宝子は急いで家の敷地に入り、風除室のドアを開けた。心臓が皮膚を破りそうなほど跳ねている。家に人がいるのかいないのか、気をつかう余裕はなかった。

ポストを開けると、宝子の出した手紙があった。震える手で取り出し、浩人の家を足早に後にする。

広い通りまで出て、タクシーに乗った。函館空港まで、と告げ、シートに体を預けると、やっと深いところから息を吐き出せた。

宝子は手のなかの封筒を見つめた。

この手紙を書いたのは、森夫婦に会いに行き、大川宗三津と黒木が出生証明書を偽造していたことを知った日の夜だった。

〈院長　大川宗三津〉の文字。アルバムのなかの母と宝子の空白の月日。赤ちゃんをあげてたのよ、という女の声。

強いめまいにのみ込まれそうになる。

ふと、視線を感じた。ぎくりとし、背後をうかがうが、灰色の街並みと後続車があるだけだ。

それでも誰かに見られている気がした。

空港に着いても、その感覚は消えなかった。

鬼塚明美の目ではないか。

見ているのに、見えていない目。視線は合っているのに、網膜に結んだ像を認知していない目。そこになにがあっても、たとえ死んでいく人がいたとしても変わらない目。夢のなかのまなざしとつながっている目。

手紙さえ回収すればいいと思っていた。それで愛里が傷つくのを防げるのだ、と。

じゃあ、この先はどうすればいいのだろう。二ヵ月に一度の面会交流を続ければいいのか。愛里の母親は私だけだと主張すればいいのか。

それが私の望んでいることなのだろうか。

この先、どこにいても、なにをしていても、鬼塚明美の空洞のような目が追いかけてくる気がした。

宝子は購入したばかりのチケットを払い戻し、再びタクシーに乗った。

ついてくる、と思った。あの目がどこまでもついてくる。当然だ。あの目は私のなかにもあるのだから。

小学校の玄関には〈かがやけ　明日の子ども〉というスローガンが掲げられている。校庭の木々は葉を落とし、茶色い枝を薄青の空に伸ばしている。

もうすぐ下校時間なのだろう、門のところに子供を迎えに来たらしい母親がふたりいる。

くぐもったチャイムの音が聞こえ、ほどなくランドセルを背負った子供たちが転がるように現れた。車の走り抜ける音しか聞こえなかった場所に、いきいきとした話し声と笑い声、意味を持たないかん高い声があふれ出す。

愛里は、ふたりの女の子と一緒に出てきた。ピンクのウインドブレーカーにデニムのパンツ。赤いランドセルを背負い、片方の手にだけピンクの手袋をつけている。ふたりの女の子は楽しそうにしゃべっているのに、愛里は会話に加わることなく左端を歩いている。

愛里、と声をかけようとしたら、先に愛里が気づき、不思議そうな顔を向けた。初冬の陽射しを受けて、輝く瞳が透き通って見える。

「愛里」と、一度しまった言葉を口にした。

「どうしたの？」

愛里が不思議そうなまま聞いてくる。

立ち止まった愛里に気づき、ふたりの女の子が振り返る。

「愛里ちゃん？」

「ごめん。ここでバイバイするね」

女の子たちは、バイバーイ、とあっさり歩いていった。

あのふたりのうちのどちらかがワカナちゃんだろうか、それともちがう友達だろうか。

「急にびっくりしたよ」

少しも驚いていない顔で言う。

自分に会いに来るとき、いつも悲しそうな顔をしてる――。水沢がそう言っていたのを思い出し、宝子は慌てて笑顔をつくった。

「びっくりしたでしょ。驚かせようと思って待ち伏せしてたの」

そう言って、ふふ、と笑ってみせた。

「ねえ、愛里。お腹すいてない？　ママ、ハンバーガー食べたいな。いつものあのお店につきあってくれない？」

「……いいけど」

瞳が迷うように揺れた。

「パパには言ってあるから大丈夫。ゆっくりしておいでって言われてるの」

宝子が言うと、愛里は寒さで赤らんだ頬を緩め、「そうなんだ」とほっとした顔になった。

「愛里、昨日、電話ありがとね」

「別にいいよ」

「パパにばれなかった？」

「んー。たぶん」

「愛里が電話くれて、ママすごく嬉しかった」

愛里はかすかにうなずいただけだった。

タクシーに乗り、函館駅近くのハンバーガーショップに行った。人気ナンバー1のハンバーガーを食べ、メロンソーダを飲んだ。「給食食べたばっかかなんだけど」と言いながらも、愛里はおいしそうに平らげた。

「あのね、愛里に聞きたいことがあるの」

宝子が言うと、愛里は警戒するようにかしこまった。

その途端、自分がなにを聞きたいのかわからなくなる。自分の内にひそむ無表情なまなざしを透かし見られている気がし、愛里と対峙していることが怖くなる。

私はどんな目で愛里を見ているのだろう。私の瞳にはちゃんと愛里が映っているのだろうか。

「ね。ちょっとお散歩しない？」

宝子はそわそわと立ち上がった。

「えー。寒いよ」

「ちょっとだけだから。ママ、函館を観光したいな」

不服そうな顔をしながらも愛里はついてくる。ウインドブレーカーのポケットから手袋を出し、左手につける。ピンクに白いドット柄で、手首に赤いリボンがついている。

「その手袋かわいいね。どうして片方だけなの？」

宝子が言うと、愛里は小さくはっとし、「なくしちゃった」と小声で告げた。

「落としたの？」

「わかんない」

「いつ？」

「わかんない。今日、学校行くとき気づいたから」

「じゃあ、新しい手袋買おうか。このへんにお店あるかな」

「ううん。いい」

愛里は硬い声で答え、手袋をしたほうの手をぎゅっと握りしめた。

「どうして？　片方しかなかったら困るでしょ」

宝子は笑いかけた。

「ううん。いいの。捜すから」

「見つからないかもしれないよ。いいから、新しいの買おうよ」

「見つけるからいい。これじゃないとだめなの」

かたくなな表情がなにかを隠しているように見えた。

聞きたくない、と思いながらも宝子は慎重に口を開く。

「その手袋、誰かにもらったの？」

愛里はくちびるをきゅっと結んだ。

「もしかしてパパと結婚する人から？」

結んだくちびるにさらに力が入るのが見えた。

「そっか」と宝子は軽い口調を意識したが、顔がこわばっているのを自覚した。

「水沢依子さんでしょ。やさしくていい人よね」

胸が不穏にざわめき、こめかみが締めつけられていく。

「知ってるの？」

母親を見上げた愛里はほっとした表情を無防備にさらけ出していた。

「うん。会ったことあるもの。仲良しよ」

そう言って笑みを深くすると、こめかみがきんと痛んだ。

「ねえ、ママ」と、愛里がコートの袖口をつかむ。宝子は、手袋をしていないその手を握った。温かくて悲しい気持ちがへその奥からこみ上げるのを感じた。気を抜くと、泣き出してしまいそうだ。

「これと同じ手袋ないかな」

愛里とつないだ手に力が入りそうになる。

「きっとあるよ」

「買ってくれる？」

「もちろん。なくしたって言ったら、依子さんががっかりするものね」

気がつくと早足になっていた。愛里を引っ張るようにして函館駅へ行った。自分を急き立てるもの、駆り立てるもの、その源にあるものがつかめない。

「どこに行くの？」

「言ったでしょ。ちょっとだけ観光したい、って」

「電車に乗って？」

「そうよ」

「でも、もう遅いよ」

「まだ四時前だから大丈夫。おばあちゃんにはママから電話しておくから」

「でも……」

適当に切符を買い、行先も確かめずに停車中の電車に乗り込んだ。車内は帰宅する学生たちでにぎわっていたが、並んで座ることができた。

まもなく電車が動き出した。

車窓越しのまちには薄灰色の影が落ち、刻々と夜へと傾いている。

なにかを察したように押し黙る愛里を安心させたかったが、どんな言葉も出てこなかった。

逃げているのか、向かっているのか、わからない。なにをしているのだろう。なにをしたいのだろう。

このままふたりでどこでもない場所へと行けないだろうか。気がつくと、そんなことを考えていた。

宝子が描くどこでもない場所は、なにもない場所だった。宝子と愛里のほかにはなにもない。浩人も、浩人の再婚相手も、未知子もいない。会社も、仕事も、世間もない。過去もなければ未来もない。太古の無人島のような場所。そこでなら自分以外の唯一の命を、なにも考えずに心から慈しむことができる気がした。

停車するたび人が消え、風景が色をなくし、音が薄れていく。

やがて左側に灰色の海が現れた。海の向こうにこげ茶色の陸が見え、鳥が黒い影になって旋回している。

「ねえ、ママと一緒に暮らしていたときのことを覚えてる？」

宝子から震えた声が漏れた。

隣に座る愛里は身じろぎもせず、暮れていく海を見つめている。

「愛里、ほんとうのことを教えて。愛里は覚えてるんでしょう？　ママ、ひどいママだったよね。愛里は電話で、ママのこと嫌いじゃないって言ってくれたけど、ほんとうは嫌いなんでしょう？　新しいママができて嬉しいんでしょう？　これでやっとママと会わなくていいって、ほっとしてるんでしょう？」

愛里が口を開くひそやかな音がした。

「ママと暮らしてたときのこと、たぶん愛里覚えてない」

一本調子の声だった。

「でも、おばあちゃんがよくママの悪口を言う。だから愛里、おばあちゃんのところにいたくないの」

「おばあちゃんは、ママのことなんて言ってるの？　自分のことしか考えてない、母親失格だ、ってそう言ってるんでしょう？」

返事をしないことが肯定を意味しているのだと宝子は悟った。

愛里が小さく唾をのむ。膝の上で手をもぞもぞさせる。いつのまにか左手にも手袋がない。

「でもね、愛里、ちょっと覚えてることがあるの。愛里、暗いところに閉じ込められてたの」

心臓に鈍い衝撃を受け、息ができなくなる。

やっぱり愛里は覚えていたのだ。

宝子は、自分の内に冷たい暗がりが広がるのを感じた。子供の力ない泣き声と涙で濡れた黒いまつげ。あの悲しみと絶望が、愛里の最初の記憶なのかもしれない。愛里の人生に取り返しのつかない傷をつけてしまったのだと全身に震えが走った。

ごめんなさい、と言いかけたとき、愛里が口を開いた。

「愛里、怖くて泣いてたの。そうしたら、ママが助けに来てくれた」

「え？」

愛里を見ると、窓の向こうに目をやったまま、かすかな記憶を必死でたぐり寄せようとする顔をしていた。

「ママが、愛里って叫びながらドアを開けてくれた。愛里のこと抱きしめてくれた」

「そのとき、ママどんな顔してた？」

え？　と愛里が顔を向けた。

「そのとき、ママどんな目をしてた？」

愛里は数秒のあいだ、宝子の目をじっと見つめた。

まるで瞳の奥に隠したものを探るようなまなざしを、宝子は息をつめて受け止めた。

「わかんないけど」と、愛里は困ったように言う。「たぶん、いまと同じじゃないかな」

「いまと同じ、って？」

「泣きそうな目」

アナウンスが流れ、電車がゆっくりと停車した。

「愛里、降りよう」

宝子は愛里の手をつかみ、急いで電車を降りた。

冷たい海風になぶられ、一瞬のうちに細胞が入れ替わったように感じた。いま私は愛里と同じ細胞になった、と思った。思いたかった。

「愛里、ごめんね」

宝子はひざまずき、愛里を抱き寄せた。

愛里は棒立ちになり、身を硬くしていたが、やがてくすぐったそうに笑った。

「思い出した。ママ、前もそう言った」


浩人に電話を入れると、予想どおり罵倒された。

君のしてることは誘拐だ、犯罪だ、愛里にこれ以上迷惑をかけるな、困らせるな。そうまくしたて、迎えに行くからそこにいるようにと言った。

ずいぶん遠くまで来たように感じたが、電車に乗っていたのは二十分ほどだった。

ひと気のない駅舎のベンチに座り、浩人が来るのを待った。

「あ」

愛里が声を出し、ウインドブレーカーのポケットを探る。

「どうしたの？」

「手袋」

「ごめんね。買ってあげられなかったね」

「もうひとつもない」

「ほんとに？　ポケットにもないの？」

「うん。ほんとにない」

愛里はランドセルのなかまで確かめた。

「大丈夫よ。きっと依子さんなら笑ってまた買ってくれると思う」

ほんとうにそんな気がした。自分をそんな気にさせた彼女に、宝子は軽い嫉妬と羨望を覚える。

「ママは愛里が好きよ」

「うん。わかってる」

ぶっきらぼうな声。

「でも、依子さんも愛里が好きだと思う」

愛里は足をぶらぶらさせるだけだ。

「愛里のことが大好きで大切にしてくれる人が、愛里のママなの。それは愛里が決めていいの。血がつながっているとかつながっていないとかは関係ないの」

ぶらぶらさせている自分の足を見ている愛里に、「わかる？」と聞いた。

「ちょっと、わかんない」

どうでもよさそうに答える。

わからなくてもよかった。ただ、きちんと声にして言いたかっただけだ。そう言う自分の声を聞きたかっただけだ。

宝子は母の笑顔を思い浮かべた。

よく笑う人だった。たいていのことは笑って受け流そうとした。菜の花が風に揺れるのがかわいいと笑い、偽物でも悪よりは善のほうがいいと笑った。「お母さん」と呼ぶと、「なあに？」と笑みをたたえた目で宝子を見つめた。その目には、宝子が映っていた。

母の笑顔をはっきり思い出せることに泣きそうなほど安堵した。

20

暗い場所で女の子が泣いている。

それが愛里ではなく幼い自分であることを、覚醒した脳の一部で理解していた。

宝子、宝子、と自分を呼ぶ母の声が聞こえる。

母は私のことが大好きなんだ——。そう思ったのは、夢のなかの幼い自分なのか、それとも夢だと自覚している自分なのか。

たぶん両方なのだろう。目が覚めたとき宝子は思った。

手を伸ばし、携帯を取ると六時前だった。

愛里はまだベッドのなかだろうか、と考える。

函館から帰ったのは昨日の深夜だ。体は疲れているが、きちんと呼吸ができている感覚があった。

結局、なにも変わっていないし、なにも解決していない。

二ヵ月に一度の面会交流をこれからどうするのか、愛里とどう接していけばいいのか。なにより、どうすることが愛里のためになるのか。

考えようとすると、迷いや焦りや不安が頭のなかになだれ込み、答えを探すことができなくなる。けれど、向き合っていかなければならないことなのだ。

——うん。わかってる。

昨日のぶっきらぼうな声を思い出す。

宝子が愛里に、好きだと告げたときの返事だ。

愛里がそう感じてくれているのなら、私は娘が大好きで大切に思っているのだと信じてもいいのではないか。

宝子はエアコンの暖房を入れ、フリースをはおった。電気ケトルでお湯を沸かしているあいだに、玄関ポストから三紙の新聞を取った。

インスタントコーヒーをつくり、床に座って新聞を広げた。

社会面の〈夫婦殺害　殺人事件で捜査〉という見出しに目が留まる。〈公営団地の一室で夫婦が刺殺体で発見されたとある。

被害者の名前を見て、小さく声が出た。森夫婦ではないか。団地の所在地を確認すると、まちがいなくあの森夫婦だった。

意地悪そうに笑う妻と、テレビから目を離さない夫。

——出生証明書さえあれば、他人の子でも自分の子になるだろ。

宝子の耳に、妻の声がはっきりとよみがえった。

——世の中には大金払ってまで子供が欲しいやつがたくさんいるってことだよ。

テレビをつけてザッピングすると、事件を報じている情報番組があった。テレビ画面に映し出された公営団地に見覚えがあった。

情報番組によると、夫は腹部を刺され、妻は背後から刺されたらしい。昨晩十時ごろ、同じ団地の住人が部屋で倒れているふたりを発見したとのことだった。

森夫婦が殺された――。

心臓が存在を主張するように音をたてている。後頭部がざわざわと粟立つ。

この事件が、八王子と埼玉の事件に関係しているのはまちがいないだろう。

まだ終わっていないのだ、と宝子は悟った。

すべて知った気になっていたが、まだ入口に立っただけなのだ。もういいのに、と思う。これ以上知らなくていい。なにもなかったことにして、目をつぶり耳をふさいでやり過ごせたらどんなにいいだろう。

それなのに、ふれてはいけないものが執拗に追いかけてくる。まるで、なかったことにはさせまいと、すべて知らなければいけないと威嚇するように。

出社した宝子は社会部に行った。

デスクと若い記者、アルバイトスタッフの数名しかいないのに、空気がざわついている。誰も宝子に気をとめない。阿部定、と聞こえた気がした。電話中の記者だ。興奮した顔で、はい、はい、とうなずいている。

「阿部定ってなんのこと？」

電話が終わってから声をかけると、彼はぎくりとした顔をして「え？　なんですか？」ととぼけた。

「いま、阿部定って言ったよね？　昨日の夫婦殺害事件のこと？」

「言いませんよ。なんのことですか？」

若い記者はフロアの奥へと足早に歩いていった。

鬼塚裕也、大川宗三津、そして森夫婦。この三つの事件が同一犯によるものだとしたら、犯人は父ではない。そんなことはわかっていたつもりだが、安堵する気持ちが生まれた。

蒲生はもうこの事件を知っただろうか。彼なりに調べようとするだろうか。

そういえば、蒲生はジャーナリストの高峰ユタカのコネクションを使ってコウノトリの家を知ったと言っていた。高峰なら森夫婦に関する情報を持っているかもしれない。

文化部に戻り、共有アドレスを開くと高峰ユタカの名前があった。電話をしたがつながらず、森夫婦の件で聞きたいことがある、とメッセージを残した。

高峰ユタカから電話がきたのは夕方だった。宝子は携帯を耳に当てながら、廊下に出て階段へと向かった。

「メッセージ聞きましたよ。誰かとまちがえてないですか？」

高峰はほがらかに言う。

「どういうことですか？」

「僕、森夫婦のことは知らないけど」

「昨日、殺された森夫婦ですよ。三十年ほど前に養子斡旋をしていた森夫婦です」

「うん。知らないなあ。僕、養子斡旋については調べたことないですしね」

「えっ。調べたことがないんですか？」

「うん、ないなあ。いろいろと問題があることくらいは知ってるけど」

「でも、蒲生君が……」

「うん？」

「蒲生君が、高峰さんから教えてもらった、って」

「ああ、蒲生君。ん？　蒲生君って誰かな？」

頭のなかで警報が鳴っている。見ているはずのものがゆっくりとねじれていく感覚があった。

「高峰さんと同じ大学の出身で、ジャーナリスト志望の蒲生亘という人を知りませんか？」

最後の一滴を絞り出すようにそう聞いたときには、もう答えはわかっていた。案の定、「知らないけど」と返ってきた。

文化部に戻ると、目の前に勝木が立っていた。「どうした？」と聞いた彼はすでにコートを着込み、バッグを斜めがけしている。

「すごい勢いで出ていったけど、なんかあったのか？　親父さんのことか？」

「勝木さん」

「ん？」

「蒲生君なんですけど」

「蒲生君がどうした？」

「うちの書評欄を委託するようになった経緯は知ってますか？」

「俺が頼んだの」

「勝木さんが？」

「行きつけの飲み屋でよく顔合わせて話すようになってさ。フリーライターだっていうから、じゃあうちの仕事やってみる？　って。それがどうした？」

「あ、いえ。勝木さん、蒲生君の住所知ってますか？」

「おう。名刺ホルダーにあるから、勝手に見ていいぞ」

ふと思いつき、背を向けた勝木を呼び止めた。

「勝木さん、蒲生君に私の住所教えましたか？」

「まさか」

勝木は即答した。


地下鉄とJRを乗り継ぎホームに降り立つと、あかりが滲む夜のまちに小雨が降っていた。売店でビニール傘を買い、携帯の地図アプリを頼りに歩く。自分を「ボンボン」と呼んでいた蒲生の住まいは〈吉野ハイツ一〇五〉だった。

吉野ハイツは、駅から十五分ほどの住宅地にあった。外階段のある木造二階建てのアパートで、築三十年はたっていそうだ。あかりがついているのは二階の一室だけで、夜の雨に濡れて寒々しく見える。

蒲生の部屋は一階のいちばん奥だ。

ドアの前に立ち、宝子は深呼吸した。外廊下に面した小さな窓は台所だろうか、真っ暗で人がいる気配はしない。

蒲生は、高峰ユタカのコネクションを使って養子斡旋団体を突きとめたのではなかった。じゃあ、どのようにして森夫婦と黒木の存在を知り得たのだろう。宝子の住所だってそうだ。勝木に聞いたのでなければ、どのようにして知ったのだろう。そもそも、蒲生はなんのために父の失踪を調べたいと言ったのだろう。疑問が次々と押し寄せ、溺れてしまいそうだ。

インターホンを鳴らすのがなぜか怖く、宝子はドアを小さくノックした。応答はない。もう一度、今度は強めに叩く。

ドアを引くと、あっさりと開いてしまった。

暗い部屋に外廊下のあかりが入り込む。小さな台所と、その奥に部屋がひとつある。

「蒲生君？」

いないとわかっているのに、呼びかけながら靴を脱いだ。

カーテンの引かれていない窓から街路灯のあかりが射し込み、部屋はひっそりと照らされている。

パイプベッドとデスクがあるだけの殺風景な部屋だ。デスクの上にはノートパソコンと写真立てがある。

写真立てを手に取り、網膜が捉えたものをどう処理すればいいのか混乱した。宝子だった。上半身のアップで、正面を向いてはいるが、視線はカメラに合っていない。撮られた覚えのない写真だった。おぼろげな暗さのなか、写真からもフレームからも色が失われている。

遺影のようだと思い、反射的にデスクに伏せる。

——柳さんも狙われる可能性がある。

頭に浮かんだ言葉が、蒲生が言ったことだと思い出すまで時間がかかった。

父が八王子殺人事件の切り抜きを遺したのは、娘の身を案じたメッセージだったのかもしれない。そう蒲生は言った。だから、父のメッセージを読み解かなければいけないのだ、と。

玄関で音がした。振り返ると、墨色のシルエットがゆっくり近づいてきた。甘くてほこりっぽい雨のにおいが届いた。

「宝子さん」と蒲生が呼びかける。いままで「柳さん」と呼んでいたのに、甘えるような声音だった。

「森夫婦のところに行きましたね。どうしてひとりで行ったんですか？　どうして僕に教えてくれなかったんですか？」

蒲生は台所と部屋のあいだ、ちょうど暗がりになっている場所で立ち止まった。陰になって表情は見えない。

「どうして急に放っておいてなんて言ったんですか？　いままで一緒に調べてたのにひどいじゃないですか」

責める口調ではなく、むしろ高揚感が滲んでいる。

「でも僕、怒ってないです。宝子さん、もうわかったんですよね」

「蒲生君」

「はい」

蒲生は嬉しそうに返事をする。

「蒲生君、誰？　なんで私の写真があるの？　なんのために私に近づいたの？」

「そこまではわからなかったんですね」

落胆したような声だった。

「僕、宝子さんに言ったじゃないですか。母に嫌われてた、って。その理由を知りたい、って。でも、ほんとは母から聞いていたんです。僕が生まれた病院、大川産婦人科なんです」

宝子は息をのんだ。

宝子と同じ病院、大川宗三津が出生証明書を偽造していた病院だ。

「僕、やっぱり母の子供じゃないそうです。戸籍上は実子になってるけど、赤の他人だって。僕には兄がいるんですけど、体が弱くて長く生きられないかもしれないって言われたそうです。母は、兄の出産でもう子供は産めなくなったので、父が跡取りにするために僕をもらってきたそうです。母には養子を斡旋してもらったって言ったけど、ほんとは父が愛人に産ませた子供だったんです。僕、それを聞いてほっとしました。母に嫌われたのは、僕の顔や性格に問題があったからじゃない。僕のせいじゃない、僕はなにも悪くない、って。もっと早く教えてくれればよかったのに、母がすべて教えてくれたのは死ぬ直前でした。母は最後にこう言いました。だから、おまえをかわいいと思ったことは一度もない、って」

ふふっ、と暗がりで蒲生は笑った。

「あたりまえですよね。そんな子、かわいいなんて思えないですよね。しかも、長く生きられないはずの兄は元気で優秀で性格もいいし。僕なんていらない子ですよね」

「蒲生君」

「はい」

「じゃあ、蒲生君のお父さんは、出生証明書の偽造のことを知ってたの?」

「だって黒木ですから」

「え？」

「黒木のことも知ってるんでしょう？　じゃあ、もうわかりましたよね。僕たちが鬼塚明美から生まれた子供だって」

宝子の心は不思議なほど静まり返っていた。なにも感じない心がすべての衝撃をのみ込む。

「僕たち、姉弟なんです。異父姉弟」

いふきょうだい、と条件反射で復唱したが、続く言葉は浮かばない。

「鬼塚裕也を除いて、四人きょうだいみたいです。でも、ほかのふたりは探せなかった」

言葉を失ったまま、宝子はただ蒲生を見つめた。

「一千万円だって」

「え？」

「宝子さんの値段。高いですよね」

黒木と明美は共謀し、明美の赤ん坊がさらわれたことにした。その赤ん坊を私の母に一千万円で売ったということか。

蒲生は薄く笑った。

「僕はタダだって。そうですよね、自分の子をお金払って引き取りませんよね。宝子さんのせいですよ」

「え？」

「宝子さんは僕たちの長女ですから」

「長女」

無意識のうちに繰り返す。

「最初に売られた子が宝子さんだったんです。高く売れちゃったから、赤ちゃんがお金になることに黒木が気づいちゃったじゃないですか。黒木、悪いこといっぱいしたみたいですよ。あ、黒木っていうのは偽名で、本名は蒲生昭っていいます」

「それ、誰から聞いたの？」

「大川宗三津から聞きました」

「蒲生君」

「はい」

にこやかな声。どうしてこんなに嬉しそうに返事をするのだろう。

「大川宗三津に会ったのね」

「会いましたよ」

「いつ？」

「宝子さんがほんとうに聞きたいのは、大川宗三津を殺したの？　ですよね。殺しましたよ。トイレから出てきたところを刺しました。あいつ、下着を上げないまま出てきて、すごくみっともなかった」

蒲生は思い出したように笑う。

大川のズボンと下着が膝まで下ろされていたのは、性器を切断しようとしたからではないのか。宝子は頭のすみでぼんやり思った。

蒲生は一歩踏み出した。暗がりから抜け出し、墨色の濃淡を帯びる。

「もうわかっちゃいましたよね。鬼塚裕也を殺したのも僕です。森夫婦も殺しました」

「どうして」

「知られたくなかったからですよ」

笑みを残した声で答える。

「なにを？」

「僕が、あんな男とあんな女から生まれたこと。しかも、モノみたいに生まれたこと。結局はいらない人間だったこと」

「でも、だからって……」

「だって、恥ずかしいじゃないですか。自分がモノで、しかもタダだなんて、誰にも知られたくないじゃないですか。だから、大川は家ごと燃やしました。僕があいつらの子供だっていう証拠が残ってるかもしれないですからね。でも、それだけじゃだめだった。ほかにも知ってるやつがいるんですよね。宝子さんはまだいいですよ。一千万円だし、父親が黒木じゃないんですから」

「だから、知っている人を殺したっていうの？」

「鬼塚裕也は別ですけど。僕、鬼塚裕也があの女を殴るところを見ちゃったんです。あいつにそんな権利があると思いますか？　あの女のもとでぬくぬく育って、子供であることに甘え切って、あの女を独占してる。赦せなかった。あの女をどうにかしていいのは、僕たちだけだと思いませんか？　だから、僕以上に恥ずかしい目に遭わせてやろうと思ったんです。僕がなにをしたか、宝子さん知ってますか？」

性器を切断し、口に突っ込んだことを言っているのだろう。けれど、宝子は答えなかったし、蒲生にも言わせたくなかった。だから、急いで疑問をぶつける。

「蒲生君はどうして私に近づいたの？」

「姉弟だからに決まってるじゃないですか。でも、宝子さん、全然気づいてくれないから、僕、さびしかったです。それに、ずるいと思いました」

「ずるい？」

「だって自分の出自を疑ってなかったじゃないですか。自分だけ幸せな場所にいるなんてずるいですよ。だから、宝子さん自身で探し当ててほしかったんです。僕はそのためのお手伝いをしただけです」

蒲生は言葉を切り、ふふっと笑った。

「埼玉の放火殺人の記事。あれ、ほんとうはなかったんです」

「え？」

「宝子さんにヒントをあげたくて、お父様の部屋にあったってことにしたんです」

ほんとうはなかった、と蒲生の言葉を反芻する。

「でも、正解でした。あの切り抜きがなかったら、きっと宝子さん、いまもなにも知らずにいたんじゃないですか」

頭が奇妙に冴えている感覚、意識が遠のいていく感覚。両方を同時に感じた。

「じゃあ、父は……。父はどうして二十一年前に失踪したの？」

「ごめんなさい。宝子さんのお父様のことは僕にもわからないんです」

薄闇のなかに、本心から申し訳ないと思っている表情が現れた。

「私も蒲生君のことを知ってしまったね。私のことも殺すの？」

「まさか」

蒲生は驚いた顔になる。

「宝子さんには知ってほしかったんです。僕のことも宝子さん自身のことも。だって僕たち姉弟なんですよ」

「蒲生君」

「はい」

「黒木はどこにいるの？」

「死にました」

宝子の思考を透かし見たように、「ちがいますよ」と蒲生が言う。

「病死です。大動脈解離であっさり死にました。どうせならたっぷり苦しめばよかったのに。でも、いなくなったんだから、まあいいです」

「いつ？　いつ死んだの？」

「母が死んですぐです」

「ほんとうに？」

「ほんとうです」

「蒲生君」

「はい」

「これからどうするの？」

自首をすすめるのが正しいのかもしれない。けれど、彼は四人も殺している。捕まれば死刑になるだろう。

宝子は、すぐ目の前にいる男を見つめ直した。

澄んだ瞳とすべらかな頬。三十歳には見えない幼い顔だ。

「僕が嫌いなのは、子供は親を選んで生まれてくる、って言う人です。たまにいますよね、恥ずかしげもなくうっとりと言う人。あれ、ただの自慢ですよね。私は親に愛されている、私は子供を愛している、って。家族がうまくいってるから言えることですよね。自分を捨てる親を選ぶ子なんていないですよね」

私に子供がいることを彼は知らないのだと、宝子は悟った。

もし知れば彼は、鬼塚明美と私を同類だとみなし、軽蔑し、憎むにちがいない。

「少なくとも僕は親を選んで生まれてきたんじゃありません。置き去りにされた山下巧君だって、養子に出されたほかの子だって、親を選んだわけじゃないと思います」

蒲生らしくない厳しい声音に、宝子はかける言葉を見つけられずにいた。

蒲生の言うとおりだと思う自分がいた。どんな事情があっても、俯瞰すれば結局は子供を捨てたことになるのだ。

けれど、どんなに身勝手な都合であっても、そこに愛情や祈りのかけらもなかったとは思いたくなかった。

「誕生日までは宝子さんと一緒にいたかったけど、もう無理ですよね」

蒲生の顔にやわらかな影が差した。

「誕生日？　どうして？」

「僕、家族に誕生日を祝ってもらったことないんです。だから、お祝いしてもらおうと思って。宝子さんはちゃんと祝ってもらいましたか？」

母の笑顔があざやかに浮かんだ。

いつの記憶なのかはわからない。たぶん誕生日の象徴としての笑顔だろう。宝子の誕生日、母はいつだって笑っていた。一緒に暮らしていたときは、ケーキに年齢分のろうそくを立て、「お誕生日おめでとう」と、まるで母自身が祝ってもらっているような笑顔だった。宝子が嫌がる年齢になるまでは、ハッピーバースデートゥーユーと手を叩きながら歌ってくれた。ろうそくの炎を消す宝子を笑みをたたえた瞳で見つめていた。宝子が実家を離れてからは、十二時になった瞬間に電話かメールをくれた。

母から贈られたものを娘に手渡せていないことに気づいた。

きちんとお祝いできたのは、愛里が四歳までだった。離婚してからは、毎年バースデーカードとプレゼントを贈るだけだった。

大人になった愛里が自分の誕生日を振り返るとき、そこに私の笑顔はないのかもしれない。

「蒲生君の誕生日はいつなの？」

「十二月十五日です」

「もうすぐだね」

「もうすぐなんです」

「お祝いするから」

言葉が転がり出た。

「何度でも、お誕生日おめでとうって言うから」

だから、とつぶやいたきり声がつまった。自首して。警察に行こう。逃げて。一緒にいよう。どれもそうだし、どれもちがう。

「蒲生君、これからどうするつもり？」

「僕は自分が生まれた痕跡を消さなきゃならないんです」

「どういうこと？」

蒲生は無言の笑みを宝子に向けた。

「宝子さんのこと、ずっと見てるから」

やがてそう言うと、すっと身をひるがえし、部屋を出ていった。

宝子は床にへたり込んだ。

――ずっと見てるから。

父が遺した言葉を思い出した。

身をひるがえした瞬間の蒲生の顔が、徐々に脳裏に焼きつけられる。彼は涙をこぼしてはいなかった。けれど、とうに泣いているのに、必死に泣くのを堪《こら》えているような顔つきだった。

誰にも知られたくなかった、と蒲生は言った。自分がモノのように生まれてきたことを知られるのが恥ずかしい、と。もし、赤ん坊の彼に値段がついていれば、彼は自分を価値ある存在として受け入れられたのだろうか。

宝子は一千万円だったと蒲生は言った。

母は、ほんとうに一千万円で赤ん坊の私を手に入れたのだろうか。法を犯し、大金を払ってまで子供が欲しかったその理由はなんだろう。

母は幼い宝子に、ほんとうの父は宝子が生まれてすぐに死んだと言った。素晴らしい人だった、やさしい人だった、と。けれど、父の名前を教えてくれなかったし、写真も見せてくれなかった。だから、成長するにつれて母の説明に疑問を持つようになった。

母の言葉は真実だったのかもしれない。

母は、明美と結婚した月野という男が好きだった。だから、月野の子供が欲しかった。そうは考えられないだろうか。

母と月野の関係はもう知りようがない。父が失踪した理由も、八王子殺人事件の切り抜きを持っていた理由もわからない。そこまで考え、あっと思う。

父は知っていたのだ。

私が母の子供になった経緯も、黒木や大川宗三津がしたことも、明美の存在も。そうでなければ、八王子殺人事件の切り抜きを遺すはずがない。

いつ知ったのだろう、と考えると、仮面のような無表情が浮かんだ。

小学六年生の初冬、こたつで眠る私を見下ろしていた感情のないまなざし。夢だと思い込んでいたが、現実だったのかもしれない。その一ヵ月後、父はアパートの火事にまぎれて姿を消した。

父があんな目を向けたのは、私が母の子供ではないと知ったからではないだろうか。

——家族とはもうだめかもしれない。

小森の言葉を思い出す。

釣りをしているとき、父は小森にそう言ったという。あれも同じころだ。父は、母の子供ではない私にどんな感情を抱いたのだろう。愛情を断ち、切り捨てようとしたのだろうか。だから、あんな目で私を見たのだろうか。

いや、ちがう、と宝子は記憶を引き寄せる。父はあのあとすぐに、お父さんがエイリアンになっても、宝子は自慢の娘のままだよ、と頭を撫でてくれた。

父が、八王子殺人事件の切り抜きを遺した理由——。

父は迷ったのではないか。このまま娘に真実を伝えなくていいのかどうか。母が急逝し、真実を伝えられるのは父だけになった。真面目な父のことだ、葛藤したのかもしれない。

父は答えを見つけられなかった。だから、神のような大きな存在にゆだねようとし、あんなまどろっこしい方法を選んだのではないだろうか。

いつも見ていた、これからも見守っている、と父が遺してくれた言葉を思い返したとき、手紙と切り抜きはセットではないか、と思いついた。

たとえ娘が誰の子供でも見守っている——。

無理のあるこじつけだと自覚していた。けれど、父の愛を最大限に感じられる意味づけが欲しかった。

宝子は首をひねり、デスクの上に目を向けた。写真立てが伏せられている。この写真は遺影などではなく、蒲生にとっては家族の写真だったのだ。

ふいに、蒲生とはじめて会ったときが思い出された。

あれは埼玉の放火殺人からまもないころだろうか。半年くらい前だった。

いつものように出社すると、勝木と蒲生が打ち合わせをしていたのではなかったか。彼、ライターの蒲生君。勝木がそう紹介し、よろしくお願いします、と頭を下げ合った。

宝子が書棚の前に行くと、いつのまにか蒲生が横に立っていた。

なに？　と尋ねると、おすすめの本があれば教えてほしいなあと思って、とにこにこしながら答えたはずだった。

弟、と改めて思う。現実感がまったくない。けれど、蒲生はずっと姉だと知って接していたのだ。

立ち上がろうとしても、体に力が入らない。立ち上がったとしても、そこからどうすればいいのかわからない。

警察に知らせるべきなのだろう。けれど、捕まれば蒲生は死刑になる。

そうしたら、あと何回「おめでとう」と伝えることができるのだろう。たった数回の「おめでとう」で、彼の誕生日の記憶を塗り替えることはできないと思った。

自分が生まれた痕跡を消す――。蒲生の言葉がよみがえる。

蒲生は死ぬつもりなのかもしれない、と静かな衝撃を感じながら思うと、頭のすみで点滅するものがあった。

自分が生まれた痕跡を消す――。もう一度ゆっくりなぞり、ちがう、と思いつく。

蒲生が決めた結末は、自分が死ぬことじゃないのかもしれない。

21

夕飯を終えて食器を洗い、夫にお茶を出し、「もういいから、上で休んでなさい」と言われるがまま、鬼塚明美は階段を上った。足が重たく、一歩上るごとに息切れが増した。

最近、いつも疲れている。体は思うように動かず、頭のなかはぼんやり霞んでいる。ぬるま湯のなかでふやけ切っているようだ。でも、どうだろう。気のせいかもしれない。だいたい、いままで心も体もすっきりしていたことなどあっただろうか。

疲れていると自覚するようになったのは、夫がたびたび指摘するからだ。指摘されるたび、ああ、そうなのか、私は疲れているのか、と明美は無条件に受け止めた。もう少し様子を見て調子が戻らなければ病院に行くそうだ。どうでもいい。これまでどおり、すべて夫が決めてくれるだろう。

体調不良の原因は、息子が殺されたせいだ。ひどく精神的ショックを受けているらしい。夫がそう言うのならそうなのかもしれない。

けれど、明美には精神的ショックというものの正体が見えないのだった。

ショックと聞いて唯一思い浮かぶのは、子供のときのことだ。子供のころを思い返すと、真っ先に立ち昇るのはじめじめとした空気と薄闇、そして黴臭さだ。あのころ、母親とふたりで汚れた川沿いの一軒家に住んでいた。傾きかけた古い平屋で、家というより小屋に近かった。母親は留守がちで、菓子パンを置いて何日も帰ってこないことがよくあった。明美の空腹が限界を超えそうになると、まるで察知したように食べ物を持って現れた。明美は、自分の腹を満たしてくれる人をうす暗く湿った家で待った。

ある日、いつものように空腹が限界を迎えたとき母親が帰ってきた。雨が降り続き、湿気を含んだ畳がぶよぶよとうねっていた。母親は食べ物を求めた明美を一瞥し、「卑しい」と吐き捨てると、ボストンバッグに着替えをつめて出ていこうとした。明美は、母親に追いすがった。乱暴に振り払われ、玄関先に転がった。そのとき、ポキッと自分のなかで音がした。細い音だったが、なにかが割れるようにも壊れるようにも聞こえた。その瞬間、強烈な痛みに襲われた。それでも本能が母親を、いや、食べ物を追おうとした。けれど、足首の痛みで立ち上がることができなかった。あのとき自分が母親を呼んだのかどうか、母親が振り返ったのかどうか、明美は覚えていない。自分の体が発するただ事じゃない痛みと、灰色の雨のなかに消えていく後ろ姿。自分の内側と外側で同時に起きた衝撃と絶望。小学校に上がる前のことだったが、あれがこれまでの人生でもっとも心が揺さぶられた出来事だったかもしれない。

息子の裕也が死んだと知らされたとき、頭が痺れてなにがなんだかわからなかった。明美が最初に思ったのは、これでもう息子に殴られることはないのだなあ、ということだった。少し遅れて、じわりと喪失感のようなものが広がった。

裕也は幼いころから、母親にさまざまなことを求めた。乳を吸わせろ。抱け。おむつを替えろ。あれが食べたい。これが欲しい。どこに行きたい。そのすべてに従ったつもりなのに、息子はそれ以上のことを求めた。それがなにかは明美にはわからないが、「俺の気持ちを考えろ」ということらしい。「いちいち言わなくてもわかるだろう」「それくらい察しろ」などと、よく息子は言っていた。

他人の気持ちなどわかるわけがないのに、と明美は思う。無理なことを求められてもどうしようもなかった。他人の気持ちを察するというのは、明美にとってはテレビなどで観る超能力と同じことだった。

ああ、面倒くさい。

なにもかもが面倒くさい。

日ごと重みを増す疲労感も、昔を思い出すことも、夫の問いかけに答えることも、寝ることも起きることも面倒でたまらない。

しかし、夫が休めと言ったのだから、休むしかない。そうでなければ、なにをすればいいのか自分では決められないのだから。

ベッドに入ろうとした明美の視界の端で、押し入れの戸が開いた。顔を向けると、なかの暗がりから男が出てきた。手に包丁を持っている。

誰だろう、と思い、裕也を殺した人かもしれない、と思い至った。

裕也ではなく、おまえが恨まれているかもしれないから気をつけるように。夫にそう言われたことを思い出した。

明美は包丁の鋭い切っ先と銀色の輝きを認め、これで刺されたら痛いだろうなあ、と思った。心は落ち着いているのに、危険を察した体が勝手に緊張した。

「さて、僕は誰でしょう」

ふざけているのかと思ったが、男は真剣な顔をしている。裕也と同じくらいの歳だろうか、髪が濡れ、雨のにおいがする。

明美は首をかしげた。見覚えがないが、どこかで会ったのだろうか。

「ドラマだとこんなとき、もしかしてあなたはって、はっとするものなのにね。血のつながりなんてやっぱりたいしたことないのかな」

男は少し笑った。奇妙に幼い印象になる。

「僕が誰だかわからない?」

「わからないけど、裕也を殺した人?」

明美が答えると、男の顔から笑みがすっと引き、泣き出しそうな表情が残った。

「僕は黒木の子供です」

男の言った意味が明美には理解できなかった。黒木という名前に引っかかるものはあったが、それが誰なのか、その子供が自分とどんな関係があるのか。わからないから、それ以上考えるのを放棄する。

「まだわからない?」

わからない、と正直に答える。

「黒木っていうのは蒲生昭のこと。知ってるでしょ、蒲生昭」

蒲生昭には覚えがあった。昔、一緒に暮らしていた男だ。そういえば、昭はいくつかの偽名を使い分け、黒木という名を使っていた時期があった。

「あんた、僕を産んだでしょう。僕を捨てたでしょう」

「ああ」と声が出た。

この男は、昔、産んだ子のひとりなのか。いまの夫と一緒になる前、子供を四人産んだ。女、男、男、男だ。最初の女の子は月野の子で、あとの三人は昭の子だった。

「捨ててはいないけど」

明美は、男のまちがいを指摘する。

「え？」

「捨てたんじゃなく、あげたんだけど」

子供を捨てるという行為は、道端や軒先に置き去りにしたり、川に流したりすることだと明美は思っている。だから捨てたのではなく、子供のいないかわいそうな人にあげたのだ。誰にとってもそれがもっともいい方法なのだと、あのとき昭は言っていた。もらった人は喜ぶし、子供は幸せになれるし、自分たちにはお金が入る。たしかにそのとおりだと思った。

はじめて妊娠したのはスナックでホステスをしているときだった。客で来ていた月野の子だった。昭がそう言ったのだからまちがいない。月野に告げると、結婚してくれた。結婚生活は悪くなかった。月野はやさしい男で、妊娠しているのだからなにもしなくていいと言ってくれた。なにもしなくていい暮らしは、明美が望んでいたものだった。

ただ、出産はちがった。想像以上の痛みに襲われた。話がちがうと思ったが、仕方がないか、とも思った。どちらにしてもすでに遅かった。

赤ん坊が生まれた途端、なにもしなくていい暮らしは終わった。ミルクを与え、おむつを替え、沐浴させ、抱っこする。赤ん坊はよく泣いた。ミルクをあげても泣きやまないときは、放っておけば帰宅した月野がなんとかしてくれた。

月野が死んだのは、赤ん坊が三ヵ月にもならないときだった。会社の健康診断で引っかかり、あっというまに死んでしまった。「これから大変ですね」とみんなに言われ、これからを生きることにうんざりした。

ああ、なにもかも面倒くさい。

自分ひとりが生きていくことさえこんなにも大儀なのに、赤ん坊なんて育てられるわけないじゃないか。そもそも、自分が産んだとはいえ、産んでしまえば別の人間だ。なぜ他人の面倒までみなければならないのか。明美は惰性で毎日をやり過ごした。赤ん坊の夜泣きがはじまり、寝不足が続いた。いつこれが終わるのだろうと思った。このままだと一生熟睡できないのではないだろうか。

赤ん坊をベビーカーにのせて外に出るたび、適当な捨て場所はないかと探すようになった。ある夜、自動販売機で飲み物を買っているあいだに、ベビーカーから赤ん坊が消えた。空のベビーカーを見てほっとしたが、このままだと面倒なことになる気がした。昭に電話をして事情を話すとすぐに来てくれた。

やっぱりこの人はいい。明美は改めて思った。ときどき殴ったり蹴ったりするけれど、それ以外は、いつでもどんなときでも、なにをすればいいのか教えてくれる。面倒なことをすべて引き受けてくれる。

明美は、昭に言われたとおりにした。

空のベビーカーを押してそのまま帰り、友人ともいえない知り合いに電話をし、自宅に遊びに来てもらう約束を取りつけた。

約束の日、友人を迎えに外に出た。あとはマンションに帰って「子供がいない」と騒ぎ立て、一一〇番通報をするだけだった。それだけで三日前に消えた子供が、その日にさらわれたことになった。

昭がなぜそんなことをしたのか、子供がどうなったのか、明美は知らない。知らなくてもいいことだった。ただ、子供が死んでいなければいいなあ、とは思った。

その後は、昭とのあいだに三人の子供をもうけた。彼がそうしろと言ったからだ。子供を産んでも育てる必要はなく、しばらくなにもしないで暮らせるだけのお金が手に入る。それは明美にとって悪い話ではなかった。が、妊娠と出産がこんなに苦しく痛いものだったかといつも後悔し、騙されたように思った。しかし、過ぎてしまえば忘れてしまうのだった。

目の前の男がなにかつぶやいている。

え？　と聞くと、「だからっ」と声を荒らげた。

「なんのために産んだんだよ」

「なんのため」

明美は単調に繰り返した。

「金のためだったのか？」

昭にとってはそうだった。でも、私はちがう。昭に産めと言われたから産んだ。それだけだ。

「なんか言えよ」

男は、包丁を握った手を突き出した。包丁の先端が細かく震えている。

「別に」

「別に？」

「別になんのためでもないけど」

正直に答えたら、男は射貫かれたような表情になった。

自分がまた相手を傷つける発言をしたことに明美は気づいた。

子供のころからそうだった。人の気持ちを考えない、ひどいことを言う、心がない、冷たい、頭が悪い、うすのろ。さんざん指摘されてきたことだった。だから、なるべくしゃべらないように生きてきた。

ほかの人は他人の気持ちがわかるのだろうか。どんな方法を使えば、わかるようになるのだろう。でも、他人の気持ちがわかるなんて気持ちの悪いことだと明美には思えた。

「よく覚えてないんだけど」

そうつけ加えて、男が受けた衝撃をやわらげようとした。が、男は目を見開き、もっと驚いた顔になった。

「産むなよ！」

男が叫んだ。

「勝手に産むな！」

男は包丁を両手できつく握り直し、足を踏み出した。

殺されるかもしれない、と明美は静かに思った。が、言っておきたいことがあった。

「全部私のせいにされても困るんだけど」

私がしたのは産むことまでだ。そのあとのことまでこっちのせいにされても困る。他人なのに。

産んだ人と生まれた人、まったく別の人間なのに。

でも、と明美は昔を思い出した。ほかの女たちはちがうようだった。赤ん坊に向けられた瞳は歓びに濡れ、待ち焦がれたものにやっと出会えた表情をしていた。自分よりも大切な存在をはじめて目の当たりにしている興奮に包まれ、けれどそのことに気づいていないようだった。出産を終えた女たちは、みんなしっとりと温かく湿り、頬を薔薇色に染め、他を圧倒するやさしさで発光していた。明美の目には、子供を産んだ女たちが生まれ変わったように見えた。

でも、私はちがった、と明美は振り返る。あれは最初の子を産んだときだっただろうか。鏡に映る自分の顔は、ほかの女たちとはちがって、ぺらぺらな紙に目鼻口が描かれたようだった。

あの女たちがどんな気持ちで自分の子供を見つめていたのか、明美には想像できない。けれど、もし自分があの女たちのようになれれば、自分のいる世界はまったくちがう景色だったのではないかと思った。

「わかんないんだよね」

明美はつぶやいた。

包丁の刃先の震えが激しくなっている。

「どうすればいいのか、わかんないんだよね」

男がせっぱつまった顔で、明美から放たれる言葉を待っている。彼がどんな言葉を欲しているのかはわからない。だから、明美は正直に言う。

「あんたのことを大事に思えればよかったんだけど」

そうすれば、なにもかもが面倒に感じる人生ではなかったかもしれない。

男の顔が痛そうに歪んだ。

「なにやってるんだ！」

怒鳴り声に振り返ると、ドアのところに夫が立っていた。

「おい、やめろ。誰だ、おまえ」

夫の声が一気に萎えた。

男は包丁を夫に向けた。

夫は硬直し、言葉を失った。

いきなり男は叫んだ。言葉にならない悲鳴をあげながら、包丁を持った手をまっすぐ伸ばし、
夫に突進した。

五章

22

黄川田は米満とともに、東都新聞一階の打ち合わせブースで宝子を待っていた。彼女から改めて事情を聞くためだ。

蒲生亘が鬼塚宅へ忍び込んでから一週間が過ぎたが、依然居所はつかめていない。

蒲生亘の容疑は、いまのところ暴行と銃刀法違反、住居侵入だ。そのいずれも、鬼塚宅に忍び込み、夫婦に包丁を向けたことによるものだ。

彼が一連の殺人事件の犯人であることはまちがいないだろう。ただ、宝子の証言のほかに具体的な証拠がなく、動機も不明だった。

黄川田は窓の外に目を向けた。五時半をまわり、外はすでに暗く、信号の色と車のヘッドライトがやけにまぶしく見える。歩道のすみを枯葉が転がっていく。寒くて冷たく、刻一刻と深まっていく夜の色。黄川田は無意識のうちにため息をついていた。

エレベータが開いて宝子が現れた。「来ましたね」と米満がささやき、立ち上がる。

「お忙しいところたびたび申し訳ありません」

米満が丁寧に頭を下げる。

宝子に事情を尋ねるのは署での事情聴取を含め、今日で三度目だ。彼女は蒲生亘が犯人であることを明言したものの、動機については口を閉ざしていた。

「蒲生亘から連絡はありませんでしたか？」

米満がにこやかに尋ねる。

「ありません」と宝子の表情は硬い。「あれば、すぐに連絡しますから」

「蒲生はなぜ四人もの人間を殺したんでしょうねえ。動機について、なにか思い当たることはありませんかねえ」

「ありません」

宝子は素早く答えた。

蒲生亘が鬼塚宅に侵入した日、黄川田の携帯に宝子から電話がかかってきた。鬼塚明美が殺されるかもしれない、と彼女は言った。黄川田が鬼塚宅に向かっている最中、明美の夫から一一〇番通報があった。夫の説明によると、見知らぬ男が家に忍び込み、二階の寝室で妻に包丁を向けていた。夫が止めに入ると、男は包丁を持ったまま部屋を飛び出していったらしい。

宝子は蒲生亘のアパートにいた。デスクには彼女の写真があった。宝子は、鬼塚裕也と大川宗三津、森夫婦を殺したのは蒲生亘だと、彼自身がそう告白したのだと言った。

蒲生亘はフリーライターと偽り、宝子に近づいた。しかし、その理由を宝子は知らないと言う。状況だけ見れば、蒲生亘は一方的な恋愛感情を抱き宝子に近づいたと考えられる。

しかし、そうじゃないと黄川田は確信している。宝子は、事件の背後にある大きなものを隠している。米満も同じ意見だった。

「あっ、そうそう。今日うかがったのは、柳さん、森夫婦を訪ねたことがありますよねえ。同じ団地の人が、森さんが東都新聞の記者が来たと言っていたと証言しているんですよ。それ、柳さんじゃありませんかねえ」

「一度、取材で行きました」

「なんの取材ですか？」

「団地の、立ち退きに関することです」

ほーお、と米満はわざとらしい声を出す。

「文化部が、ですか」

「社会部に行きたいので」

宝子は表情を変えずに答えた。

黄川田には、宝子の印象が変わったように見えた。揺るぎのない黒い瞳と引き締まったくちびる。表情は硬いのに、なにか削げ落ちたようなすっきりとした顔つきだった。覚悟。決意。そんな言葉が連想され、彼女からこれ以上のことを聞き出すのは無理なような気がした。

「すみません。もういいですか？　私、このあと予定があるので」

宝子は立ち上がり、一礼をしてからエレベータに向かっていった。

ちょうどエレベータから降りてきた男に、「あ、六時なんですね。お疲れさまです」と声をかけて乗り込んだ。

収穫がないまま新聞社を出ると、黄川田の携帯が鳴った。自宅近くの交番からだ。

「すぐに来ていただけますか」

緊張と困惑が入り混じった声が聞こえた。


ベビーカーのなかで赤ん坊が泣いていた。首を左右に振ることで、激しい不満を表現している。この子がほんとうに陽菜子なのかどうか、黄川田は見分けることができなかった。最後に娘を見てから十日ほどたっている。妻を罵倒した日以来、自宅には帰らず主にカプセルホテルに泊まっていた。

交番勤務の巡査によると、パトロールから戻るとベビーカーが置かれていたらしい。ベビーカーの日よけに貼られたメモには、黄川田のフルネームと所属先が書かれていた。

憤怒と羞恥で頭に血が上り、こめかみが脈打っている。駄々をこねるような泣き声が癇に障り、神経がますます逆立っていく。

「いったいどういうつもりだ」

黄川田は吐き捨てた。

「あの、緊急性はないでしょうか?」

若い巡査がおずおずと言う。

「緊急性?」と口に出してから、妻が自殺する可能性を示唆しているのだと気づいた。心臓が不快な音を刻む。

黄川田は交番を出て、つながるはずがないと思いながらも妻の携帯を呼び出した。呼出音を聞きながら、もう手遅れかもしれない、と奇妙にしんとした心で思う。妻が死んだら赤ん坊はどうなるのだろう。その考えのほうが黄川田の心をざわつかせた。

呼出音が途切れた。切れたのではなく通話中になっている。が、無音が続くばかりだ。

「もしもし？」

黄川田が声を発すると、ふた呼吸分の間をおいて、「なあに」とだるそうな声が返ってきた。

こめかみがかっと熱くなる。

「なにやってんだ！」

返事はない。

「自分がなにやったかわかってんのか！」

怒りに任せて怒鳴ったところで我に返った。

「いま、どこにいるんだ？」

黄川田は声のトーンを落とした。息を殺し、返事を待つ。

「どこでもいいでしょ」

放り出すような声音だ。

「いいわけないだろう。すぐ戻ってこい」

「嫌よ」

「ふざけるな。おまえ、子供を置き去りにしたんだぞ」

「置き去りじゃないわ。あなたに預けたのよ。陽菜子ひとりで留守番させるわけにはいかないじゃない」

「早く戻ってこい」

「そうね、そのうち戻るかもね。それまであなたが見ててよ。あなたの子だもの、あたりまえでしょ」

腹の底に冷えたものを抱えているような口調だ。

「ふざけるな」

「私、これから旅行に行くの」

「天見か」

考えるまもなくあの男の名が出た。

「天見と一緒なんだな」

押し黙る気配と冷気に似た空気が伝わってくる。

通話が切れた。かけ直しても、案の定つながらなかった。

交番に戻った黄川田は、心配げに待っていた巡査に妻と連絡が取れたことを説明した。ベビーカーを押して外に出ようとすると、「お子さん、寒くないですかね」と指摘され、コートを脱いで子供にかけた。陽菜子はまだ泣き続けている。

腹のなかがふつふつと沸騰している。鼓膜に突き刺さるかん高い泣き声が頭皮をびりびりさせる。

正面から冷たい風が吹きつけ、耳が痛い。すれ違う人が、泣き続ける子供に、次に黄川田に非難するような視線を投げる。

妻はほんとうに天見といるのだろうか。天見と一緒なら、陽菜子も連れていけばいいじゃないか。そのまま三人でどこかで暮らせばいいじゃないか。

もし、このまま妻が戻ってこなければ？

その可能性に思い至り、焦燥に襲われる。

黄川田は携帯を取り出し、大学時代の友人の電話番号を探した。以前、妻と天見の関係を教えてくれた友人にかけたがつながらない。もうひとり、ジョギング同好会だった男を見つけた。

「ひさしぶりだな」

友人の声の背後がざわめいている。飲み会の最中らしい。うおーっ、と男たちの叫び声と笑い声が聞こえた。

「いきなりで悪いけど、天見の電話番号知ってるか？」

「えっ？　なに？」

「天見だよ、天見。覚えてないか？」

「アマミ？」

「ほら、いただろ。大学はちがうけど、ジョギング同好会にいたやつ。妙にすかして、みんなから嫌われてただろ」

友人は二、三秒おいて、「ああ」と言った。

「やっぱり黄川田も知らなかったか。あいつ、死んだらしいよ」

黄川田は一瞬言葉を失い、「いつだ？」と食いつくように聞いた。

「かなり前だよ。もう四、五年たつんじゃないかな」

「いや、でも、最近、天見を見かけたってやつがいるぞ」

「なんだよ、それ。怖いんだけど。人違いに決まってるだろ」

「いや、でもさ……。俺と千恵里が結婚したのは知ってるよな？」

「おう。人づてに聞いたぞ。おめでとう」

「千恵里と天見がつきあってた、って。このあいだふたりが一緒にいるところを見た、って。そう聞いたんだけど」

だから陽菜子は天見の子供なのだ。

「誰だよ、そんなこと言ったやつ」

黄川田は、その友人の名前を口にした。

「おまえ、それ騙されたんじゃないか？　あいつ、千恵里ちゃんに言い寄ってたからな」

「え？」

「もう時効だと思うから言うけど、あのふたり大学のときにちょっとつきあってたんだよ。あいつ、千恵里ちゃんにふられてさ。でも、あきらめ切れなかったみたいだぞ」

友人はそう言い、「しっかし、あいつも陰湿だなあ」と笑った。

天見は死んでいた。ふたりはつきあっていなかったし、会ってもいなかった。陽菜子は天見の子供ではなかったのだ。

黄川田は赤ん坊をのぞき込んだ。体を斜めにしてうつらうつらしている。頬と口のまわりに、鼻水と唾液が白くこびりついている。

これは俺の子なのか？

誰かに答えてほしくて、黄川田は視線をさまよわせた。

あざやかなペパーミントグリーンが目に入った。ケーキ店だった。白い壁に、ペパーミントグリーンの窓枠とサンシェード。

この店でケーキを買ったのはいつだっただろう。ずいぶん前のことに思えるが、十日ほどしかたっていない。

あのとき、俺は千恵里になにを言ったのだったか。そう自問するのと同時に、

——おまえら気持ち悪いんだよ。

自分の声がよみがえった。

そうだ。あのとき俺は、陽菜子がかわいいとは思えない、と言った。さらわれても、殺されても、なんとも思わない、とも。

どうすればいいのだろう。

それまで感じていた焦燥が形を変え、激しさを増して襲いかかる。

いまさら愛せるわけないだろう。いまさら父性が芽生えるわけないだろう。たとえ赤ん坊が自分の子であっても、俺はもうこの子を受け入れ、愛することはできない。

23

待ち合わせた相手が指定したのは、昭和の雰囲気が漂う喫茶店だった。

ワイン色のビロードのソファは擦り切れが目立ち、つやのある茶色いテーブルには年季を感じさせる傷がついている。天井から吊り下げられた橙色のライトがうす暗い店内を淡く照らし、濃

いコーヒーの香りはいまのものなのか、年月によって染みついたものなのかわからない。

約束の時間まで二十分近くあるのに、宝子はすでに緊張していた。

母の遺品を改めて確認し、気がついたことがあった。アルバム同様、あまりにもあっさりとしすぎていた。母の死後、洋服や小物など多くのものを整理したが、大切なものはすべて取っておいたつもりだ。それなのに、手紙や年賀状、アドレス帳を見ても、宝子が生まれる直前の勤め先や交友関係がわかるものが遺されていなかった。

自分が死ぬことなど想像もしていなかったくせに、母は万が一の死に備えていたのだろうか。それほどまでに隠しておきたかったことは、勝木の言ったとおりふれてはいけないことだった。けれど、宝子はすべて知ることを選んだ。

大勢で花見をしている写真で終わっている二冊目のアルバム。そのなかに職場の昼休み中らしい写真があった。母と同僚が並んで写っている。母と同世代に見える同僚の胸にネームプレートがあり、腕でその半分が隠れ、〈伊〉だけが見えた。

花見の写真を見返すと、その女性は母の隣で笑っていた。

宝子は、母の葬儀の会葬者名簿から〈伊〉ではじまる名字を探した。〈伊藤〉と〈伊達〉があり、〈伊達〉の住所は東京だった。仙台での葬儀に、〈伊達〉はわざわざ東京から参列してくれたことになる。

宝子は、伊達恵に手紙を書いた。十年前の住所にいまも住んでいるか不安だったが、ほかに方法が見つからなかった。

伊達恵から携帯に連絡があったのは、昨晩のことだった。

ドアベルが鳴り、宝子は顔を上げた。

銀縁の眼鏡をかけたショートカットの女。ひとめで伊達恵だとわかった。彼女もすぐにわかったらしく、まっすぐ宝子のほうへ近づいてきた。

「柳宝子さんですね？」

「はい」

立ち上がろうした宝子を制し、「伊達恵です」と彼女はテーブルを挟んで座った。

「遅れてごめんなさいね。今日は仕事が長引いてしまって。私はまだ看護師をしてるんですよ」

伊達は穏やかに言い、コーヒーが運ばれてくるとすぐに、

「お母さんのことを聞きたいって、どんなことかしら」

単刀直入に聞いてきた。

「伊達さんは、母と仲がよかったんでしょうか」

東京からわざわざ仙台の葬儀に参列してくれたのだから、聞くまでもないことだった。「ええ」と迷いのない返答に、宝子の覚悟が決まった。

「たぶん……いえ、絶対に、私と母は血がつながっていません。私は母から生まれてはいません。伊達さんはそのことをご存じではないですか？」

伊達の瞳が引き締まる。

「宝子さんは知ってるのね」

「はい」

「どうして知ってしまったの？」

「父のことを調べていたら、まるで炙《あぶ》り出されたようにわかってしまいました」

「なにがわかったの？」

「母が一千万円で私を買ったことです」

伊達は時間をかけてコーヒーに口をつけた。カップを戻したときのカチッという小さな音がスイッチが入った音に聞こえた。

「公《きみ》ちゃんからあなた宛ての手紙を預かるはずだったの。でも公ちゃん、突然逝っちゃって」

公子が母の名前だ。

でもね、と伊達が目を上げる。

「公ちゃんから頼まれてたの。もし私になにかあって、そのあと娘がそのことを知ってしまったら恵ちゃんがちゃんと教えてあげて、って」

「そのこと」というのは、母が私を一千万円で買ったことだろう。

「知ってると思うけど、公ちゃんと私は同じ病院に勤めてたの。プライベートでも仲がよくて、よく一緒にごはんを食べたり、お互いのアパートに泊まったりしてたのよ。公ちゃん、仕事を休むことなんかなかったのに、無断欠勤したことがあったの。電話もつながらなくて、なにかあったんじゃないかって心配になって、公ちゃんのアパートに行ってみたの。そうしたら、赤ん坊がいたのよ」

まるで自分の目で見たかのように、宝子はそのときの光景をありありと思い描くことができた。

「この子はどうしたの？　って聞いたら、自分の子だって言い張るの。そんなわけないじゃない。公ちゃん、妊娠してなかったんだから。問いつめたら、さらってきたって言うの」

「さらった？　母がさらったんですか？」

ちがう。母は一千万円で赤ん坊を買ったはずだ。

「そう。さらったの。夜中に、母親が目を離した隙にベビーカーから」

なぜか骨壺を抱えて走る母が浮かんだ。般若の顔。血走った目。荒い息。逆立った髪。声にならない叫び。母の腕のなかの骨壺が赤ん坊に変わる。

「赤ん坊はマンションから連れ去られたんですよね？」

黒木と明美の自作自演の誘拐劇のあと、大川宗三津を介して母の手に渡ったのだと思っていた。

「公ちゃんね、ある男と取引をしたんだって。公ちゃんが赤ん坊をさらった三日後に、誘拐事件が起こったことになったの」

頭のなかでは、まだ赤ん坊を抱いた母が走り続けていた。その必死な形相に、宝子は圧倒された。

「公ちゃんにはつきあってた人がいたのよ。結婚の約束をしてたのに、その人、ホステスと浮気をしたんだって。ホステスが妊娠しちゃって、その人、公ちゃんを捨ててホステスと結婚したの。でも、赤ん坊が生まれてすぐ亡くなっちゃった。赤ん坊は、その人の忘れ形見だったの」

月野、と名字が浮かぶ。

「公ちゃん、そのあとすぐにあなたを連れて東京を離れたんだけど、私とだけは連絡を取り合ってたの。だから私、あなたのことは赤ん坊のときから知ってるし、あなたがどんなふうに大きくなったのかも公ちゃんから聞いてたのよ。あなたが社会人になってからは、勝木君からあなたのことを聞いてたし」

思いがけない名前に、反応するまで時間がかかった。

「勝木、って、東都新聞の勝木さんですか？」

「そうよ。勝木君は、大学のときの後輩なの」

「勝木さんは、母のしたことを知っているんですか？」

「そうじゃないのよ」

伊達はゆったりとほほえむ。

「公ちゃんは、あなたに看護師になってほしいって言ったでしょう」

そんなことまで知っているのかと驚いた。

「でも、あなたはどうしても新聞社に勤めたいって言ったのよね。公ちゃんはあなたが黒木のいる東京で働くことを心配してたの。仙台に戻ってきてほしかったのよ。でも、あなたは折れなかった。だったら、勝木君のいる東都新聞がいいんじゃないか、って私が言ったのよ。そうしたら、勝木君からあなたの様子が聞けるし」

覚えている。母ははじめ、東京で就職することにも、新聞社に勤めることにも反対したが、最終的には東都新聞を強くすすめた。あのときはうちで購読しているのが東都新聞だからだと思い込んでいたが、そんな事情が隠れていたのか。

「公ちゃんと勝木君は会ったことがあるのよ。私が引き合わせたの。公ちゃん、勝木君に何度も娘をよろしくお願いします、って言ってた」

「勝木さんはどこまで知ってるんですか？」

「なにも知らないわ。私の親友のお嬢さんだと思ってる」

「私はコネ入社なんでしょうか」

そう聞くと、伊達は噴き出した。

「勝木君にそんな力があると思う？」

「いいえ」と宝子もつられて笑った。

かつて母も彼女とこんなふうに笑い合ったのだろうか。赤ん坊をさらった母を親友の彼女はどう思ったのだろう。そんな考えがよぎったが、その後もふたりのつきあいは続いたのだから聞く必要はなかった。

宝子は笑みが引いた顔を伊達に向けた。

「父は、母がしたことを知っていたのでしょうか」

「ええ」

伊達は短く答えた。

やはり父はすべて知っていた。

宝子を見下ろす冷たいまなざし。あれは夢ではなかったのだ。きっとあの日に知ってしまったのだろう。あのとき、父は連絡もせずにいきなり単身赴任先から帰ってきたはずだ。

「お父さんは、公ちゃんのしたことをどうしても受け入れられなかったみたい。お父さんは、大川宗三津に会いに行ったそうよ。大川から、黒木に話がいったのでしょうね。黒木から脅しがあったって聞いたわ。警察に届けたくても届けられない、って公ちゃん不安がっていたもの」

「じゃあ、火事は黒木の仕業だったんでしょうか」

「そこまではわからない。ただ、あなたのお父さんと公ちゃんはそう思ったみたい。その後のことはふたりで相談して決めたそうよ」

——家族とはもうだめかもしれない。

父は家族と縁を切る道を選んだ。だからといって、家族への愛情がなくなったとは思えなかった。

逆ではないか。父は家族を守り、愛し続けるために姿を消したのではないだろうか。

このまま家族を続けていたら、いつか妻のことも娘のことも愛せなくなってしまう。そんな予感にとりつかれたのではないだろうか。

「公ちゃん、月野さんのことが忘れられなかったんじゃないかな」

伊達がぽつりと吐き出した。

父はそんな母の気持ちに気づいてしまったのかもしれない。

もしそうなら、父は私のことを憎むはずだ。母が思い続けている男の子供なんて目障りなだけだろう。

ほんの一瞬見せた仮面のような表情。けれど、そのあと父はこう言った。「お父さんがエイリアンになっても、宝子は自慢の娘のままだよ」

あのときの父には、母の子供ではない私はエイリアンのような存在に思えたかもしれない。それでも父は、自慢の娘だと言ってくれた。

——家族のことばかりだったよ。

——よく奥さんとか娘さんの自慢をしてたなあ。

——自慢の娘だ、って。

父の同僚から聞いた言葉が頭のなかになだれ込んできた。

父は亡くなる日の朝、珍しくどこかへ出かけようとしたらしい。父はどこへ行こうとしたのだろう。娘のところ、とは考えられないだろうか。父は娘が無事でいるか、娘に危険が迫っていないかを確かめたかった。なんらかの方法で、気をつけるように伝えたかった。そうは考えられないだろうか。

ひとりよがりの想像だ。自分に都合のいい物語をつくっているだけだ。それでも、宝子はそう思いたかった。

伊達恵と別れ、駅に向かって歩いていると黄川田から着信があった。

「なあ、宝子。これからケーキ食べに来ないか?」

黄川田はそう言い、ははっと力なく笑った。

警戒心が頭をもたげ、「もう話すことはないけど」と硬く返した。

ははっ、と黄川田はまた自嘲するような笑いを漏らした。

「ちがうよ。ほんとうにケーキを食べに来てほしいだけだよ」

そんなはずがない、と思ったとき、赤ん坊の泣き声がした。

「え?」と思わず声が出た。「赤ちゃん?」

「頼むよ」

泣き出しそうな声が返ってきた。

か細い泣き声を聞いているうちに、なぜだろう、そんなことはあり得ないと知りつつも、黄川田は誰かの子供をさらったのではないかと思えてきた。

ドアを開けた黄川田は混乱した顔で「ごめん」と言った。

玄関に入り、あ、と思った。

そこに女の靴があったわけでも、靴箱に写真や花が飾られていたわけでもないのに、すぐにここが家族の暮らす場所であることを悟った。黄川田は結婚している。さっき泣いていたのは彼の子供だ。

宝子は黄川田を見た。宝子が察したことを感じ取った黄川田は、気まずそうに目をそらし、「入ってよ」と背を向けた。

こんな遅い時間にいいのだろうか。彼の妻は不在なのだろうか。

宝子は「お邪魔します」と小さく声を出し、彼に続いてそろりと居間に入った。食卓にケーキの箱があるのが目に留まった。

居間は片づいているが、台所には子供用の茶碗やスプーン、離乳食らしい瓶が乱雑に置かれている。

「奥さんは?」

「出ていった」

あっさりと言う。

「いつ?」

「今日の夕方じゃないかな」

他人事のような言い方だ。なにかあったのだろうと察したが、尋ねることはためらわれた。

「ビールでも飲む？　あ、ケーキだからとりあえずコーヒーにする？」

黄川田は台所に立った。

宝子は、開いたふすまの向こうをのぞいた。

布団で眠る赤ん坊の姿があった。軽く握った両手で万歳をし、口を半開きにしている。居間のあかりが額と頬をほんのりと照らしている。

愛里もこんなふうになにもかもをさらけ出すように眠っていた。ここが安全な場所なのを本能で感じているように、母親に見守られているのを理解しているように、すべてをゆだねるような安心し切った寝顔だった。

たまらなくかわいい、とこんなふうに赤ん坊を見つめながら思ったことを思い出した。

宝子は泣きたくなった。

愛里の赤ん坊の時代が過ぎ去ってしまったこと。もう赤ん坊の母親には戻れないこと。たまらなくかわいいと思ったのを忘れていたこと。二度と手が届かないかけがえのない日々が目の前にあった。

「かわいいね」

自然と声になった。

「かわいくないよ」

振り返ると、いつのまにかすぐ後ろに黄川田がいた。途方に暮れた顔で赤ん坊を見下ろしている。

「俺には全然かわいいと思えない。これが自分の子供なんて実感がない」

自分が見ているものと距離をおくような目だった。

かわいいと思えない――。

自分もその思いに翻弄されていた。けれど、口にはできなかった。言えば、軽蔑される、母親失格だと罵られる、そう思っていた。

いま、かわいいと思えないと平然と言い放った黄川田に、父親失格だと咎《とが》める気持ちはこれっぽっちも湧かなかった。

「これからどうすればいいのかわからないよ」

ため息混じりに言う。

「育てればいいんじゃないの？」

なにも考えずに出た言葉だった。

「え？」

「かわいくなくても、実感がなくても、育てるしかないんじゃないの？　黄川田君の子供なんでしょう？」

「たぶん」と黄川田は曖昧に答え、「いや、やっぱり俺の子なんだろうな」と続けた。

「どういうこと？」

「いや、なんでもない。ただ、かわいいと思えないからさ」

宝子は赤ん坊の横に座った。すーう、すーう、と深い寝息がする。赤ん坊が息を吐くたび、空気に甘いものが混じった。

「かわいくなくても仕方ないんじゃないかな」

宝子は言った。

「仕方ない?」

宝子は、母を偽善者と罵った高校生のときのことを思い出した。あのとき母は、偽物でも悪よりは善のほうがいい、と笑って答えた。

「子供をかわいいと思えないのはどうしようもないと思う。だったら、かわいいと思っているふりをするしかないんじゃないかな。愛しているふりをする。大切に思っているふりをするしかないんじゃないかな。そうすれば、もしかしたらいつか本物になるときが来るかもしれない」

すーう、すーう、すーう。赤ん坊の寝息が夜に溶けていく。

母も、さらってきた赤ん坊をこんなふうに見下ろしたのだろうか。そのとき母の内にどんな感情があったのか、宝子には想像することさえできない。

自分は、母に愛されたと思う。父にも愛されたと思う。それが全力の演技だったとしたら、それはそれですごいことだろう。

宝子は愛里を思い浮かべた。ぱっと現れたのは三、四歳の愛里ではなく、駅のベンチで足をぶらぶらさせていたついこのあいだの愛里だった。

自分は愛された——。愛里にもそう思い続けてほしかった。

黄川田のマンションを出て、時刻を確認する。あと七分で日付が変わる。

走れば最終電車に間に合いそうだが、宝子はゆっくりと歩いた。十二月なのに、どこからか花の香りがした。

地上のあかりを映した夜空に、白い月が浮かんでいる。ここからどれくらい離れたところまでこの空は同じに見えるのだろう。そんなことを考えた。

日付が変わるまであと二分。

電車の走り抜ける音が聞こえる。

あと一分。

宝子は立ち止まり、携帯を見つめた。確信ともいえる予感があった。

日付が変わった瞬間、携帯の画面がぱっと明るくなった。電話の着信音と、画面に映し出された〈公衆電話〉の文字。

宝子は人差し指を画面に近づける。お誕生日おめでとう。そう言うために息を吸い込む。

エピローグ

すぐに返そうと思った。すぐに警察に行こうと思った。いますぐに。いや、次のミルクをあげたら。おしめを取り替えたら。やっぱり朝まで待とう。

甘い乳のにおい。不思議だ。私はおっぱいをあげていないのに、乳のにおいに混じってまるで自分の体臭のようななつかしいにおいがする。

この赤ん坊さえいなかったら、なにもかもがちがった。私はあの人と結婚できたし、あの人も死なずに済んだかもしれない。私たちは満ちたりた日々を送っていたかもしれないのに。

罪深い赤ん坊。憎い赤ん坊。私の幸せを、夢を、未来をまるごと奪った赤ん坊。

でも、あの人の子供。

私は、眠る赤ん坊の腹に顔を埋《うず》め、もう二度とかぐことが叶わないあの人の残り香を吸い込もうとした。顔を上げると、赤ん坊は目を開けていた。私を認め、かわいい声を出して笑った。

私は赤ん坊を胸に抱えた。ずっしりと温かく、やわらかい。

この子さえいなければ、私は自分の子供をこうやって抱けたかもしれないのに。けれど不思議だ。私が思い浮かべた私の子供は、憎いはずのこの赤ん坊だった。

すぐに返さなければならない。こんなことはばれるに決まっている。でも、もうひと晩だけ。

明日になったら警察に行こう。

けれど、遅かった。

どうして居場所が知れてしまったのだろう。

アパートに男が訪ねてきた。警察かと思ったらちがった。赤ん坊の母親の代理の者だと告げた。不気味な男だ。にやにやと笑ってはいるが、冷たく射貫くような目をしている。こんな状況で笑ってみせるところに得体の知れなさを感じた。

布団の上の赤ん坊に目を向け、黒木と名乗った男は、欲しいだろう？　と猫撫で声を出した。欲しいからさらったんだもんな？　愛する男の子供だもんな？　自分のものにしたいよな？　男は私のことを調べたらしい。あの人と結婚の約束をしていたことも、私の勤め先も、母が最近亡くなったことも知っていた。

あげてもいい、と男は言った。出生証明書もへその緒も母子手帳もつけてやる。あんたが産んだ子供にしてやってもいい。

いくらある？　と聞かれ、操られたように、一千万、と答えていた。母が遺してくれた保険金と貯金を合わせた金額だった。

でも、と私は言った。でも、なんだろう。続く言葉が浮かばない。

いいんだよ、と男は笑った。

どうせ、いらない子なんだから。

え？

母親も、いらないって言ってるからさ。

明日までにお金を用意するよう言い置き、男は帰っていった。

私はしばらくへたり込んだ。いらない子、という言葉が頭のなかに居座っていた。

赤ん坊は眠っている。

大人たちの悪事を知らず、生きるために、大きくなるために、幸せになるために、無防備に眠っている。

愛する男の子供、と私は男の言葉をなぞった。

けれど、すでに気づいていた。

赤ん坊は、いまの男に似ていた。赤ん坊には珍しい幅広の二重、立ちぎみの立派な福耳、長いまつげ。

この子は、あの人の子供ではないかもしれない。

明日、つき返せばいい。やっぱりいらないと告げればいい。いや、いますぐ警察に行くべきだ。そうすれば、赤ん坊は母親と一緒に暮らせる。いらない子、と言った母親と。

私の頭のなかでいらない子が泣いている。黒いまつげを濡らし、ひとりぼっちで泣いている。

私は眠る赤ん坊を見つめ直す。

この子を愛せるだろうか。この子を育てることができるだろうか。この子を宝物のように大切にできるだろうか。

すーう、すーう、すーう。罪を知らない赤ん坊は寝息を立てている。

本書は書き下ろしです。

〈著者紹介〉
まさきとしか　1965年東京生まれ、札幌育ち。2007年「散る咲く巡る」で第41回北海道新聞文学賞を受賞。『完璧な母親』が話題に。その他の著書に『夜の空の星の』『途上なやつら』『いちばん悲しい』『熊金家のひとり娘』『玉瀬家、休業中。』『ある女の証明』がある。

GENTOSHA

ゆりかごに聞く
2019年4月20日　第1刷発行

著　者　まさきとしか
発行者　見城 徹

発行所　株式会社 幻冬舎
〒151-0051　東京都渋谷区千駄ヶ谷4-9-7

電話:03(5411)6211(編集)
03(5411)6222(営業)
振替:00120-8-767643
印刷・製本所:株式会社 光邦

検印廃止

Printed in Japan
ISBN978-4-344-03460-0 C0093
幻冬舎ホームページアドレス　http://www.gentosha.co.jp/

この本に関するご意見・ご感想をメールでお寄せいただく場合は、
comment@gentosha.co.jpまで。